KB251606

표변도

표변도 2

운곡 新무협 판타지 소설

초판 1쇄 찍은 날 § 2002년 9월 10일
초판 1쇄 펴낸 날 § 2002년 9월 20일

지은이 § 운곡
펴낸이 § 서경석

편집장 § 문혜영
편집책임 § 김희정
편집 § 장상수 · 박영주 · 권민정 · 이종민
마케팅 § 정필 · 강양원 · 김규진 · 안진원

펴낸곳 § 도서출판 청어람
등록번호 § 제1081-1-89호
등록일자 § 1999. 5. 31
어람번호 § 제2-0128호

주소 § 경기도 부천시 원미구 심곡1동 350-1 남성B/D 3F (우) 420-011
전화 § 032-656-4452   팩스 § 032-656-4453
http://www.chungeoram.com
E-mail § eoram99@chol.net

ⓒ 운곡, 2002

값 7,500원

ISBN 89-5505-468-8 (SET)
ISBN 89-5505-470-X 04810

표변도

운곡 新무협 판타지 소설

2

맹호출림(猛虎出林)

도서출판 청어람

목

차

제1장 양당 _7

제2장 밀영각 _39

제3장 조천대 _67

제4장 묘웅 _101

제5장 천장평 _125

제6장 온양 _151

제7장 여량 _175

제8장 이교옥 _207

제9장 검무 _235

제10장 백연강 _261

제11장 암습 _285

양당 —진금행 진근양과 내기를 걸고, 양당 골치가 아파지다

"여긴 정말이지 마음에 들어……."

진금행이 눈을 가늘게 뜨고 주위를 둘러보았다.

하지만 방은 진금행의 마음에 들 정도로 화려하지는 않았다.

적어도 진금행의 세 가지 약점이자 강점인 '돈' 냄새는 이 방에서 나지 않았고 도리어 고색창연(古色蒼然)이란 말이 어울릴 정도로 검박단소한 분위기였다.

하지만 진금행은 진전장(陳錢莊)의 이인자였다.

그저 금으로 떡칠을 한 금붙이보다 쇳덩어리라도 그 주인의 손때가 묻어 경륜과 연륜이 묻어나는 검은빛이 더욱 돈이 된다는 것을 알아볼 정도는 되었다.

물론 주인이 누구였느냐에 따라 달라지지만 말이다.

지금 이 방이 그랬다.

귀한 자단목으로 만든 책상은 꽤나 값어치가 나가는 것이었지만 도리어 질박하게 보였다.

그러나 그 위에 새겨진 운문(雲紋)의 품격은 쉽게 찾아볼 수 없는 것이었으며, 그 위에 손때를 남긴 사람들 역시 보통 사람은 아닐 것이다.

방은 넓지도 않았지만 그렇다고 좁은 편도 아니었다.

아늑함과 포근함을 잃지 않으면서도 넉넉함과 여유로움까지 함께 생각한 설계가 분명했다.

"정말 좋군!"

진금행이 오랜만에 명품을 대하는 듯 가는 눈으로 사방 구석구석을 살펴보며 다시 한 번 감탄을 할 때였다.

"물건도 좋지만 알아본 안목 또한 좋군."

어디선가 싸늘한 냉갈이 들렸다.

정체 모를 사람의 갑작스런 출현에도 진금행은 꿈쩍도 하지 않았다(사실 그 몸뚱이를 꿈쩍이려면 꽤나 힘이 든다).

그저 입을 쭈뼛거리는 것으로 고즈넉한 분위기 속에 젖은 만족감을 깨뜨린 데 대해 불만을 표시할 뿐이었다.

'짜아식! 그렇다고 턱살까지 떨며 화낼 필요는 없잖아?'

동곽(董郭)은 푸드덕거리는 진금행의 볼살을 보며 미간을 찡그렸다(진금행은 단지 입을 삐죽인 것뿐이다).

"맹주께 사사받은 일곱 형제 중에 다섯째인 동곽이라 하네."

동곽은 포권을 취해 보이며 진금행에게 가볍게 고개를 숙였다.

"진금행이오."

진금행 역시 고개를 끄덕여 답례를 했다.

"한데 맹주는 안 오시고……."

"안 그래도 자네를 모셔오라더군."

불만이라는 듯 되묻는 진금행에게 동곽이 대답을 하며 진금행을 위 아래로 천천히 살펴보았다.

툭 튀어나온 눈두덩이에 칼로 얇게 저며놓은 듯한, 그래서 어찌 보면 멍해 보이고 또 다르게 보면 교활해 보이는 듯한 눈.

미어져라 부풀어 있는 양쪽 뺨 사이로 파묻힌 채 콧구멍만 간신히 보이는 코.

거기에 작게 오물거리는 입이지만 양 뺨을 늘여 입을 함지박만하게 벌린다면 능히 소 한 마리는 삼킬 입까지…….

있는지 없는지 모를 목 아래는 보지 않아도 가슴이 막막해져 오는 것을 느끼는 동곽이었다.

'이 아이가 무림을 흔들 아이인가? 설마…….'

아무리 보아도 자신이 생각했던 무림의 미래를 짊어질 동량으로는 보이지 않았다.

"내 아이들은 잘 있는 거겠지… 요?"

하대인지, 아니면 존대인지 모르게 말끝을 묘하게 흐리며 진금행이 물었다.

곧 상념을 떨친 동곽이 멍하니 있다가 무엇을 뜻하는지 알고는 고개를 절레절레 저었다.

'사천 땅에서 큰 세력을 얻은 강구의를 자기 아이라고? 아니, 그건 그렇고 청성의 현통이나 개방의 후개 또한 자신의 아이라니, 어이가 없군.'

진금행이 이끌고 온 그 인간들 중에 가장 무공이 떨어져 보이는 기천사지 오필도도 진금행보다는 인간다워 보였다.

아니, 한눈에 척 보아도 '나 몹쓸 짓 하는 놈이요' 하고 이마에 새기고 다니는 듯한 구잔양이란 자 또한 진금행보다는 인간 노릇을 할 거라는 생각이 들 정도였다.

하지만 눈앞에 놓인 이 뚱땡이는 맹주가 비밀스럽게 청한 인물, 함부로 대할 수는 없었다.

"그 사람들은 외당에 남아 있다네. 사부님께서 그 사람들까지 청하진 않았으니… 이해해 주리라 믿네."

하지만 조심스럽게 말하던 동곽의 얼굴이 곧 일그러졌다.

접객당(接客堂)에서 나와 무림맹의 깊숙한 내원(內園)을 지나면서 진금행이 한가롭게 말한 '경치 좋네!' 라는 작은 감탄 때문이었다.

현통이나 후개, 그리고 강구의를 자신의 아이라고 말하는 배포까지는 좋았다. 하지만 지금 이 태도는 무엇인가?

흡사 동곽 자신이 '그 아이(?)라 불린 사람들은 모두 내가 죽였네' 라고 말해도 이 인간은 '경치 좋네!' 할 인간이었다.

애당초 자신의 아이들 안부를 물었을 뿐 실상 전혀 신경 쓰지 않는 게 분명했다.

개방의 후개나 청성의 현통을 자신의 아이라 말하고, 또 그 신변의 안위도 신경 쓰지 않는 놈이라면 지금 이 인간이 동곽 자신도 얼마나 하찮게 볼 것인가(동곽, 눈치 한번 빠르다).

결국 자신은 그저 길 안내자에 불과할 뿐 무림맹주의 다섯 번째 제자란 말은 이 인간 기억에는 없을 것이 분명했다.

"아! 이거 신경 쓰이는군. 때도 아니거늘 모기가 있는 것도 아닐 거고……."

진금행이 짜증난다는 듯 제 뒷목을 쓰다듬자 동곽은 눈알이 튀어나올 뻔했다.

'이 아이가 정말 무공을 모르는 아인가?'

동곽은 신경질적으로 제 몸 여기저기를 슥슥 긁어대는 진금행을 보며 고개를 갸웃거렸다.

대략 두 식경을 걸어와 당도한 이곳은 무림맹의 가장 깊숙한 곳이자 황폐화된 곳이었다.

귀역(鬼域)!

정확한 이름 없이 사람들이 그렇게만 부르는 곳에 들어가는 입구였다.

보통 때는 사람들이 얼씬도 하지 않는 곳이었지만 웬일인지 오늘은 알 수 없는 예기가 여기저기서 번뜩이고 있었다.

그 날카로운 살기, 무림의 고수가 아니라면 절대 느낄 수 없는 그 살기를 이 미련한 뚱땡이는 온몸으로 느끼는 것이 분명했다.

동곽은 팽팽히 자신의 모든 근육을 긴장시키며 자신에게 쏟아져 오는 아찔한 살기에 간신히 버티고 있는데, 이 미련한 놈은 그저 따끔거리는 것이 짜증난다는 듯 온몸을 북북 긁으면서도 잘도 걷고 있는 것이었다.

"계속 앞으로 걷게."

어디선지 전음이 날아들자 동곽의 검미가 움찔거렸다.

지금 말하는 사람이 누군지 알았기 때문이다.

아니, 정확하게 누구인지는 몰랐다.

하지만 맹주의 그림자라고만 불리는 정체 모를 호위자들이 틀림없으리라.

아니, 그들이 무림맹의 수뇌들로부터 단심십이수(丹心十二手)라 불린다는 것은 알았지만 실상 그들이 12명인지, 아니면 한 사람인지 그것도 불확실했다.

천천히 한 발씩 내딛는 동곽의 발바닥은 그래서 축축해졌다.

맹주의 신임을 흠뻑 받고 있는 제자일지라도 조금의 이상한 기미가 보인다면 이곳에서 핏물에 잠겨 죽어도 이상할 게 없었기 때문이다.

"왠지 기분 더럽네!"

동곽 뒤에서 걷던 진금행이 계속 자신의 온몸을 자극하는 그 무엇인가가—물론 진금행은 살기인지 몰랐지만—짜증난다는 듯 중얼거렸다.

'정말 태평스러운 놈이군!'

동곽은 팽팽히 긴장된 근육과 예민하게 곤두선 신경을 묘하게 파고드는 진금행의 목소리에 피식 웃음이 나왔다.

분명 무림맹을 자신의 손에 넣으려는 오대세가의 살기와 거기에 맞서 자신들, 아니, 정확하게는 맹주를 지키려는 단심십이수의 또 다른 살기를 저 미련한 녀석도 느낀 게 분명했다.

진금행은 짜증이 났다.

지금 자신이 처해진 형세가 범의 아가리에 든 것과 다르지 않다고 느꼈기 때문이다.

무림맹은 과연 넓고도 깊었다.

사천 땅 한구석에 위치해 있던 진전장과는 차원이 달라도 한참 달랐다.

무림맹의 고루거각(高樓巨閣)에 대자면 자신의 자랑스런 진전장은 개 집만도 못해 보였으며 오가는 사람들을 봐도 진전장에서 자신의 시중을 드는 오가 놈처럼 흐리멍덩한 눈동자를 가진 사람은 하나도 없었다.

아니, 도리어 자신을 향해 쏘아보는 눈초리들은 왠지 가슴 한구석을 싸하게 얼릴 만큼 초롱초롱하지 않은가.

거기다 자신의 앞길을 열어주는 저놈, 이름이 동 머시기라 하는 놈―동곽의 예상대로 진금행은 동곽의 이름을 기억하지 못했다―을 보자면 진전장의 덜떨어진 데다 혀까지 '딸븐(!)' 마 총관보다 훨씬 괜찮아 보이지 않는가 말이다.

'그냥 이 무림맹을 통째로 먹고 현판을 진전장으로 바꿔 버릴까?'

괜찮은 생각 같았다.

내심 흡족한 생각이라 여기며, 또한 언젠간 이 무림맹이란 곳을 꼭 한번 먹어봐야겠다고 생각할 때쯤이었다.

"사부님, 데리고 왔습니다."

동 머시기란 놈의 목소리가 진금행의 상념을 흩뜨려 놓았다.

고개를 들어 주위를 살피니 넓다란 공터였는데 사람 손이 별로 닿지 않은 듯한 커다란 창고 비슷한 건물과 무너져 제 형태를 갖추지 못한 담들이 군데군데 주위를 에워싸고 있는 것이 보였다.

"수고했구나."

인자한 목소리가 들려오는 곳으로 고개를 돌리자 눈앞에는 허연 수염을 멋지게 기른 청수한 노인이 자신을 향해 함박웃음을 짓고 있는 게 보였다.

"진금행입니다."

진금행이 노인을 향해 고개를 숙여 인사를 차렸다.

"그래그래, 참으로 잘 자랐구나!"

노인의 감회에 젖은 듯한 목소리를 들으며 진금행은 노인의 얼굴을 이리저리 뜯어보고 있었다.

젊었을 적에는 그래도 한가락 하게 생긴 노인이었고, 제법 놀아본 경륜 또한 언뜻 엿보였다(진금행의 기준으로 한가락 하고, 제법 놀아보고, 잘 나간다는 기준은 기녀 집에서의 행동을 기준으로 판단하는 것이다).

하지만 그것도 예전, 틀림없이 잘생겼을 얼굴엔 어느덧 풍상이 내려앉아 생긴 잔주름은 숨길 수가 없었다.

'저 영감탱이가 이곳의 주인이란 얘기지? 뭐, 별것 아니게 생겼구먼……'

진금행의 얼굴 역시 노인처럼 어느덧 만족스런 미소가 번지고 있었다.

잘하면 저 비리비리한 노인을 물리치고 이 무림맹을 손쉽게 차지할 수도 있을 것 같기 때문이었다.

세상 사람들은 꿈도 꾸지 못할 엄청난 흉심이 진금행의 커다란 뱃속에 똬리를 틀기 시작했다.

*   *   *

"누구누구라고?"

모용수가 신경질적으로 물었다.

진금행이란 꼬마는 귀역의 입구에 버티고 있는 단심십이수와 또 다른 고수—아마도 늙어 퇴물이 된 채 물러나 원로원의 한자리를 차지하고 있는 구파일방의 전대 고수들이 틀림없는—들의 경계에 막혀 추적이 용이하지 않다는 보고를 들었기 때문이다.

진금행이란 꼬마애가 도대체 어떤 놈이길래 이렇게 무림맹이 발칵 뒤집어지는 것인가?

보통 때는 있는 듯 없는 듯 전혀 코빼기도 내비치지 않던 단심십이수를 비롯해서 하는 일 없이 빈둥대기만 하는 원로원의 고수들까지 나서다니!

보통 놈이 아닌 것은 분명했다.

그런데도 그놈의 정체가 무엇인지, 아니, 도대체 어떻게 되어먹은 놈인지 전혀 자신은 알고 있지 못하고 있지 않은가!

"청성의 현통, 개방의 후개, 그리고 강구의란 놈인데… 사천에서 큰 세력을 얻고 있는……."

모용수 앞에서 부복한 채 나지막한 목소리로 보고를 올리던 사람이 문득 고개를 들었다.

"직접 만나보시겠습니까?"

"글쎄……."

모용수가 탐탁지 않았는지 자신의 몇 올 안 남은 턱 밑 수염을 손으로 신경질적으로 쓸었다.

자신이 앞서서 묻는다는 것이 마음에 들지 않았다.

이제 얼마 후면 이 무림맹은 오대세가, 아니, 그중에서도 모용가의 가주인 자신의 손에 들어온다고 믿었다.

이대로만 흘러간다면 틀림없이 말이다.

하지만 어디서 땅딸한 놈이 나타나 이상한 기류를 만들어내는 것이 정말이지 마음에 들지 않았다.

아직은 자신이 나설 때가 아니었다.

그것을 알았는지 엎드려 있던 사내가 다시 은근한 목소리로 물었다.

“얼굴을 마주 대하지 않으셔도 됩니다.”

모용수는 자신의 심복 중 하나인 양당(楊當)이 무슨 말을 하는지 알 수 있었다.

이곳은 접객당 한 켠 옆에 마련된 앙빈청(仰賓廳)이었다.

곧 비밀스런 만남이 손님과 주인 사이에 오가는 곳이었고, 비록 무림정의를 외치는 무림맹에는 어울리지 않지만 그 대화를 엿들을 수 있는 비밀스런 공간 또한 마련되어 있었다.

‘무림정의는 무슨 얼어죽을 무림정의!’

무림정의란 게 있으면 모용가가 진작 무림맹의 주인인 진씨 가문 밑에 있진 않을 거라 생각하며 속으로 욕설을 퍼분 모용수가 고개를 끄덕였다.

“피치 못할 사정이니 어쩔 수가 없구나. 이게 다 무림맹을 위한 길이니…….”

자못 근엄한 표정을 짓고 있는 모용수를 보며 엎드렸던 양당은 알지 못할 미소를 지었다.

‘그래, 자고로 정의란 힘있는 자에게만 어울리는 말이지. 내가 그래서 당신에게 고개를 숙인 것이고…….’

하지만 마음속 비웃음과 달리 양당의 몸은 공손한 태도로 모용수를 방 안에 마련된 비밀 공간으로 안내하고 있었다.

양당은 머리가 지끈거렸다.

그래서 엄지손가락으로 제 관자놀이를 지그시 눌러 신경질적으로 비벼댔다.

아마도 비좁은 공간에 몸을 디밀고 있는 모용수 역시 자신과 같은 처지이리라.

처음엔 가볍게 생각했다.

양빈청을 맡고 나서 대외적으로 무림맹을 찾은, 그래서 뭔가 부탁의 말을 잃는 목소리로 해대던 무림의 떨거지들을 좋은 소리로 얼러 돌려 보내는 신물나는 짓을 한두 해 해온 게 아니기 때문이었다.

먼저 불편한 게 없느냐는 으레 건네지는 인사말 후 은근한 목소리로 이것저것 무림에 관한 이야기를 나누고는 지나가는 말로 진금행에 대해 물어보면 끝이었다.

'그러면 그놈에 대해 조금은 알 수 있을 거라 생각했는데…….'

양당은 쓸쓸하게 웃으며 자신 앞에 놓여 있는 명부를 바라보았다.

자신이 만난 사람과 오간 대화를 적는 책, 하지만 그 안에는 만난 사람의 이름과 날짜만이 다를 뿐 오가는 대화는 그렇게 다르지 않았다.

보통 무림맹 측에 부탁하러 온 무림인들의 앓는 소리와 알아서 조치해 드리겠다는 인사말만이 빼곡한 책이었다.

하지만 오늘은 달랐다. 달라도 엄청 달랐다.

그 책자 위에 적힌 글들은 정말이지 간만에 보는 단어들로 빼곡했다.

양당의 시선이 맨 위에 올려져 있는 이름에 멈췄다.

'우문하라 했던가? 사천의 차를 다루는 중개업자라고 했지만 분명 차 값으로 장난치는 하오문의 무리가 분명하거늘…….'

처음 불러왔던 우문하는 등장부터가 다른 무림인들과는 달랐다. 제 발로 걸어 들어온 것이 아닌 들것에 실려왔기 때문이었다.

'그리고는 피눈물을 뿌리며 외쳤지…….'

양당은 우문하의 절규, 진금행이란 이름이 튀어나오자마자 자신의 엉덩이를 부여잡고 외치던 그 절절했던 절규에 가슴마저 아려왔던 기억을 떠올렸다.

"그놈은 남색가요! 남색을 밝히는 놈들 중에도 변태가 틀림없소! 아니, 변태 중에서도 악마 변태요! 그놈은 죽어 불구덩이 속에서 달궈진 쇠창살로 똥구녁을 수십 번 찔러 죽여야 할 놈이오!"

한참 눈물까지 흘려내며 말하던 우문하가 문득 입을 다물고는 불안한 눈동자로 자신에게 묻지 않았던가?

"저어기… 그런데 진금행에게 이 이야기는 하지 않겠지? 진금행에게 하면 내 당신을 가만두지 않겠어! 진금행에게 말뚝 열다섯 개를 준비해 두라고 하겠단 말이야!"

'말뚝? 웬 말뚝 열다섯 개?'
양당은 미간을 찡그리며 생각했지만 어서 이 미친놈을 내쫓아야겠다는 생각에 서둘러 내보냈다.
하지만 뒤이어 들어온 사람들의 진술은 더욱 머리를 아프게 할 뿐이었다.
접객부에 적힌 말들 중 '말뚝 열다섯 개'라 적힌 대화 아래 이어지는 다른 대화들은 더욱 양당의 기를 막히게 했다.

"머리 하나는 기가 막히지요! 정말 그런 머리는 어디에도 찾을 수가 없습니다. 그놈과 머리를 바꾸라면 언제든 바꾸지요. 머리 하나 바꾸면 배불리

사기쳐… 음음, 아니, 멋진 사업을 벌여 재벌도 될 수 있을 걸요(이놈은 기천 사지 중 스승인 홍규동의 진술 내용이다)?"

또 다른 한 놈은 진술 내용을 다른 놈이 듣고 진금행 귀에 전할까 봐 겁난다면서 아예 입을 봉해, 접객부엔 그저 빈 난으로 남겨질까 겁낸 양당의 은근한 협박에도 눈 하나 끔뻑하지 않고 '댁도 무섭지만 진금행은 댁보다 천 배 만 배 더 무서븐 놈이란 말이요! 나는 평생을 안전 제일로 살아왔소이다. 이제 와 내 목숨을 걸고 장난질은 못하겠소. 죽이려면 죽이시오. 당신 손에 죽는다면 적어도 편안하게는 죽겠지!' 하는 놈이 있질 않나(요건 사천 한구석에서 웅천보의 주인이라는 도밀현의 진술임).

그 뒤엔 독살스럽고 잔인하게 생긴 놈이 들어와 양당의 날카로운 시선과 무림맹이란 이름이 주는 무게에도 쫄지 않으면서 입가엔 가소룝다는 비웃음을 달았던 놈이 아니었던가?

'아마도 구잔양이란 놈이었지?

맞았다. 접객부에 구잔양이라 적혀 있었고, 그 옆엔 그놈의 말이 적혀 있었다.

기가 전혀 죽지 않는 그놈도 진금행에 대해 묻는 질문에 낯색이 가볍게 변했다가 다시 돌아와 비웃으며 '왜? 진금행이 왜 궁금한 거지? 이제 세상 다 살았다 싶어? 보아하니 먹을 것도 쌓아났고 명성도 꽤 있는 거 같은데 걍 그렇게 살어, 쓸데없는 거 알려고 하지 말구. 그러다 간 편안히 못 죽는다고! 시체라도 잘 보전해야 하지 않겠어?' 라던 대화가 적혀 있지 않은가?

그저 자신이 한 손을 들어 내려치면 떡이 될 놈이 분명했지만 양당

또한 사람 질리게 하는 구잔양의 눈초리엔 왠지 뒷목이 뻐근해졌었다.

'그런 놈이 겁내하는 진금행이란… 정말 모르겠군.'

양당의 생각은 구잔양의 뒤이어 들어온 놈에게까지 흘렀다.

그 허우대 멀쩡한 놈은 들어와서 진금행에 대한 이야기를 해달라고 말하자 세상에 그런 인물 없다고, 호걸 중에 호걸이요, 영웅 중에 영웅이요, 사내 중에 사내이며, 미남 중에 미남이라고 말하지 않았는가.

양당이 이놈은 한번 입을 열어 말하면 닫을 줄 모르는 팽도와 비슷하다고 생각할 때 그놈의 눈빛이 게슴츠레해지면서 진정한 진금행의 정체에 대해 털어놓지 않았는가.

"당신, 진금행에게 얼마 받고 그러는 거야? 어이, 이러지 말자고. 나도 사기 하면 꽤 이력이 많은 놈이야! 당신 받은 거 반땅하고 우리 둘이 진금행을 구스르자고. 내가 입만 뻥긋 잘못하면 당신이나 나, 다 죽어(요건 기천사지 제자인 오필도의 진술)."

"그 오빠는 남녀 간의 일을 자세히 알려주겠다고 하는 자상한 오빠예요. 어머, 그러고 보니 당신 안색이 안 좋네요. 제가 보살펴 드릴까요? 왜 그런 표정을 짓는 거예요? 영 기분 좋지 않으면 자위라도 해보시는 게 어떻겠어요? 콧소리로 흥분된 신음도 내면 기분이 좋아지실 거예요."

이건 불문에 든 새파랗게 머리 깎은 여승(불연이다)의 진술이었다.

그나마 고수 같은 분위기를 풍기던 사내는 진금행에 대해서 묻자 눈을 가늘게 뜨고 되묻기를 '당신은 어떤 비밀을 책잡힌 거요? 과연 빠르긴 빠르군. 허허~ 하나 나는 오 일 만에 비밀이 들통났으니 당신보다는 오래간 것이오!'

'강구의라 했던가?'

마지막 대화를 보며 양당은 생각에 잠겼다.

진금행에 대해 확실한 건 없었다. 아니, 확실한 것은 진금행이 전혀 무림맹에 어울리지 않는 놈이란 것이었다.

'아니, 또 하나 확실한 게 있군!'

양당은 마지막에 불러들인 개방의 후개인 주개육의 진술을 생각했다.

그 귀찮다는 듯 권태롭기까지 한 눈이 진금행이란 말이 들리자마자 번쩍 떠지며 외치지 않았는가.

"그놈 처먹긴 잘 처먹어!"

그 모든 진술을 다시 한 번 가다듬느라 머리 속에 떠올렸던 양당은 관자놀이를 지그시 누르며 고개를 가로저었다.

'잘 먹는다는 거 하나만은 확실한 것 같군. 그런데 모용가주는 뭐라고 생각할까?'

양당에게는 너무도 머리 아픈 하루였다.

남색을 즐기는 악마 변태에다 머리 하나는 천재, 시체도 안 남기고 잔인하게 죽이며, 사기도 꽤나 잘 치고, 남의 약점을 기가 막힐 만큼 잘 캐내는, 하지만 자상한… 여승에게 자위도 알려줄 만큼…… 그리고 거기에 더해 꽤나 잘 처먹는 인간을 어찌 파악해야 할지 사람을 많이 다뤄본 양당도 도저히 엄두가 나지 않았다.

양당이 비밀의 방을 열어봤을 때 모용수는 어느 틈엔지 사라지고 없어 텅 비어진 공간을 바라보며 양당은 혼잣말처럼 중얼거렸다.

"모용 가주도 머리가 아플 게야. 세상이 재미있게 돌아가는군."
양당의 입꼬리에 매달린 미소가 비틀려 보였다.

*   *   *

"무공을 익히라구요?"
진금행은 외마디 비명 같은 반문과 함께 작은 눈을 껌뻑거리자 진근양은 고개를 끄덕였다.
"그래, 네 아비와도 말이 다 된 것이란다."
"제 아버님과도요?"
"그래."
진근양은 정말이지 난생처음 보는 외손주의 모습이 마음에 든다는 듯 사랑스러운 눈길로 진금행을 바라보고 있었다(요즘 무림맹에 떠도는, 맹주가 치매에 걸렸다는 소문이 헛소문만은 아니었다).
말도 되지 않는다는 듯 진금행이 질린 얼굴로 물었다.
"그래서 제 아버님을 무림맹으로 초대한 건가요?"
끄덕끄덕.
진금행은 진근양의 고개가 위아래로 흔들리는 것을 보면서 아득함을 느꼈다.
'이… 이런 일이! 제기랄! 마 총관의 수작질이 틀림없어! 날 인간 만들어봐야겠다고 아버지를 충동질한 게 틀림없어!
생각이 거기까지 미치자 진금행이 흥분한 목소리로 진근양에게 물었다.
"얼마 받았수?"

"뭘 말이냐?"

"수업료 말이오, 수업료! 나에게 무공을 가르치는 대가로 우리 아버님께 받은 수업료!"

진근양의 고개가 갸웃거리다 문득 무슨 말인지 알겠다는 듯 다시 한 번 웃음을 웃었다.

"받은 건 없다. 도리어 귀한 너를 내게 주었으니 내가 네 아비에게 사례를 해야 할 판이거늘……."

'누굴 주고받아? 감히 날?

진금행의 눈이 불쾌감에 가늘어졌다.

"아이야, 먼 길을 와서 졸린가 보구나."

반개(半開)한 진금행의 두 눈을─반개란 반쯤 떴다란 뜻이다. 분명 반은 뜨고 있었다─아예 잠에 빠진 것으로 곡해한 진근양이 자상한 목소리로 말을 건넸을 때였다.

"싫습니다!"

"응?"

"싫다고요!"

진금행의 이런 반응은 생각지도 못했다는 듯 진근양이 놀라 아이를 어르듯 말했다.

"네가 잘 모르는 모양이로구나. 네가 배울 무공이란 것은 그저 시전 좌판에서 보는 것과는 다른……."

"무공이고 뭐고 다 싫다구요."

"어허~ 애야, 네가 몰라서 하는 말이다. 내가 너에게 베풀……."

"그런 거 없어도 됩니다. 그런 것 없어도 아무리 힘든 일이라도 다 해결할 수 있습니다."

"으흠, 그래?"

진근양은 아무리 처음 보는 사랑스런(?) 외손자지만 그 고집은 꺾어 줄 필요를 느꼈다.

더구나 그 고집이 자신의 외동딸과 사위에게 물려받은 것이라면 어디 보통 고집이겠는가!

"어떤 힘든 일도? 모두?"

"예!"

당당하게 외치는 진금행을 보고 분명 힘든 일이란 아무것도 해보지 않았을 것이 틀림없는 진금행의 몸뚱이를 보면서 진근양은 무엇으로 이 뻣뻣한 외손주의 기를 꺾을지 생각에 잠겼다.

'아! 당장 눈앞에 힘든 일을 어찌 해결하는지 보면 되겠군.'

그런 것이야 문제없다는 듯 진근양의 표정엔 흡족함만이 더해가고 있었다.

"여기는?"

허름한 건물. 세워진 지 분명 오래되어 보이는 건물 앞에 서서 진금행이 조심스럽게 물었다.

"맹을 지금까지 이어지게 해준 건물이지. 이곳이 아니었다면 무림맹의 사람들은 없었을 것이다."

감회에 젖은 듯한 목소리로 진근양이 대답했다.

"애 낳는 곳인가 보죠? 아니면 애 만드는 곳이었던가."

진금행이 고개를 끄덕이며 알겠다는 듯 중얼거렸다.

"무슨 말이냐?"

진근양이 모르겠다는 듯 눈을 돌려 진금행을 쳐다보는데 그것엔 관심도 없다는 듯 진금행은 중얼거릴 뿐이었다.

"어휴~ 오면서 보니까 무림맹이 넓어 한 만 명 가까운 사람들이 있던데 그 사람들을 다 이곳에서 낳았다면 꽤나 볼 만한 광경이었겠네요."

진근양의 얼굴에 조금은 불쾌하다는 듯한 표정이 떠올랐다.

"그런 뜻이 아니다. 너는 어째 사고하는 방식이 보통 사람과는 다르구나. 이곳이 비록 지금은 쓰이지 않지만 우리 선배들의 혼과 피가 깃들여진 곳이다."

진근양이 직접 보여주겠다는 듯 이미 낡았지만 아직 웅장한 자태를 뽐내는 문을 활짝 열어젖혔다.

"후아~"

진금행의 입에서 감탄사가 튀어나오자 흐뭇해진 진근양이 진금행을 향해 함박웃음을 지어 보였다.

하지만 그것이 오랫동안 사용하지 않아 수북이 쌓인 먼지 때문이라는 것을 알고는 다시 찡그려졌다.

"어두컴컴하고, 볼 만한 곳도 없고, 편안한 침상은커녕 딱딱한 쇳조각밖에 없으니 확실히 애 만드는 곳은 아니었겠군요."

진금행의 투덜대는 말에 진근양이 감상에 젖은 목소리로 말했다.

"애를 만드는 곳보다 더 중요한 곳이지. 사람의 생명을 지켜주었던 곳이니 말이다. 이곳에서 무림맹이 탄생했고, 고검사신(孤劍死神)을 죽일 수 있었으니 말이다. 우리 진씨 가문이 백도의 무림인들과 손을 합쳐 이곳에서 각종 병장기들을 만들고 연판장에 피로 자기 이름을 새겼으며 무림정의를 세우고 척마멸사(拓魔滅邪)에 성공했던 곳이었으니……."

“이곳이요?”

진근양의 말이 믿어지지 않는다는 듯 진금행이 졸린 눈을 돌려 진근양을 쳐다보았다.

“그래, 이곳이다. 나 역시 선조께 전해 들었을 뿐이지만 이곳이 바로 칼을 씹어 먹고 피로 목욕을 하며 눈으로 사람의 혼을 뺏는다는 악마를 처단할 병장기를 만들던 곳이다. 이곳에서 무인들이 고검사신의 심장을 꿰뚫을 병장기를 만들기 위해 피를 뿌려 현철(玄鐵)을 정련하고 자신의 힘줄을 빼어 사라염철(絲羅簾鐵)을 구워냈다고 하는구나. 그래서 마혈(魔血)의 주인이자 지옥성(地獄城)의 성주인 고검사신을 겨우 죽일 수 있었단다. 그러니 이곳처럼 중요한 곳이 또 어디……..”

“흐아암~”

진근양의 흥분된 목소리와 달리 진금행은 커다란 하품을 늘어지게 하고 있었다.

그 소리가 어찌나 적나라(?)한지 진근양은 뒷덜미에서 싸늘한 식은땀을 흘려내고 있었다.

‘이놈이? 좋다, 네가 아직 세상사를 알지 못할 나이니…….’

작은 훈계를 진금행에게 내려줘야겠다고 생각한 진근양이 곧 어두컴컴한 창고를 뚜벅뚜벅 걸어가 오른편으로 가서 섰다.

“금행아, 너는 이것이 뭔지 알겠느냐?”

진금행이 주위가 어두운 탓에 눈을 비비고 끔뻑거린 후 쳐다보니 한 무더기의 쇳덩이들이 쌓여 있었다.

흡사 주사위처럼 정방형의 덩어리들이었는데 차곡차곡 쌓여 있는 것을 보니 수백 개는 넘어 보였다.

눈을 끔뻑이는 진금행을 바라보며 진근양이 천천히 말했다.

"이것이 바로 현철(玄鐵)이란다. 세상에서 가장 무겁고, 가장 단단하며 흔히 찾아볼 수 없는 물건이지."

하지만 진근양의 친절한 설명에도 진금행은 멀뚱하게 서 있을 뿐이었다.

진근양의 설명은 맞았다. 아니, 많이 부족했다.

보통의 무림인들이라면 눈이 뒤집히고 입에 거품을 물 지경이었지만 아쉽게도 진금행은 무림인이 아니었다.

작은 조각이라도 현철이 들어간 검이라면 명검(名劍)이 되었으며 무림인들이 집을 팔아서라도 구하고 싶어하는 물건이었다.

그런 것이 저처럼 많다니…….

무림맹의 저력과 강호상에 차지하는 비중을 한눈에 보여주는 것이었다.

만약 진근양이 진금행이란 인간을 조금이라도 알았다면 다른 설명을 했을 것이었고, 그렇게 된다면 진금행의 관심은 폭발적이었을 것이다.

바로 현철이 같은 무게의 금보다 더 귀하다는 설명 말이다.

하지만 진근양은 불행하게도 진금행에게는 전혀 찾아볼래야 찾아볼 수 없는 무인의 혼(魂)을 믿고 있었다.

자신의 피를 이은 아이이니 무인의 혼보다는 여자에 대한 관심과 먹을 것에 대한 추구와 돈에 대한 욕망이 훨씬 크다는 사실은 전혀 상상도 할 수 없었다.

"맹의 선조들로부터 물려받은 귀한 현철이다. 이것으로 처음 무림맹의 무사가 되는 사람에게 기념으로 검을 만들어주곤 한다. 무림맹의 무사 손에 들릴 자격이 있으려면 적어도 현철이어야 하지 않겠느냐?"

바로 그것이 무림맹의 무인들이 강한 한 가지 이유가 되었다.

무림맹의 무인들은 처음부터 명검을 소유할 수 있었으니 말이다.

그러나 위의 얘기 중에 여자와 돈, 그리고 먹을 것에 대한 이야기가 하나라도 있었던가?

없었다. 자연 진금행의 태도 역시 불량스럽기 그지없었다.

진금행에게는 현철이란 물건이 지금 파고 있는 코딱지보다 관심이 가지 않는 물건일 뿐이었다.

"그런데요?"

코를 파는 가운데 심드렁한 물음을 던지자 진근양의 안색이 또 한 번 변했다.

'고얀 놈! 이러니 가정 교육이 중요하다는 말이 있는 거겠지!'

진근양은 화가 나는 가운데서도 생각이 거기에 미치자 가볍게 혀를 끌끌 찼다.

진금행이 원래 그런 족속으로 태어났다는 생각은 전혀 못한 채 그저 어미를 일찍 여의고 방약무인(傍若無人)하고 무식하기 짝이 없는 아비 밑에서 홀로 자라 저렇게 되었다는 생각이 들었기 때문이다.

결손 가정에서 자라 불우한 청소년기를 보내고 있는 불행한 아이!

그것이 진금행을 바라보는 진근양의 생각이었다.

진근양이 아래쪽에 있는 한 덩이의 현철을 향해 손바닥을 폈다.

"으잉?"

진금행의 입에서 조그마한 경악성이 토해졌다.

흡사 줄을 잡아맨 듯 땅에 있던 현철덩어리가 진근양의 손으로 빨려 올라가는 것이 아닌가.

진근양은 진금행의 그 같은 반응이 마음에 든다는 듯 미소를 띠었다.

"보았느냐? 별것 아니란다. 그저 허공을 격하고 내력을 풀어 물건을 잡아당기는 격공섭물(隔空攝物)의 재주란다. 내공을 부지런히 익혀 대략 일 갑자(一甲子)의 수위를 갖추게 되면 어린아이 손목 비틀기만큼 쉬운 일이지……."

진근양의 설명은 무언가 부족한 것이 있었다.

현철이 달리 현철이 아니었다.

현철 한 조각은 황소 한 마리만큼 무겁다는 무지막지한 과장법이 무림에 횡행할 정도로 무거운 물질이었다.

격공섭물의 재주가 아무리 묘하다 해도 현철을 잡아당기는 일은, 그것도 일 갑자의 공력으로는 불가능한 일이었다.

"재미있네요."

하지만 진금행이 신기한 재주에 내보이던 호기심은 얼마 가지 못한 게 확실했다.

다시 심드렁해진 모습으로 돌아간 진금행을 보며 진근양이 물었다.

"너는 내가 이 현철을 모두 다른 편으로 옮기는 데 얼마나 걸린다고 생각하느냐?"

진금행은 가벼운 공깃돌처럼 진근양의 손바닥 위에서 튕겨지는 현철을 보며 고개를 갸웃거렸다.

"글쎄요? 노인장 실력이라면 한 식경 정도쯤?"

진근양은 진금행의 말을 듣고 '요놈, 잘 걸려들었다'는 생각에 자신에 대한 호칭이 노인장으로 격하되었다는 것을 깨닫지 못했다.

"글쎄, 그쯤이면 된다고 했느냐? 좋다! 이 늙은이가 네가 별 필요 없다고 생각하는 무공으로 한 끼 식사 시간이면 충분하니 한창 젊어 팔팔한 네놈 역시 한 식경이면 되겠지? 좋다! 그럼 네놈은 이 모든 현철을 반대 편으로 모두 옮겨놓거라!"

진금행의 눈이 영활하게 번뜩였다(미안하다. 내가 착각했나 보다. 그럴 놈이 아닌데……).

'이 늙은이가!'

이제야 무슨 말인지 대강 알 수 있었다.

자신이 말한 무공이 없어도 모든 일을 다 해낼 수 있다는 말에 저 노인이 딴지를 걸고 싶어하고 있다는 것을…….

"만약 내가 해낸다면?"

진금행이 묻자 진근양이 흐뭇한 미소와 함께 답변했다.

"너는 네가 하고픈 대로 하면 된다. 구태여 무공을 익힐 필요도 없으며 네가 원하는 귀한 선물까지 들려 집으로 돌려보내 주겠다."

진근양은 거기까지 말한 후 한숨을 크게 들이마신 뒤 엄한 어조로 말을 이었다.

"하지만 네가 장담한 대로 되지 못할 때는 죽었다 생각하고 나의 말에 따라야 하지!"

현철 이백마흔다섯 덩어리를 밥 한 끼 먹을 시간 동안 이십여 장을 옮긴다는 것은 웬만한 무림고수에게도 불가능한 일이었다.

하지만 진금행의 고개는 크게 끄덕여졌다.

손가락으로 현철을 가리키며 다시 한 번 확인하듯 물었다.

"저 덩어리들을 모두 문 오른쪽 구석에서 왼편 구석으로 옮긴다면……."

"네가 원하는 것을 선물로 주지! 죽은 귀한 내 딸까지도 주마!"

진근양 역시 힘차게 고개를 끄덕이며 대답했다.

'욘석아! 내 딸은 이미 너에게 주었느니라! 어미 얼굴도 모르는 이 불쌍한 녀석아!'

진근양은 가슴속에 회한을 곱씹느라 진근양의 입가에 사악한 미소가 어리는 것을 보지 못했다.

"좋소! 남아일언?"

"중천금!"

"좋아좋아! 내기가 성립됐구려, 노인장."

진금행이 만족스럽다는 듯 나온 배를 불쑥 디밀며 거만하게 다가오자 진근양 역시 아주아주 만족스럽다는 미소를 띠며 자신 손에 들려 있던 현철을 떨궈냈다.

쿠와앙~

현철의 덩어리가 떨어지는 소리가 예전엔 병장기를 만들어내던 창고 안을 꽉 채웠다.

아니, 채우는 것으로도 모자라 낡은 창고 전체를 뒤흔들어놓았다.

'욘석아! 속았지? 놀랐지? 황당하지?'

너무도 가볍고 수월하게 놀리던 현철의 떨어지는 소리에 진금행이 놀랐을 거라 생각했지만 진금행은 낯색조차 변하지 않는다는 사실에 도리어 진근양 본인이 놀라 버렸다(사실 이 인간 피부가 두꺼워 웬만 해선 그 낯색을 알아볼 수조차 없다).

'그놈, 아비를 닮아 배포 하나는 맘에 드는군.'

진근양은 진금행의 그 같은 태도가 맘에 들었다는 듯 고개를 끄덕일 때 진금행이 한쪽 발을 들어 현철덩어리에 대고 가볍게 흔들어보았다.

하지만 진금행의 예상대로 꿈쩍도 하지 않았다.

'폭과 넓이가 내 무릎 정도 높이인데 정말 무거운 놈이군. 이런 게

몇백 개가 넘게 있으니…….'

진금행은 얼추 몇 개가 쌓여 있는지 고개를 들어 헤아려 보며 별것 아니라는 듯 진근양에게 물었다.

"갑작스런 제안이고 저는 나이가 어리니 몇 가지 편의는 봐주셔야겠습니다."

"시간은 안 돼! 한 식경이어야 한다."

진근양이 안 된다는 듯 고개를 저으며 품에서 향 하나를 꺼내 들었다.

아래엔 빨간 줄이 가 있는 것으로 보아 향에 불을 붙여 빨간 줄까지 내려가는 데까진 틀림없이 한 식경의 시간이 걸릴 게 분명했다.

"아닙니다. 그저 이 안의 도구를 사용해도 괜찮냐는……."

진금행이 피식 웃으며 묻자 진근양이 안을 둘러보았다.

'뭐 별것 없지 않은가? 병장기 몇 점과 그 병장기를 만들어내던 망치, 그리고 도르래…….'

현철을 옮기던 도르래가 마음에 걸리긴 했지만 이미 도르래에 매달린 줄은 삭아 끊어지기 일보 직전이고, 그 도르래를 운용하던 사람들 역시 무공을 익힌 무인이었음을 기억해 내고는 진근양이 고개를 끄덕였다.

"좋네! 마음대로 해봐! 하지만 네놈 혼자 힘으로만 해야 한다. 다른 놈 도움은 안 돼!"

"당연하지요! 아, 그리고 그 향대는 치우세요. 한 식경이 아니라 한 다경이면 충분합니다."

자신만만한 진금행의 말에 진근양은 벙찐 표정으로 생각했다.

'이 아이가 미친 것이 아닌가? 겨우 차 한 잔 기울일 시간이면 충분하다니?

팔을 둥둥 걷어붙이고 막 작업에 들어가려는 진금행을 보며 진근양은 어이없다는 시선을 보내고 있었다.

진근양의 생각과는 달리 진금행은 미친 것이 아니었다.

그 사실이 도리어 진근양을 미치고 팔딱 뛰게 만들고 있었다.

"이건 약조와 다르지 않느냐!"

"다르긴 뭐가 달라! 영감, 추하게 그러지 말고 약속을 지키쇼! 카악~ 퉤이! 기천사지 홍 노인도 내기에 지고 수작질을 피우다 나에게 된통 당했는데 영감도 그러고 싶소? 어이~ 영감, 흉한 꼴 보기 전에 젊잖게 해결하자고!"

지금 진금행은 뒷골목 양아치 중에도 그런 상양아치가 없을 정도였다.

눈을 가늘게 뜨고는―항상 이 모습이다―침을 찍찍 뱉어내며 한쪽 다리까지 건들대기까지 하면서 진근양에게 엉겨붙고 있지 않은가.

그 모습을 보자 진근양은 어이가 없어 수염이 벌벌 떨릴 정도였다.

'약조와 달라! 아니, 다른 건 없어! 하지만 이것은…….'

진근양은 자신의 어리석음을 욕해야 할지, 아니면 진금행의 교활함을 탓해야 할지 몰라 온몸을 벌벌 떨고만 있었다.

약속이 이루어졌다는 신호와 함께 팔을 걷어붙인 진금행의 처음 행동은 먼지 쌓인 도끼를 집어 드는 것이었다.

그리고는 냅다 들어선 문 반대 편 벽을 작살을 내버리는 것이 아닌가.

아무리 단단하게 지어진 창고였지만 오랜 세월은 속일 수 없는 법.

몇 번의 도끼질에 벽은 허물어져 한 사람이 충분히 드나들 수 있을 정도가 되었다.

그리고는 널빤지 몇 개와 긴 쇳조각 몇 개를 추려 밖으로 나가더니 멀쩡한 문을 널빤지로 막고 쇳조각을 박아 넣어 막는 것이 아닌가?

"너, 지금 뭐 하는 것이냐?"

어이없어하는 진근양의 물음에 진금행은 말없이 문짝에 두 글자를 커다랗게 새겨 넣고 있었다.

폐문(閉門).

멀쩡한 문에 새겨진 그 두 글자를 보며 진근양이 멍하니 입을 벌리고 있는데 진금행이 자신만만한 태도로 뒤돌아서며 큰 소리로 외쳤다.

"자, 노인장, 모두 끝났소. 약조대로 문의 오른편에 있던 현철을 모두 문의 왼편으로 옮겼단 말이오. 물론 문의 위치가 바뀌어 드나들기엔 조금 불편함이 있을지 모르지만 그건 약조에 없는 것이니."

만족한 듯한 미소와 함께 커다란 배를 불쑥 디밀고 있는 진금행이었다.

"이, 이건 약조와 다르네."

"다르긴 뭐가 달라! 나는 분명 문의 오른편에 있던 그 고물덩어리들을 왼편으로 옮겨놓았단 말이야! 못 믿겠으면 새로 난 문으로 들어가 봐! 아까 오른쪽에 있던 그 고물덩어리들이 다 살포시 왼쪽에 가 있는 걸 볼 수 있을 테니! 그러니까 노인은 내가 말하는 걸 가져와야 하지 않냔 말이지! 안 그래, 이 영감탱이야!"

진금행에게 진근양이란 존재는 더 이상 무림맹의 맹주가 아니었다.

그저 자신에게 빚진 채 생떼를 쓰는 가련한 노인에 지나지 않았다.

이미 하늘을 속이고 땅을 기만하는 현란한 사기술로 일세를 풍미했던 기천사지 홍규동 역시 한바탕 크게 당한 수법에 당당한 무림맹의 맹주가 걸려든 것이었다.

개인과 개인이 맺은 약조였다.

거기엔 무림맹의 맹주의 위치도, 자격도, 무공도 필요없는 일이었다.

그래서 진금행이 만만하게 대들 수 있는 것이었다.

"하, 하지만……."

떠듬거리며 항변하려는 진근양, 하지만 불행히도 뭐라 대꾸할 말을 찾지 못하고 있었다.

"영감, 귓구멍 씻고 잘 들어둬. 내가 원하는 것은 말이지……."

하지만 진금행은 당연히 받아야 할 빚을 받아내겠다는 태도였다.

진금행은 손가락 하나를 들어 지금 있는 언덕 아래를 가리키며 짧게 말했다.

"무림맹이야!"

이곳 귀역, 아무도 함부로 들어오지 못하는—그래서 귀한 현철이 도난 걱정 없이 마구 굴러다닐 수 있었지만—곳 아래로 커다란 능선이 이어지듯 무림맹의 전각 지붕들이 길게 이어져 있었다.

그 크기와 위세가 자못 엄청나 퉁퉁한 진금행의 손가락으로도 한 번에 다 가리키지 못할 정도였다.

하지만 진금행의 엄청난 요구에 진근양의 굳어졌던 얼굴이 활짝 펴지는 것이 아닌가!

'이놈! 이놈! 요 이쁜 놈! 이 할아비 마음을 어찌 그리 잘 아누! 육충

덕이 왜 자신의 성과 네놈의 성을 육가에서 진가로 바꿔 지은 줄 내 이
제야 알겠다! 장차 무림맹의 맹주 자리를 너에게 넘기라는 하늘의 뜻
이었구나!'

진금행을 잘 키워(!) 장차 무림맹을 물려주려는 진근양의 욕심이 이
토록 수월하게, 그것도 제 외손주가 제 입으로 친히 요구하자 진근양은
기쁨에 엉덩이까지 씰룩거리고 있었다.

하지만 진금행은 그런 진근양의 모습을 보지 못했다.

당연히(!) 자신의 손으로 넘어올 무림맹에 대한 자신의 감상을 떠올
리고 있을 뿐이었다.

'여자들이 탱탱해! 정말 맘에 들어!'

진금행은 거대한 양 뺨을 씰룩이고는 아래쪽에서 느껴지는 묵직한(?)
뿌듯함에 만족하고 있었다.

제 2 장

밀영각 —진금행 신비인을 만나고, 종리형제 검각의 청부를 받다

"내가 꼭 가야 하는 일이오?"

찜찜한 기분으로 진금행이 진근양을 쳐다보며 물었다.

처음 어렵게 나왔던 존대가 이젠 아예 하인에게 말하는 것과 다르지 않았다.

하지만 진근양은 그것을 미처 눈치 채지 못하고 있었다.

자신의 하나밖에 없는 혈육이 제 입으로 이 무림맹을 맡겠다고 하지 않는가?

자신이 외동딸의 발걸음을 되돌리지 못하고 그 괘씸한 마교의 소교주에게 뺏겼듯 아무리 고집불통인 자신의 사위도 외손주의 마음을 되돌리지 못할 것이 분명했다.

드디어 자신의 혈육으로 하여금 무림맹을 잇게 하는 데 성공(?)한 지금 진근양의 귀엔 그런 사소한(!) 것은 들어오지 않았다.

"인수자와 인계자, 양쪽이 만나 합의해야 하지 않겠나?"

"하지만 이곳은 아무래도 뇌옥 같은데……."

"예전엔 고검사신의 졸자들을 가두는 뇌옥으로 썼지. 하지만 지금은 아니네. 도리어 귀한 손님이 계시는 곳이지."

진근양의 이해 못할 설명에 진금행이 속으로 비웃었다.

'좋아좋아, 늙은이. 무림맹의 맹주 신분으로 식언을 할 수는 없으니 비밀스런 곳으로 데리고 가 날 죽일 셈이로군. 하지만 그렇게 될까? 좋아! 누가 죽어나는지 한번 해보자구!'

진금행은 내심 각오를 새롭게 다지며 꿋꿋하게 걸었다.

뇌옥은 분명 튼튼하게 세워진 것이 틀림없었다.

학문과는 거리가 멀어도 한참이나 먼 진금행이 보기에도 각종 기관 진식이 진법에 따라 묘하게 지어졌다는 것을 한눈에도 알아볼 수 있었다.

각 방의 방위와 복잡하게 얽힌 길을 보아도 알 수 있는 일이었고, 각 방의 창살과 벽에는 아까 봤던 현철이란 고물덩어리(?)로 범벅을 해서 지어진 것을 알아보았기 때문이다.

하지만 그 벽은 곳곳이 허물어지고 헤쳐져 있었으며 뒤틀려 있었다.

흡사 거대한 용 한 마리가 이 어둡고 습기 찬 공간에서 한바탕 난동질을 부린 것처럼 무너져 있었던 것이다.

누가 무림맹의 뇌옥, 그것도 귀산자(鬼算子)가 심혈을 기울여 설계하고 현철을 아낌없이 써 만든 튼튼한 뇌옥을 이토록 처참하게 부수어 버렸는지를 진금행은 알 수 없었다. 아니, 진금행이란 인간은 분명 알고 싶지도 않았을 것이다.

무림을 피에 젖게 만들었고 진씨 가문의 성혈(聖血)의 전설을 만들어냈던 고검사신, 그 악귀와도 같던 인간을 추종하던 사대봉공(四大奉公)이 탈출한 흔적이라는 것을……

천지혈뇌(天地血雷)를 각기 이름으로 삼은 네 명의 마인들이 말이다.

"흐음……"

알지 못할 기묘한 기운이 온몸을 휩싸는 듯하자 진금행이 신음성과도 같은 묘한 소리를 콧구멍 사이로 불어내었다.

하지만 그것이 점점 괴기스러워지고 복잡해지는 뇌옥의 갱도 때문이라고만 생각했다.

'영감탱이가 제 죽을 곳은 잘 고른 것 같은데?'

점점 찌뿌둥해지는 알 수 없는 기분 때문인지 진금행이 진근양을 향해 조금의 수작질이라도 피우면 한바탕하겠다는 각오를 다질 때 진근양의 입에선 조심스럽고도 나지막한 목소리가 튀어나왔다.

"어르신, 저 근양입니다. 그동안 찾아뵙지 못해 죄송합니다."

'어라? 이건 웬 개수작이지?'

진금행이 놀라 참신하고도(?) 해괴망측한 진근양의 짓거리에 감탄했다.

머리와 수염은 이미 새하얗게 샌 지 오래요, 무공을 익혀서 그렇지 이미 관 속에 들어갈 나이를 한참이나 지난 진근양이 허리까지 굽히며 인사를 드여야 하는 어르신이 누가 있겠는가?

하지만 있었다.

"네놈이 찾아오지 않는 것이 나를 돕는 것이라 했지 않느냐. 한데 그 묘한 놈은 누구냐?"

청수한 목소리가 갱도 저편에서 들리고 있었다.

그 목소리는 한참이나 젊고 활기 차면서도 진근양의 위엄에 절대 뒤지지 않는 묘한 울림을 가지고 있었다.

"제 외손, 아니……."

진근양이 말하다 말고 곤혹스럽게 진금행을 쳐다보다 곧 입을 다물었다.

어쨌든 진금행을 데려오는 데는 성공했지만 절대 자신이 외할아버지라는 것을 밝힐 수는 없었다.

자신의 사위와도 그렇게 약속했지만 이미 무림맹 자체도 이상하게 돌아가는 지금 함부로 밝힐 수는 없었다.

비록 상대가 자신의 외손주인 진금행이라도 말이다.

한동안의 정적이 흘렀다.

그것이 진근양이 전음을 통해 말을 전하고 있기 때문이었지만 그 사이 진금행은 한참이나 복잡한 머리를 놀리고 있었다.

간만에 여자와 돈, 그리고 먹을 것 외에 다른 일에 계산을 해야 하기 때문이었다.

'가만, 저 새로운 놈은 분명 젊은놈이 분명한데… 이 일이 어떻게 된 것이냐? 옳아! 저 안에 들어 있는 놈은 막둥이가 분명해! 제 아비도 막둥이가 분명하고 그 할아비란 놈도 막둥이였어. 그러면 가능한 일이지.'

나이 많은 사람이 젊은 사람에게 어르신이라고 부를 한 가지 이유는 분명 촌수에서 밀리는 이유밖엔 없었다.

그것도 장남과 막내가 한 스무 살 가까이 나이 차이가 나는 형제가 있고, 그 장남이 장남을 낳고 막내가 또 다른 막둥이를 보는 일을 몇 번 겪는다면 지금처럼 괴상한 일이 벌어질 수도 있는 일이었다.

진금행이 복잡한 촌수 계산에 허덕일 때 진근양이 제 옷매무새를 고치며 조심스럽게 말했다.

“그럼 감히 안으로 들겠습니다. 외람되이 찾아온 죄를 용서하시길……”

신중해도 그렇게 신중할 수 없었다.

무림맹의 맹주라면 배분이 이만저만 높은 것이 아니었다.

그런 사람이 저토록 배알도 없이 허리를 꽉꽉 숙일 상대라면 황제 할아비 정도여야 가능한 일이었다.

‘내 계산이 틀렸나?’

진금행이 이상한 듯 자신의 촌수 계산에 자신없어하며 신중하고도 조심스런 진근양의 걸음을 따라 외지고 컴컴한 뇌옥 안으로 따라 들어갔다.

진금행의 계산은 틀린 것이 분명했다.

눈앞에 나타난 사람은 분명 진근양보다 한참이나 어려 보였으며 친척이라 하기에는 너무도 달라 보였기 때문이다.

‘어라? 이건 웬 개잡종이냐?’

진금행이 눈앞에 나타난 사람을 쳐다보며 뇌까릴 때 진근양은 더욱 조심스럽고 공손한 태도로 허리를 직각으로 굽히며 새로 인사를 차렸다.

“어린것이 벌써부터 머리가 새고 허리만 굽은 것 같아 뵙기에 정말이지 염치가 없습니다.”

진금행이 새롭게 나타난 사람에 대해 호기심 어린 시선을 던졌다.

진근양은 미친 게 확실했다.

말로는 자신을 어리다 표현했지만 누가 봐도 눈앞에 나타난 인간이 더욱 싱싱해 보였다.

검고 윤기나는 머리는 질끈 묶어 내려뜨렸는데 그 길이가 허리를 넘어 바닥에 닿고 있었다.

뇌옥에 갇혀 살아서인지 흰 피부의 얼굴에는 짙은 검미와 오뚝한 코, 그리고 붉고 통통한 입술이 자리를 차지하고 있었다.

옷은 낡은 듯해 보였는데 그것이 새로운 분위기, 즉 탈속(脫俗)하고 고아(高雅)한 품격을 드높이고 있었다.

아무리 봐도 이제 갓 스물, 아무리 높게 잡아도 서른은 넘지 않은 청년의 모습이었다.

청년이 감은 눈을 뜨자 번쩍 하고 방이 밝아지는 것 같은 느낌이 들었다.

'괴상한 놈이군!'

진금행의 감상과는 상관없이 깊고 음울한 청년의 눈동자는 진근양을 향하고 있었다.

"세월이 많이 흐른 모양이구나."

외모뿐 아니라 가까이에서 들어도 역시나 싱싱한 윤기나는 목소리였다.

"세월이 변해도 세상은 변하지 않았습니다."

청년이 진근양의 대답에 입꼬리를 살짝 말아 올리는데 웬만한 처녀가 보면 오줌을 지릴 정도로 멋진 웃음이었다.

"아직 세상이 어지러운가? 그래서 저 아이를 내게 맡겨 무림을 안정시켜 보겠다 이 말인가?"

청년의 시건방진—진금행이 보기엔 자신보다도 더 시건방져 보였다. 그것이 맘에 들었다—말에 진근양은 어울리지 않게 얼굴이 붉어지며 더욱더 고개를 숙였다.

"청정수양에 방해가 되리라는 것은 압니다만 제 능력이 하찮은 탓에……."

청년의 고개가 천천히 위아래로 움직이다 진금행에게 시선을 돌렸다.

"정말 묘한 아이로군……."

그것이 칭찬인지, 아니면 조소인지 몰라 진근양이 걱정스런 표정으로 고개를 들어 청년을 쳐다보았다.

"이 아이 몸에는 성혈뿐만 아니라… 아니네, 구태여 설명해 봐야 자네 심사만 어지럽힐 뿐이지."

청년의 묘한 말에 진근양의 얼굴이 곤혹스러워졌다.

그것이 진금행을 맡겠다는 수락의 뜻인지, 아니면 거절의 뜻인지 몰랐기 때문이다.

"나와 기질이 묘하게 맞는 것 같군. 좋아, 한두 수 가르쳐 보면 알겠지."

잠자코 한동안 진금행을 보던 청년이 마침내 수락의 말을 건네자 진근양의 얼굴은 활짝 피어났다.

"감사합니다, 감사합니다, 감사……."

연신 오뚝이처럼 허리가 위아래로 오르내리는 진근양을 손을 내밀어 제지한 청년이 담담하게 말했다.

"됐네. 하늘은 그저 비를 내려줄 뿐 꽃을 피우는 것은 나무가 하는 일이라네. 나는 그저 때에 맞추어 가르칠 뿐, 그것을 얼마나 채우냐는 저 아이의 그릇의 크기일 터……."

청년은 그것으로 할 말을 다 끝냈다는 듯 다시 눈을 감았다.

명백히 나가달라는 축객령(逐客令)이었지만 묘하게도 사람들의 기분이 나쁘지 않았다.

도리어 자연스럽고 어울려 보였다.

"그럼 청수를 방해한 못난 놈은 물러가겠습니다."

진근양이 허리를 굽힌 그대로 뒤로 조금씩 물러날 때였다.

"영감, 이게 무슨 수작이요? 무림맹을 주겠다 하더니!"

진금행이 청년의 기이한 기세에도 전혀 굴하지 않고 진근양을 향해 볼멘 목소리로 외쳤다.

하지만 진근양은 곧 행복한 미소와 함께 고개를 끄덕였다.

"걱정 말아라. 네가 여기서 나올 때 무림맹주의 상징인 청룡패(靑龍牌)는 네 손에 있게 될 것이다."

아득하게 멀어지는 신형과 함께 진근양의 목소리가 어두운 뇌옥 안에 잔잔한 여운을 남기고 있었다.

"카악, 퉤이!"

돈, 아니, 무림맹을 떼어먹으려는 신선한 수법에 묘하게 얽혀들었다 생각하며 진금행이 굵은 가래침을 뱉어냈다.

그리고는 눈을 감은 채 신선처럼 앉아 있는―정말이지 그럴듯했다―청년을 향해 불쑥 물었다.

"어이~ 댁은 몇 살이나 처먹었수?"

배배 꼬인 심사만큼이나 퉁명스런 질문을 던지자 청년의 눈이 천천히 떠어졌다.

그리고는 혼잣소리처럼 중얼거렸다.

"글쎄다. 근양이의 나이가 어떻게 되지?"

"근양이? 무림맹주 말이우? 글쎄? 그 영감탱이가 얼마나 처먹었는지는 나도 모르겠수."

같은 연배로 보이는 놈이 시건방진 말을 내뱉는 게 밸이 꼴린 진금행이─안 그래도 무림맹주 때문에 볼이 부풀기도 했다─불쑥 말했다.

"그건 그렇고, 팍싹 늙은 무림맹주를 동네 강아지 처부르듯 하다니… 오래 살고 보니 웬 미친놈도 다 보게 되는군."

청년이 의외였는지 처음으로 고개를 돌려 진금행을 쳐다보았다.

"허허, 내 이야기를 믿지 않는 모양인 게로구나. 하지만 이 몸은 흰머리카락이 검게 변한 지가 이미 60년 전이었고, 빠진 이가 다시 난 것이 50년 전이란다."

청년은 말하다 말고 눈을 가늘게 뜨며 한숨을 쉬었다.

"아니다, 이 안에서 세월이 얼만큼 지났는지 모르니 더 지났을지도 모를 일이지."

청년의 자상하게 설명해 주는 말을 듣고 진금행이 놀랍다는 듯 눈을 동그랗게 뜨고 말했다.

"아이구나, 세상에~ 그건 그렇고, 뻥을 그렇게 잘 치기 시작한 건 100년 전이었수?"

진금행의 말이 끝나기가 무섭게 청년의 몸에서는 이상한 기운이 흘러나오기 시작했다.

그러나 진금행을 핍박하지는 않았다.

아니, 핍박은커녕 눈을 크게 떠 진금행을 노려보지조차 않았다.

하지만 진금행의 온몸은 바위에 짜부라진 것처럼 막강한, 아니, 말로 설명하지 못할 압박감을 느꼈다.

그저 온몸을 죄어오는 기운이라면 또 괜찮았다(진금행 몸뚱어리는 탄력성이 좋다).

하지만 온몸의 혈관이란 혈관은 모두 뒤집어지고 힘줄이란 힘줄이

가닥가닥 끊어지는 고통은 도저히 참아내질 못했다.

끝내 진금행이 한 움큼의 피를 게워내고는 고개를 들어 청년을 노려보자 청년이 천천히 말한다.

"불과 100여 년 전만 해도 내 앞에서 그렇게 말하고도 살아남은 자는 없었다."

청년의 담담한, 아니, 세상사 아무것에도 뜻을 두지 않은 듯한 탈속한 목소리가 흘러나오자 진금행을 옥죄어왔던 이상한 기운도 흡사 바람이 스쳐 지나가듯 사라지고 없었다.

하지만 진금행은 뭐라고 도발하지 못했다.

이미 '남과 다른 비범한 청년(!)… 으로 보았으나 알고 보니 엄청 늙다리', 그것도 '괴상한 방법으로 진금행을 죽일 수 있는 엄청난 놈' 이었기 때문이다.

무서운 놈이었다.

그 가진 바 끝을 알 수 없는 능력과 역시 알 수 없는 나이 때문이 아니었다.

단지 아직 어떤 놈인지 진금행이 파악하지 못했기에 무서운 것이었다.

조금만 더 놈에 대해 알 수 있다면 더 이상 무서운 놈이 아니게 될 것이고, 그 순간 진금행의 복수는 시작될 수 있을 것이다.

'어쩌면 곧……'

진금행이 게워낸 핏줄기를 소매로 거칠게 닦아내며 속으로 이를 부드득 갈아붙였다.

*　　　*　　　*

호남성 장사(長沙).

떠들썩한 도심에서 한참이나 치우친 곳에는 그래도 삶의 생동감으로 흥겨운 시전이 자리 잡고 있었다.

소외된 계층은 찾지 않는 곳. 하지만 수중에 돈이 많은 사람들의 제가진 돈의 소용이 충분히 닿는 시전 한구석에 포목점이 들어서 있었다.

화려하지도, 그렇다고 작지도 않은 포목점의 문은 닫혀 있었다.

흔히 사람들 앞에 귀한 천을 진열하는 곳을 찾아볼 수 없는 것은 귀한 사람들을 상대하는, 그래서 대문을 열고 안락한 안채에서 물건을 고르는 돈 많은 사람들의 취향을 충분히 고려한 탓이리라.

한눈에 보기에도 쉽사리 구해지는 물건이 아니라는 것을 알 수 있는 비단들 뒤로 깊숙이 장원 한 채가 비밀스럽게 마련되어 있었다.

그저 돈으로 해결할 수 있는 화려한 배치와 달리 누구의 눈에도 띄지 않는 구석진 곳의 방에 두 사람이 의자에 앉아 있었다.

한 사람의 청년과 다른 한 사람의 노인.

광대뼈가 툭 튀어나온 청년은 한눈에 보기에도 세상에 많은 불만을 가진 티가 역력했고, 그 앞에 앉은 노인은 한눈에 보기에도 멍한 눈동자를 가진 노인이었다.

불만에 가득 찬 표정의 청년과 한눈에 보기에도 치매기가 있어 보이는 노인 사이에는 짧은, 하지만 길고 긴 대화가 오가고 있었다.

"그래서 너는 뭘 한다고?"

"무림인이니 무공을 합니다."

"아니, 언제부터 무림인이었어? 넌 수예를 놓았잖아."

"원래 무림인이었습니다. 수예는 사부님 부인 되시는 사모께서 하셨구요."

"아니, 내 마누라를 니가 어떻게 알아?"

"사부님께서 절 거두셨으니 제가 사모님을 아는 거야 당연하지 않습니까?"

"그런데 내 마누라가 왜 무공을 해?"

"무공은 제가 합니다. 사모님은 수예를 하셨구요."

"아니, 정말인가? 언제부터 무공을 익혔는가? 자네, 정말 대단하군!"

"무공은 사부님께서 알려주셨잖습니까!"

"내가? 난 수예밖에 몰라."

"……."

넋 나간, 아마도 치매를 앓는 것이 분명한 노인을 앞에 두고 뜻없는 이야기를 계속하는 청년의 얼굴에는 그러나 짜증이 묻어 있지 않았다.

아마도 이런 일을 한두 번 겪은 것이 아닌 게 분명하리라.

그때 문밖에서 둔중한 목소리가 뜻없이 허공을 떠도는 말의 파편들을 한 켠으로 밀어놓고 있었다.

"우야, 뭐 하니?"

하지만 느릿하게 들려오는 목소리에 청년의 고개가 신경질적으로 획 돌아갔다.

"뭐 하긴! 사부님 봉양 들지!"

노인의 말을 침착하게 받아들였던 종리우의 인내심도 문밖의 사람에겐 말라 버린 게 분명했다.

"사, 사부님은 그대로시지?"

"형님 눈알로 직접 보면 될 거 아니우!"

떨리는 목소리로 묻는 종리혁의 말에 종리우가 여전히 띠껍다는 목소리로 쌀쌀맞게 대답했다.

한동안 정적이 흐른 후 종리혁의 느릿한 말이 다시 한 번 날아들었다.

"난 사부님만 보면 눈물이 나서… 성녀(聖女)도 찾지 못하고 무너진 교(敎)도 다시 세우지 못했으니……."

종리혁의 목소리에 멀겠던 노인의 눈에 화색이 돌았다.

"성녀!? 성녀를 찾았느냐? 배교(拜敎)의 성녀를 너희가 찾았느냐? 잘했구나, 잘했어! 드디어 너희들의 힘으로 배교의 위업이 달성되는구……."

노인의 희열에 찬 목소리. 혼을 내보낸 텅 빈 뇌리를 꽉꽉 채우고 있는 원한에 찬 단어들을 정신없이 토해내던 목소리는 그러나 채 끝마쳐지지 못했다.

앞에 앉아 있던 종리우가 귀신처럼 신법을 발해 노인을 덮쳐 갔던 것이다.

아무에게도 말하면 안 되는 큰 비밀을 노인의 입을 통해 흘러나왔기 때문이다.

하지만 혼수혈을 짚어 잠재우려던 종리우의 손은 곧 희뿌연 안개 속에 굳어졌다.

아니, 손끝만이 아니었다. 손목을 타고 올라오는 희뿌연 안개. 노인의 몸은 어느새 사라지고 그 공간을 채웠던 안개 같은 연기가 손목과 팔꿈치, 그리고 종리우의 어깨와 몸을 감싸고 휘돌기 시작했다.

"형님!"

온몸이 굳기 전에, 그래서 열어 말할 수 있는 입까지 굳기 전에 종리우가 다급한 목소리를 토해내었다.

"응?"

미련한 건지, 아니면 늦되는 건지 모를 종리혁의 목소리가 흘깃 들려오는 듯싶다가 곧 방 안에 다섯 개의 불꽃이 피어올랐다.

흔히 보는 불꽃과는 전혀 다른, 심지가 있지도 않았고 탈 연료조차 없는 불꽃이 허공 중에 떠올라 창백한 파란빛으로 요요스런 빛을 방 안에 뿜어내었다.

안개가 그 불꽃이 두렵다는 듯 주춤거렸다.

아니, 그 빛조차 쐬기 싫다는 듯 겁먹은 몸짓마냥 일렁이며 뒤로 물러나기 시작했다.

안개가 물러나는 것과 동시에 굳었던 종리우의 몸이 점차 풀리기 시작했다.

다섯 개의 파란 불꽃이 에워싸자 점점 응축되었던 안개가 점점 사그라들며 그 사이로 멍한 눈길에 헤벌린 입을 하고는 노인이 앉아 있는 것이 보였다.

"흡!"

기회를 놓치지 않고 종리우가 노인의 혼수혈을 짚자 노인은 허파에서 바람 빠지는 소리를 내며 몸을 한쪽으로 천천히 뉘었다.

"휴우~"

종리우가 가느다란 안도의 한숨을 불어 내쉬고는 언제 방 안으로 들어섰는지 모를 종리혁을 노려보았다.

"왜, 왜 그러느냐? 그러기에 너도 교의 밀술을 배우라고 하지 않았느냐."

넓적한 얼굴―그래 봐야 진금행의 반의 반이다―에 주먹 하나가 빠질 만큼 눈과 눈 사이가 먼 사내가 눈알을 뒤룩거리며 말했다.

"훙! 그 따위 환술(幻術)! 교가 무너진 것은 진정 강한 것을 추구하기는커녕 어린아이 장난 같은 환술 따위에 연연했기 때문이 아니오!"

종리우가 새된 목소리로 빽 고함을 지르자 거리가 한참이나 떨어져 있는 종리혁의 두 눈동자가 껌뻑거렸다.

배교. 무림을 공포와 혼돈으로 몰고 갔던 신비 단체.

불을 숭상해 배화교(拜火敎)란 다른 이름으로 불리는 단체.

배교의 환술은 사람의 이지를 흐트러뜨리고 세상을 비틀 만큼 분명 대단한 것이었다.

하지만 지나치게 환술에만 몰두한 것이 큰 잘못이었다.

마교는 배교를 사특한 무리라고, 마교 자신이 백도의 무림인에게 불리어졌던 죄목을 배교의 목에 매어 달았다.

그리고는…….

배교는 무너졌다.

배교의 환술을 탐낸 마교의 음흉한 수작에 배교는 그렇게 사라지고 만 것이었다.

마교는 곧 배교의 환술을 마교의 우사(右使)이자 일사(日使)에게 전했고 마교의 좌우쌍사 중 우사는 배교의 신비한 힘을 이용, 전 무림에 공포로 떠올랐다(문추룡의 눈알이 나무에서 튀어나오고 후임 우사인 쥐새끼 얼굴의 사내 몸이 핏줄기로 화할 수 있는 것도 다 배교의 환술 때문이었다).

하지만 배교의 위험함을 안 마교는 마교의 우사를 제외한 어느 누구에게도, 비록 우사와 함께 좌우쌍사를 이루는 좌사(左使)에게마저도 배교의 환술을 전하지 않았다.

그래서 지금 배교에 환술을 쓸 수 있는 사람은 오로지 세 사람만 남았을 뿐이다(실제로는 네 명이지만).

바로 마교의 우사와 배교의 마지막 장로인 치매 걸린 자신의 스승, 그리고 우둔한 종리혁이란 인물이…….

종리혁이 종리우의 쏘아붙이는 말에 당황해 떠듬거리며 대화를 다른 곳으로 옮겼다.

"그, 그건 그렇고, 각(閣)에 청부가…….."

"청부? 정보요, 아님 살인이요?"

종리혁의 말에 종리우가 관자놀이에 퍼런 심줄을 세우고는 되물었다.

"모, 몰라. 하지만 청부자가 보통이 아니니…….."

"감히 밀영각(密影閣)에 허접한 놈이 청부할려고! 누군데 청부 내용도 알아보지 않고 허둥대는 거요!"

종리우의 날카로운 물음에 종리혁이 더욱더 당황스럽다는 듯 얼굴을 붉히며 말했다.

"그, 그것이 검각(劍閣), 그것도 검각의 각주가 직접…….."

"……!"

항상 제 형에게 되바라진 말로 쏘아붙이던 종리우의 입이 풀로 붙인 듯 굳어졌다.

한참 코끝에 주름을 잡고 생각에 빠졌던 종리우가 조심스럽게 물었다.

"혹시 밀영각이 배교의 맥을 이은 것을 알아본 것은 아니겠지?"

"무, 물론!"

종리혁의 펑퍼짐한 얼굴을 쳐다보다 종리우가 일어서며 말했다.

"만나보면 알겠지!"

"그, 그래, 만나보면……."

종리혁이 떠듬거리다 종리우의 뒤를 이어 몸을 일으켰다.

＊　　　＊　　　＊

화무흔은 담담하게 시선을 옮기고 있었다.

온 방 안 가득 채우고 늘어져 있는 여러 색깔의 천이 왠지 가슴을 눌러오는 것 같았지만 검각의 각주에겐 그리 큰 불쾌감을 주진 못했다.

하지만 이미 큰 실수를 했다고 여기고 있는 도영이나, 비록 검객으로는 늙었지만 검각에서 큰 역할을 하는 고위명은 뱃속으로부터 불쾌한 느낌이 스멀거리며 피어오르고 있었다.

화무흔의 눈썹이 움찔거렸다.

눈앞에 마련된 탁자에 언제 왔는지 모를 한 사람이 자리를 차지하고 있었기 때문이다.

'저자가 밀영각의 우두마면(牛頭馬面)인가?'

화무흔의 생각은 틀림없었다.

앞에 대뚝하니 앉아 있는 사내는 푸른 옷을 걸쳤으며 그 얼굴은 정말이지 이상하게도 길쭉한 말의 얼굴에 그 머리 양쪽으로는 소뿔이 길게 나 있는 괴상한 탈—사람 얼굴이 그렇게 생겼다고는 생각할 수 없으므로—을 쓰고 있었기 때문이다.

"무슨 일로 본 각을 찾아주셨는지?"

인사도 없었다. 처음부터 본론을 짚어 말하는 것이 예의와는 거리가 멀었지만 그렇다고 건방지거나 자극적인 언행으로 보이진 않았다.

허례허식이나 복잡한 절차와는 친하지 않던 화무흔은 묘하게도 그 것이 마음에 들었다.

"한 가지 알고 싶은 게 있어서 왔소."

고위명이 화무흔의 얼굴을 흘낏 보고는 한 발 앞으로 나서서 말을 꺼냈다.

그러자 놀랄 만한 일이 벌어졌다.

우두마면 사내의 목이 그 자리에서 훌쩍 뒤로 돌아가고 반은 하얗고 반은 검은 웃는 얼굴의 탈바가지가 빙글 돌아간 얼굴 위치에 나타나는 게 아닌가.

한 사람의 목이 그 자리에서 완전히 돌아가는 일만 해도 놀랄 일인데 거기에 사람 얼굴까지 뒤바뀌다니!

'그래도 예의는 잃지 않았군. 우두마면과 함께 흑백살귀(黑白殺鬼)도 나타났으니…….'

고위명은 처음에 보였던 밀영각의 태도를 용서해 주리라 생각했다.

자신이 들었던 밀영각의 정보가 틀리지 않다면 우두마면과 흑백살귀가 동시에 나타난 일은 없기 때문이었다.

흑백살귀의 얼굴에서 나오는 말은 우두마면과 달리 음침하고 높으며 날카로웠다.

"밀영각의 피의 율법을 잊은 건 아니겠지요? 한 가지 정보는 세 가지 정보로, 한 사람의 목은 세 사람의 목으로……."

그랬다. 그렇기에 지금의 밀영각이 있을 수 있었다.

그저 돈으로 정보를 팔고 사거나, 아니면 사람의 목숨을 해하는 단체였다면 이루지 못할 가공할 힘이 거기에 있었다.

한 가지 정보를 얻는 대신 동급의 다른 세 가지 정보를 알려주어야 하는 곳.

한 사람의 목숨을 원한다면 밀영각이 지적하는 다른 세 사람의 생명을 죽여야만 하는 곳.

그렇게 밀영각은 세력을 키워온 것이다.

밀영각의 정보를 얻은 사람은 다른 정보를 캐내어 넘겨줘야 했고, 한 사람의 암살을 부탁하면 다른 세 사람을 암살해서 대가를 치러야 했다.

결국 밀영각과 한번 손을 잡으면 청부 관계에서 끝나지 않고 공범자가 되어야만 했다.

그런 밀영각에게 정보를 부탁할 만큼 검각은 다급했다.

밀영각이 검각에게 요구할 세 정보가 보통의 것이 아닐 텐데도 그 위험을 무릅쓰고 찾아왔기 때문이다.

"암살이 아니오. 사람을 죽일 일이 있다면 밀영각을 찾지 않았을 것이오."

고위명이 냉담하게 대답했다.

비록 어쩔 수 없이 밀영각에 들긴 했지만 검각의 위세에는 어울리지 않는 일이었다.

또 살인이 필요했다면—비록 검도를 추구하는 무리라 살인은 즐겨하지 않았지만—검각 자신의 힘으로 충분했다.

아니, 구태여 찾는다면 살인에 검각 이상 가는 매력적인 단체도 드물었다.

자신들이 찾는 상대가 암살을 전문으로 맡아 진행하는 흑백살귀가 아닌 정보를 취급하는 우두마면임을 밝히자 탁자에 앉은 사내의 얼굴이 전과 달리 위아래로 빙글 돌았다.

턱은 위로, 머리는 아래로 빙글 도는 그 짧은 시간에 어느덧 사내의
얼굴은 또 한 번 변해 있었다.

커다란 콧구멍에서 거친 숨을 토해내는 말의 얼굴과 검은색으로 빛
나는 두 개의 뿔을 가진 우두마면의 얼굴이었다.

"정보? 무엇을 원하는 것이오?"

"잃어버린 초식!"

우두마면의 굵은 목소리에 이번엔 고위명이 아닌 화무흔이 짧게 말
했다.

대화 상대가 고위명에서 화무흔으로 변했다는 사실만으로도 우두마
면의 전신이 움찔거렸다.

"초식?"

고위명이 화무흔의 얼굴을 돌아봤을 때는 이미 화무흔의 눈은 감겨
있었다.

그 뜻이 어디에 있는지 고위명은 알아차렸다.

구태여 말하지 않아도 되는 상대, 그것도 무림에서 격이 자신보다
한참이나 떨어지는 밀영각에게 입을 열어 직접 말했다는 것은 이 일이
보통 일이 아닌, 그래서 검각의 모든 노력이 깃들인 일이라는 것을 알
려주려 함이었다.

고위명은 화무흔의 결심이 그토록 굳은 것을 알고 조심스럽게 자신
의 목소리에도 힘이 들어가는 것을 느끼며 말을 건넸다.

"혹시 대듀와 따띤이란 초식을 들어본 적이 있소?"

"대듀? 따띤? 새외의 무공인가?

우두마면의 커다란 대가리가 좌우로 추가 흔들리듯 움직이며 중얼
거렸다.

"모르오! 그걸 알려달라는 것이오. 초식과 왜 우리 검각에서 잃어버렸는지……. 그리고……."

"그걸로 됐다."

고위명의 말을 화무흔이 잘라내었다.

구태여 검각에 얽힌 비밀까지 정보와 암살을 취급하며 살아가는 밀영각에게 알려줄 필요는 없었다.

"좋소, 계약은 성립되었소."

우두마면이 고개를 끄덕이자 책상 위에 놓여져 있던 조그마한 하얀 옥패가 허공에 떠 둥실거리며 고위명 앞으로 향해 천천히 쏘아져 왔다.

고위명이 순간 몸을 긴장시켰다.

밀영각. 신비와 저주가 동시에 존재하는 곳.

지금 허공에 떠 자신 앞으로 향해 천천히 다가오는 벽옥에 어떤 내력이 있는지 알 수 없었다.

보통의 무림인들은 저 같은 수법으로 내공을 견주곤 했다.

무리없이 수월하게 받아낸다면 받는 사람의 공력이 높은 것이고, 피를 토해내고 고꾸라진다면 쏘아낸 사람의 공력이 높은 것이었다.

그렇기에 고위명은 전신의 내공을 끌어올려 신중하게 하얀색으로 빛나는 벽옥패를 받아내었다.

하지만 아무런 변화도 없었다.

분명 내공으로 쏘아낸 것도 아니었다.

하지만 아무 힘도 들이지 않고 손을 대지 않은 이상한 방법으로 쏘아낸 게 분명했다.

'듣던 대로 묘한 곳이군.'

고위명은 속으로 감탄하며 손 안의 물건을 보니 제 모습을 갖추지 못한 백옥으로 만든 둥근 모양의 패였다.

반으로 쪼개져 반쪽만 남은 벽옥패.

고위명은 고개를 들어 우두마면을 바라보자 고개를 끄덕이며 우두마면이 말했다.

"나머지 반을 가진 자가 나타나 우리가 요구하는 정보를 요구할 것이오. 그 사람의 요구를 들어주면 되오."

"세 가지 다른 정보?"

고위명이 다시 한 번 확인해야겠다는 듯 되묻자 우두마면의 고개가 다시 한 번 끄덕여졌다.

"세 가지 정보, 그거면 되오. 그리고 화 각주께서는 우리에게 작은 것을 남겨주면 되오."

고위명의 검미가 움찔거렸다.

'밀영각에서 돈을 요구하는 것인가? 검각이 돈과는 거리가 먼 곳이라는 것을 알 텐데?'

갑작스런 부탁에 고위명이 의혹의 눈길을 보내자 우두마면이 별것 아니라는 듯 말했다.

"검각주의 작은 물건, 항상 몸에 지니고 있는 물건이면 좋지만……."

우두마면의 말에 도영의 눈길이 화무흔의 검에 가 닿았다.

검각의 검사면 누구나 철칙으로 삼고 있는 원칙.

손에서 검이 떠나면 혼도 떠난다는 말은 무림에 함부로 나돌아다니는 것이 아니었다.

검각의 검사 몸에서 검이 떠나는 일은 검각 뒤편의 무덤, 즉 검들의 무덤인 검총에 꽂히는 것 외엔 없었다.

하지만 불행히도 지금 화무흔의 허리엔 충천대라검법(衝天大羅劍法)을 시전할 대라검(大羅劍) 대신 다른 검이 들려 있었다.

화소접, 바로 도영이 책임져야 할 여자에게 화무흔이 직접 건네주었기 때문이다.

'그리고 그 신비 노인을 놓쳐 버리고 말았지.'

그것이 도영의 가슴을 아리게 만들고 있었다.

각주의 딸을 놓친 것은 아무것도 아닌 일이었다.

검각의 잃어버린 초식을 알고 있는 신비의 노인, 자신이 직접 부딪치고도 허망하게 놓쳐 버린 그 사람 때문에 자기 자신을 책망하는 도영이었다.

그러나 도영의 책망이 이어지고 있는 순간에도 우두마면의 나지막한 굵은 목소리는 이어지고 있었다.

"각주의 신체 중 일부, 즉 손톱이나 머리카락, 아니면 치아 같은 것이 가장 좋소."

우두마면의 말이 끝나기도 전에 번쩍하는 검광이 방 안을 가득 채웠다.

화무흔은 전혀 움직인 것 같지 않았다.

하지만 자신의 검을 빼내어 자신의 머리카락을 잘라냈다는 것은 화무흔 손에 들린 긴 머리카락과 단정하게 정돈되었던 머리카락 몇 가닥이 화무흔의 이마 아래로 늘어뜨려져 있는 것을 보아도 알 수 있었다.

화무흔의 검기로 인해 늘여져 매어 있던 현란한 천 조각들이 나풀나풀 조각나 허공을 떠도는 가운데 우두마면의 가면 안으로 놀란 눈동자가 얼핏 보였다.

그것은 시위였다.

친히 머리카락을 베어낸 것도, 또 검기로 천을 조각낸 놀라운 신기도 만약 밀영각에서 알아내지 못하면 박살을 내줄 거라는 화무흔의 각오를 나타내 주고 있기 때문이었다.

"…머리카락은 그 자리에 놓아두시오. 나중에 해답을 보내리다."

잠시 숨을 멈췄던 우두마면이 감히 화무흔의 손에서 머리카락을 받아낼 배짱이 없었는지 한결 부드러워진 목소리로 말했다.

그리고는 아직까지 나풀거리고 있는 천들 사이로 신형을 옮겼다.

그렇게 사라지려는 우두마면을 향해 고위명이 크게 외쳤다.

"기한은?"

"무기한! 잃어버린 검각에서도 몰랐던 초식이니……."

이미 형체는 사라지고 우두마면의 목소리만이 천과 함께 방 안을 떠돌고 있었다.

우두마면의 말도 틀리지 않았다.

아니, 부끄럽기까지 한 말이었는지 몰랐다.

하지만 상관없었다.

잃어버린 초식만 찾을 수 있다면…….

만약 밀영각에서 알아내지 못한다 해도 상관없었다.

그렇게 된다면 밀영각의 요구, 즉 세 가지 정보를 찾기 위해 검각이 노력해야 할 필요가 없기 때문이었다.

아니, 도리어 이루어진 청탁에 대한 배상, 즉 다른 귀한 한 가지 정보를 요구할 권리가 검각에겐 있는 것이 아닌가.

그리 손해 보진 않은 것 같다는 생각을 하던 고위명의 귀로 싸늘한 화무흔의 말소리가 들려왔다.

"가자!"

고위명은 구태여 목소리의 주인을 찾지 않았다.

이미 그 목소리 주인의 신형은 이 방 안에 있지 않을 것이 분명하기 때문이었다.

"거, 검각? 검각이 잃, 잃어버린 초식을 찾는다?"

종리혁이 떠듬거리며 말하자 종리우가 귀찮다는 듯 말했다.

"정보와 암살! 그 모두 형님과는 상관없는 일이 아니오! 다 내가 힘들여 할 일들뿐이지!"

종리혁이 자신이 바쁘게 처리해야 하는 일이 있다는 듯 싸늘하게 돌아서는 종리우를 향해 떠듬거리며 말했다.

"왜, 왜 하는 일이 없어! 내, 내가 얼마나 중요한, 일을 하는데!"

그랬다. 방금 화무혼의 머리카락을 베어낸 것도 그 때문이었다.

하지만 그런 자신을 하나밖에 없는 동생이 알아주지 않다니…….

방금도 그랬다. 비록 묻고 대답하는 그 모든 목소리의 주인공은 동생 종리우의 몫이었지만 의자에 앉아 대가리를 빙글빙글 위아래 좌우 옆면으로 힘들게 변화시키며 배교의 환술을 피워 올린 건 자신이지 않은가.

원망스런 시선을 재빠르게 사라지는 종리우의 등 뒤로 던지며 종리혁이 나지막이 한숨을 불어 내쉬었다.

"휴… 휴… 휴우우~"

오늘따라 한숨까지 더듬어지는 종리혁이었다.

제 3 장

조천대 — 진금행 무공을 전수받고, 조천대 드디어 탄생하다

"무공이 극의에 다다르면 생사현관 타통이나 환골탈태(換骨奪胎)를 겪고, 그 이후엔 늙어지면 다시 젊어지는 반로환동(返老還童)의 경계에 다다르니 바로 이 노부가 그런 경우란다."

"지랄맞은 일이군!"

"……?"

청년, 아니, '알고 보니 유통 기한이 엄청나게 지나 버린 늙다리'가 의아한 듯 진금행을 바라보았다.

"다시 젊어지다 어린애가 되어봤자 다시 들어갈 어머니의 자궁은 없을 터인데 다시 젊어지는 게 무에가 좋을 것입니까?"

진금행의 볼멘소리―그래도 늙었다니 언제부턴가 존댓말로 바뀌어 있었다―에 우습다는 듯 노인이 웃었다.

진금행은 젊은 노인(?), 아니, 늙은 청년(?)의 말을 들어도 믿겨지지 않았다.

저 청년이 이미 100살은 가볍게 훌쩍 뛰어넘은 인물이라니…….

하지만 신비인은 진금행의 말에 천천히 대답했다.

"어머니의 자궁이라……. 글쎄, 난 나의 어머니를 모른다. 고아로 자라왔으니까."

신비인의 말에 진금행의 가슴은 바윗돌을 얹은 듯 답답해졌다.

진금행은 신비인의 마음을 조금은 알 것 같았다.

이미 자신도 겪어보지 않았는가.

자신이 세상에 나와 첫 울음을 울기 이전에 어머니는 저세상으로 훌쩍 가버리셨다고 한다.

아마도 뒤룩뒤룩 살이 찐 자신이 보기 싫어 가셨을 거라고 어린 나이에는 생각을 했었다.

원망도 많이 했고, 미워도 했다.

축복받아야 할 자신의 생일이 어머니의 기일이라는 생각에 생일 때면 으레 이불을 폭 눌러쓰고 침상에서 나오지도 않았다.

두터운 비단 이불이 폭 젖을 때까지 울기도 많이 울었다.

원망과 미움, 그리고 눈물은 모두 하나에서 나온 것이었다.

그리움…….

그런데 저 싱싱하게 늙어 빠진 신비인은 그나마 누굴 그리워해야 할지도 모른다지 않은가.

"노인장도 꽤나 굴곡진 인생을 살아오셨구랴."

진금행의 낮은 탄식에 신비인의 눈썹이 묘하게 들썩였다.

"글쎄, 그 굴곡진 인생 중에 네놈을 맡은 게 가장 굴곡진 일 같구나!"

“엥? 날? 사실 아까부터 묻고 싶었던 건데… 나는 무림맹만 챙기면
되는 몸입니다. 그런데 한 사람은 맡겼다고 말을 하고 다른 한 사람은
맡겠다고 하니 내가 무슨 짐짝도 아니고…….”

진금행의 투덜대는 말에 신비인이 의외라는 듯 눈을 동그랗게 떴다
(그 모습도 매우 신비스러워 보였다).

“너는 무공을 익히러 온 것이 아니냐?”

“무공? 무슨 얼어죽을 무공! 그런 건 다 필요 없습니다.”

진금행이 눈살을 찌푸리며—살은 별로 접히지 않았다—토해내는 말을
듣고 신비인이 참으로 이상한 놈도 다 보겠다는 듯 말했다.

“다 필요 없다니? 하기는… 맞다, 네 녀석 말이. 무공이란 게 다 필
요없는 것인지도 모르지…….”

분명 무공이 절정에 이르러 더 나아갈 곳이 없어 보이는 사람 입에
서 처연한 어조의 말이 토해지자 이번엔 진금행이 놀라 버렸다.

“어라? 음, 아무튼 잘됐네요. 무공이 필요없다 했으니 이 몸은 밖으
로 나가 무림맹을 접수하면 되겠네요.”

“무림맹을 접수? 하하하, 무림맹의 역사에 무공을 모르는 사람이 처
음 맹주가 되겠구나! 무림맹주의 성혈(聖血)뿐만 아니라 마혈(魔血)까
지 함께 지닌 사람이!”

“성혈? 마혈은 또 뭐예요?”

진금행이 이제야 새롭게 호기심을 발하며 묻자 신비인의 눈빛이 날
카로워졌다.

그 눈빛에 살이 에이는 듯한 기분을 느끼며 진금행은 진저리를 쳤
다.

“네놈의 그 이상하고도 괴상한 피가 아니었다면 이미 세상에 뜻을

거둔 내가 수고스럽게 너를 맡진 않았을 것이다. 그건 그렇고, 네놈이 무공을 아느냐? 필요없다고 버리는 것도 좋고 주워 네 몸으로 익히는 것도 좋다만 무엇을 버려야 할지 알아야 돼야 할 게 아니냐.”

신비인의 묻는 말에 진금행이 귀찮다는 듯 대꾸했다.

“손과 발을 어지럽게 놀려 사람을 죽이는 것이지요. 입으로는 사람 살린다는 활인검(活人劍) 운운하지만 실상 신나게 놀려대어 죽여댈 뿐 사람에게 이득되는 일은 의원의 침 한 대만 못한 것이 무공이란 것 아닙니까?”

진금행의 말에 신비인은 곰곰이 생각에 잠겨 있는 듯했다.

그 모습이 자신의 말에 대한 반응치고는 너무도 진지해서 도리어 벌쭘해진 진금행이 물었다.

“그럼 노인장께선 무공을 아십니까?”

“…….”

진금행의 물음에 신비인은 고개를 가로저었다.

“나도 실상 모른단다. 그래서 이 자리에 무릎에 곰팡이가 피도록 앉아만 있는 것이지.”

신비인의 너무도 태평스런 대답에 진금행이 말이 안 된다는 듯 반박했다.

“아니, 노인장께서도 무공을 익히고 있지 않습니까?”

“그렇다. 하지만 내가 알고 있는 것은 무도(武道)의 한 조각에 지나지 않는단다. 별것 아닌 것이지.”

신비인의 말에 진금행이 고개를 갸웃거리며 중얼거렸다.

“그래도 처음엔 뭔가 있어 보였는데…….”

진금행의 말을 들었는지 신비인이 웃으며 말했다.

"나 역시 활인검 따위는 모른다. 그저 사람 죽이는 재주를 남과 다르게 익히고 썼을 뿐이지."

"남과 다르게?"

진금행이 의아하다는 듯 물었다.

남과 다르다. 이건 정말이지 진금행 자신에게 어울리는 말이 아닌가.

아마도 남과 다른 그 무엇(!)에 관한 것이라면 진금행도 자신있었다.

첫인상부터 남다른 인상을 풍기지 않는가!

한데 눈앞에 있는 잘생긴 청년(?) 입에서 남과 다른 무공이라니, 얼마나 호기심이 생기겠는가.

"왜, 궁금하냐? 내 알려주랴?"

진금행이 고개를 끄덕이자 신비인이 앉은 자세를 고쳐 앉으며 신중한 태도로 말하기 시작했다.

이것이 진금행에게 전해지는 표변도(豹變刀)의 첫 번째 강의라는 사실은 진금행은 전혀 알지 못했지만 말이다.

"이 표변도란 도법의 시작은 내가 처음 칼을 잡았을 때와 나중에 칼을 잡았을 때가 다르기에 붙인 이름이다. 그리 마음에 들지 않지만 너를 보니 문득 이 도법에 이름을 붙여야겠다는 생각이 들어서 지금 막 지어 붙인 이름이다."

신비인은 재미있다는 듯한 표정으로 고개를 천장으로 들었다.

곧 옛 추억을 생각하는 듯 젖은 눈동자로 천천히 말을 이었다.

"처음 내가 칼을 잡았을 때가 13살 때였고, 이미 그때 사람 열둘을 죽였다. 그때의 도법은 대강 이랬다. 첫째, 칼의 손잡이를 잡는다. 둘째, 적을 야려본다. 셋째, 최대한 얼치기 양아치로 보이기 위해 눈을 씰룩이고 침을 찍찍 뱉어 적의 경계심을 허문다. 넷째, 그러는 중간에 적의 빈틈을 찾아낸다. 다섯째, 어이구, '너두 무인이냐? 네놈이 바지를 까내려 봐야 지나가던 할망구도 쳐다보지 않겠구나' 하고 빈정대어 적을 도발시킨다. 여섯째, 적이 게거품을 물고 달려들면 칼을 찾아낸 적의 빈틈에 찔러 넣는다. 일곱째, 힘껏 베어낸다. 여덟째, 최대한 시건방을 떨며 칼을 시체 몸에서 뽑아낸 뒤 죽은 시체 위로 침을 내뱉는다. 아홉째, 기뻐한다. 어때? 간단한 아홉 초식으로 이루어졌지? 하지만 나는 이 아홉 초식으로 열둘을 죽일 수 있었다."

진금행은 의아했다. 적어도 자신이 무공을 모르긴 하지만 저런 것이 무공의 초식이 될 수 없다는 것을 알고 있기 때문이었다.

저건 절정의 초식과는 거리가 먼 삼류 양아치들의 뒷골목 싸움이 아닌가!

그걸로 열둘을 죽였다니!

하지만 어쩌랴. 상대, 즉 매우 젊은, 대단히 늙은 노인이 그랬다는데…….

"대단하시구랴."

신비인은 진금행의 빈정거림이 진짜 칭찬인 것처럼 크게 기뻐하며 말했다.

"하지만 나는 곧 그 한계를 체험할 수밖에 없었다. 그래서 두 번째 무공을 창안했지. 첫째, 칼로 내 주위를 방비하니 곧 사외방(四外防)이다. 둘째, 기세로 적을 제압하니 곧 진압세(鎭壓勢)이다. 셋째, 지세를 살펴 몸과 하나가 되니 곧 철지세(哲地勢)다. 넷째, 형세를 살펴 처신하니 곧 종리세(從俐勢)이다. 다섯째, 적과 나의 수위를 살펴 행동하니 곧 추순위(追旬衛)이다. 여섯째, 앞서 다섯 초식을 이룬 뒤 신중히 적에게 짓쳐들어간다. 일곱째, 적을 죽인다. 여덟째, 기뻐한다. 어때? 한 초식이 줄어들지 않았느냐? 내 이 한 초식을 줄이기 위해 쏟은 세월이 14년이었으니 곧 27살에 이룬 도법이었다.”

진금행은 이제야 청년의 말한 의도를 조금 알 것 같았다.

농 삼아 하는 이야기였지만 처음 도법과 두 번째 이룬 도법 사이에는 하늘과 땅만큼의 차이가 있다는 것을 무공의 문외한인 자신이라도 금방 알 수 있기 때문이었다.

어디선가 지나가는 말로 칼로 자신을 지킬 수 있다면 이미 그는 고수라는 이야기도 들었는데 그것이 기본적인 첫째 초식이었으니 이미 27살에 그 정도 성취를 이루었다면 눈앞에 노인은 엄청난 무공의 기재임이 틀림없었다.

청년, 아니, 노인은 자신의 한창때 이야기에 도취되어 아직 흥이 다 끝나지 않았는지 계속 말을 이어 나갔다.

“하지만 나는 곧 그 한계를 절감하기에 이르렀다. 아니, 한계라기보다는 벽에 부딪쳤다는 느낌이 들었지. 그것이 뭔지 몰라 한참을 방황하다 내 나이 45세에 이르러서야 그것을 깨닫고 드디어 초식을 여섯 개로 줄일 수 있었다.”

하지만 노인은 그 여섯 초식이 무엇인지 말하지 않았다.

아니, 말로 표현할 수 없는 것인지도 몰랐다.

신비인은 담담하면서도 흥이 난다는 듯 이어가는 늙은 청년의 낮게 깔린 목소리에서 생동감을 느낄 수가 있었다.

“그러나 그것도 그뿐, 내 나이 55살이 넘어설 때야 내가 그동안 헛지랄한 것을 깨닫고는 모든 초식을 버리고 세 초식을 새로 얻었고, 전대(前代), 아니, 이제 전전대(前前代)라고 해야겠군. 고검사신을 꺾고 무림맹을 세운 초대 맹주의 성혈을 이어온 주인이자 무림 최고의 고수라는 무림맹주를 찾아갔다.”

신비인의 말은 한창때의 정열을 담았는지 헛지랄이란 단어까지 저도 모르게 튀어나오고 있었다.

그러나 말을 다 끝낸 후의 얼굴은 한 꺼풀 회한의 그림자가 덧씌워졌다.

흥이 나 말하던 어조는 그렇게 어느덧 조금씩 가라앉고 있었다.

“하지만 이미 그는 나의 경지를 한 겹 벗어나 있더구나. 그 한 겹의 차이란 눈에 보이지도 않을 만큼 가벼운 것이었으나 나에게는 하늘과 땅만큼이나 차이가 있었다. 나는 패한 후 그에게 나에게 세 초식을 하나로 묶을 수 있다면 능히 그를 꺾을 수 있었을 것인데 그러지 못하고 경망되게 도전한 것이 원통하고 분하다고 말했고, 그는 그렇다면 그 초식을 줄여보라고 말했지. 그래서 내가 여기에 있게 된 것이다. 무림맹주는 그 경지에 머물러 있다 죽었고 나는 이미 그 경지를 뛰어넘었으나 그와의 약속을 지키려 머물러 있단다.”

진금행이 생각해도 그랬다.

저 정도의 고수라면 방비가 엄청나야 할 감옥이 왠지 허술하다는 것이 이상했고, 또 아무리 방비가 튼튼한 황궁의 감옥이라도 이런 엄청난 고수를 막지는 못할 것이 아닌가.

그의 말대로 그는 갇힌 게 아니라 스스로 세상을 닫아두고 있는 것이 분명했다.

“그래서 한 가지 초식으로 만들었나요?”

진금행은 자신도 모르게 침을 꿀꺽 삼키며 물었다.

신비인은 미소 띤 얼굴로 고개를 끄덕였다.

"세 초식을 한 초식으로 만드는 것은 이미 오래전에 이루었고 지금은 그 한 초식마저 없애 반 초식으로 만들었단다."

저 정도의 세월을 갈고 닦아 새로운 무공을 만들었다면 얼마나 무서우랴.

하지만 그것을 줄이고 줄여 반 초식으로 줄였다니, 진금행으로서는 이해가 가지 않는 일이었다.

그러나 노인의 말은 계속되었다.

"이제 그 반 초식도 갈아내어 모든 것을 없애 버린다면 그 끝을 볼 수도 있을 텐데… 어렵구나. 앞으로 또 몇 년이 걸려야 가능할는지……."

회한이 담긴 목소리.

그 목소리를 듣자 왠지 진금행 자신도 가슴이 아파왔다.

역사적인 날이 분명했다.

돈, 여자, 그리고 먹을 것을 제외하고는 처음으로 진금행의 심금을 울린 대화가 오가고 있기 때문이었다.

*　　　　*　　　　*

"움타할리 투불리하~"

배교의 마지막 맥을 이은 종리혁의 입에선 알지 못할 주문이 흘러나오고 있었다.

신기하게도 주문을 욀 때는 한 번도 더듬지 않고 있었다.

종리혁은 무릎을 꿇고 초록색의 불길이 치솟는 조그마한 화로를 앞에 두고는 양손에 무언가를 쥐고 계속 중얼거릴 뿐이었다.

"토부평타 터미리하~"

종리혁이 알지 못할 주문을 외며 온몸을 부들부들 떨어대었다.

왼손에는 베어낸 검각주 화무흔의 머리카락 몇 가닥을 쥐고 있었고, 오른손엔 너무도 오래된 것이 분명해 보이는 작은 동경(銅鏡), 아니, 그 재료가 무엇인지 모를 거울을 들고 있었다.

"뚜룩뚜귀 티지마할! 대듀! 따띤!"

끝에 '대듀'와 '따띤'을 힘주어 외칠 때는 목소리가 파르르 떨려왔으며 두 눈, 한참이나 거리가 멀어 거의 귀에 붙어 있는 듯한 눈은 한없이 위로 치켜뜨고 있었다.

하지만 아무리 봐도 이상한지 뚫어지게 보던 동경을 힘없이 아래로 내려놓았다.

"헉, 헉……."

거울과 머리카락을 들고 외쳐 댄 것이 너무도 힘이 들었는지 온통 땀에 절은 몸으로 종리혁이 허덕이고 있을 때였다.

"이번엔 봤수?"

종리우가 긴장된 얼굴로 묻자 힘 빠진 듯한 표정으로 종리혁이 고개를 가로저었다.

"어라? 내가 볼 때 화령경(火靈鏡)에 무언가 맺힌 것 같았는데……."

그럴 리가 없다는 듯 종리우가 따져 묻자 종리혁이 눈을 멀겋게 뜨고 말했다.

"오, 오래됐어. 화령경이 너무 오래됐나 봐. 이, 이상한 것을 비추니……."

"그럴 리가! 분명 내가 볼 때도 뭐가 길쭉한 게 비추어 보였는데! 얼

마 전까지도 잘 응하던 화령경이 그럴 리가 있겠수! 형님의 능력
이……."

　종리우의 핀잔에 종리혁이 그럴 리가 없다는 듯 강하게 고개를 가로
저었다.

　"아, 아니야. 목욕도 벌써 일, 일곱 번을 했고 성화(聖火)도 벌써 다,
다섯 번은 피워 올렸어……."

　"그럼 다 된 거네. 그런데 왜 화령경이 이상하다고 하는 거유?"

　뾰족한 목소리로 종리우가 따져 묻자 종리혁이 얼굴을 붉히며 더욱
떠듬거렸다.

　"보, 보이긴 하는데… 기, 길죽한 것이 보이긴 하는데… 그것이 이,
이상해……."

　"이상하고 아니고는 내가 판단할 것이니 뭐가 보였는지 말이나 해봐
요."

　"그, 그것이 말이야… 꼭… 꼭 사람의 혀, 혀처럼 생겼으니 이상하
지 않느냐……."

　"혓바닥? 그것도 사람의?"

　종리우가 놀라 되묻자 종리혁이 고개를 끄덕였다.

　"그, 그래. 사람의 혀. 그게 팔, 팔뚝만큼이나 기니… 그게 괴물이지
사, 사람의 혀겠느냐?"

　종리혁의 떠듬거림이 계속되자 종리우가 짜증난다는 듯 방을 박차
고 나갔다.

　"젠장! 이젠 배교도 다 되었군! 몇 개 안 남은 보물 중 화령경마저
찾으려는 성녀는 찾지 못하고 이상한 것만 비추니! 꼴 좋군, 꼴 좋아!
배교의 마지막 제자는 덜떨어지고 배교의 성물(聖物)들은 그 효력을 다

했으니…….”

종리우의 짜증난 말에 양 귀퉁이에 붙어 있는 종리혁의 두 눈은 그저 끔뻑이고만 있었다.

단 하나의 단서만 있어도 연관된 일을 무리없이 찾아내 비추어주던 화령경. 실상 배화교의 성물인 화령경이 아니었다면 밀영각의 엄청난 정보력도 얻지 못했을 것이다.

하지만 확실한 단서, 즉 대듀와 따띤, 그리고 검각의 주인 머리카락이 있음에도 화령경의 거울 위에는 놀리듯 기다란 혀만 출렁대고 있으니 종리우가 이처럼 화를 내는 것도 무리는 아니었다.

그러나 화령경은 죄가 없었다.

그저 충실히, 아니, 어느 때보다 더욱 확실한 정보를 보여주고 있을 뿐이었다.

바로 대듀와 따띤을 나불거렸던 마 총관의 혀를 말이다.

＊　　　＊　　　＊

“글쎄요…….”

믿을 수가 없다는 듯 진금행이 거대한 뺨을 씰룩이며 말했다.

그러자 신비인이 답답하다는 듯 눈가를 찡그렸다.

“사실이다! 정말이라니까!”

하지만 신비인이 강조할 때마다 진금행의 눈가엔 의혹의 빛이 강해질 뿐이었다.

“에이, 설마~ 어르신이 표변돈가 뭔가로 처음 죽였다는 그 12명의 실력이 대강 들어보니 내가 알고 있는 강구의 정도인데 야려보고 침이나 찍찍 뱉는다고 그게 가능할까요?"

진금행은 더 이상 신비인의 정체에 대해서 의심하지 않았다.

아니, 눈앞에 멋들어진 몸매에 얼굴까지 잘생긴 청년이 엄청난 늙다리라는 것은 분명한 것 같았고—아무리 몰라도 무림맹주의 허리가 그렇게 가볍게 굽혀지는 물건이 아닌 것은 확실했다—또 그 실력도 친히 몸으로 체험하지 않았는가.

하지만 나이도 엄청 많고 실력도 빵빵한 노인네지만 뻥을 치는 능력 역시 대단한 게 사실인 것 같았다.

그 따위 아홉 초식으로 엄청난 고수들을 죽였다니…….

"믿어달라고는 하지 않았다. 하지만 분명 열둘을 죽인 건 사실이지!"

신비인 역시 화사한, 정말이지 갓 20살의 맑은 피부에 투명하고 깊숙한 눈동자를 빛내면서 진금행 말에 반박하고 있었다.

신비인 스스로도 외지고 음습한 곳에서 시간과 세상을 잊어버리고 지낸 지 얼마인지 몰랐다.

하지만 이미 출신입화(出身入化)의 경지에 다다르고 보니 굳이 사람과 세속사를 멀리하고 살 필요가 있었는가 하는 생각도 들었다.

무료함이나 허망함과는 다른 그 무엇…….

그것을 채워주는 진금행이란 존재가—뭘 채우는지는 몰라도 진금행덩어리를 보면 꼭꼭 채우리라는 것은 안 봐도 잘 알 수가 있다—나타났으니 자연 신비인 역시 원래의 천성, 눈앞에 보이는 두툼한 놈과 별다르지 않았을 성격이 튀어나오고 있었다.

"에이, 그래도 그 정도 실력이면 무인이 가장 중요시한다는 명예도 있고, 또 자존심이란 것도 있을 텐데……."

진금행이 도저히 믿지 못하겠다는 듯 고개를 흔들며 중얼거리자 신비인의 눈꼬리가 움찔거렸다.

그리고는 나지막한 저음, 그것도 엄청 낮게 깐 목소리로 진금행에게 말했다.

"자존심이 밥 먹여주나?"

전혀 뜻밖에, 그것도 처음에 신비로움으로 칠갑을 한 채 나타났던 인물의 입에서 예상외의 말이 튀어나왔다.

하지만 그 이상한 말에 진금행이 그제야 이해가 간다는 듯 고개를 끄덕이는 것이 아닌가!

"하기는… 밥이 최고지!"

그 꼴을 보고 신비인의 눈동자가 번뜩였다.

'재미있는 놈일세……'

보면 볼수록 재미있는 놈이었다.

보통 조금이라도 감성이 있고 눈치가 있는 놈이라면 자신의 말을 달리 해석할 것이다.

고아로 태어나 뒷골목에서 질긴 목숨을 이어가려면 몸뚱이로 세상과 부딪치며 굴러먹어야 했다.

명예? 그런 건 개나 물어갈 물건이었고, 자존심? 그런 건 죽고 나서 없어질 물건이 분명했다.

그 쓰라리고 아픈 과거에 먼저 가슴 아파하고 자신을 향해 동정심 어린 시선을 던졌을 것이 분명했다.

이야기를 듣는 사람들이 보통 사람이라면 말이다.

하지만 불행히도 진금행은 보통, 표준, 상식과는 거리가 먼 인간이었다.

그저 단순하게, 정말 밥과 연관 지어 생각하는 것이 아닌가!

그런 점이 마음에 들었다. 자신이 도를 잡고 세상을 향해 휘두르기 시작한 이후 도의 떨림에 자신의 숨결을 담을 줄 알고 도의 나아가는 길에 대해 눈을 조금 뜨고 나서는 저런 인간을 만나보지 못했다.

'언제였지, 마지막으로 본 것이⋯⋯?'

알 수 없었다. 저런 인간 몇을 보긴 봤다.

하지만 그들은 어두운 뒷골목에서 돈 몇 푼에 사람 목을 따주던 인간들뿐이었다.

그 어두운 골목을 벗어나서는 만나보지 못했다.

그런데 새삼스레 자신을 절정의 무인이라기보다 진실로 하나의 인간으로 봐주는 사람을 만나지 않았는가(진금행에겐 모두 만만한 인간이다. 그놈이 황제의 할아비라 할지라도).

확실히 신비인은 진금행과 죽이 잘 맞았다.

빛과 어둠, 뜨거움과 차가움처럼 전혀 상반된 사람이지만 그 기질이 묘하게 어우러지고 있었다.

그 증거로 신비인이 자리에서 벌떡 일어나 예전 말투, 뒷골목에서 독종(毒種)으로 불리던 니글거리는 어투로 진금행에게 말하는 것을 보아도 알 수 있었다.

"한번 볼텨?"

신비인이 잘생긴 얼굴, 정말이지 몸에 괜찮은 옷을 걸친다면 대유학자의 자제요, 대부호의 아들처럼 보일 잘생긴 얼굴을 구기며 진금행에게 물었다.

무도(武道)에 발을 들인 후, 정말이지 오랜만에 예전 독종의 모습으로 돌아간 것이었다.

신비인은 말을 뱉고 보니 가슴속에 왠지 모를 희열을 느꼈다.

오랜 세월을 순간적으로 뛰어넘어 싱싱한 몸뚱이로 세상을 버텨갔던 그 시절의 젊음으로 돌아간 듯이 느껴졌기 때문이다.

하지만 진금행은 그런 신비인의 객기(?)를 보며 고개를 끄덕였다.

그것을 본 신비인이 양손에 침을 퉤퉤 뱉더니 곧 옆에서 검고 뭉툭한 검을 집어 들었다.

"좋다! 내 뵈주마!"

양손으로 도를 잡고는 자신의 가슴께로 들어 올리며 말했다.

"잘 봐두어라. 이것이 네가 비웃던 표변도의 제일초식, 칼의 손잡이를 잡는다이다."

"흐음……."

진금행의 코에선 한심하다는 듯한 신음이 토해졌다.

저쯤이야 다섯 살배기라도 얼마든지 할 수 있는 재주가 아닌가!

저 검이 아까 봤던 현철 나부랭이(!)로 만들어진 게 아니라면 바짝 마른 마 총관이라도 한 손으로 충분히 해낼 수 있는 일이기 때문이었다.

하지만 진금행은 신비인이 두 번째로 토해낸 말과 함께 일변한 기세에 숨이 막혀오는 것을 느꼈다.

"제이초식, 적을 야린다!"

호기롭게 외친 신비인이 곧 칼을 한쪽으로 축 늘어뜨리며 두 눈으로 진금행을 쏘아보기, 아니, 야려보기 시작했다.

아아! 어찌 저 두 눈동자를 인간의 것이라 할 것인가!

저 희번덕 번쩍이는 두 눈동자는 결코 인간의 것이 아니었다.

악마의 눈동자도 저런 눈동자는 가지지 못했을 게 분명했다.

야비함! 진금행이 아무리 야비하다 해도 그것보다 100배 더한 야비함이 그 두 눈동자에 담겨 있었다.

신비인이 한쪽 눈을 찡그리다 다른 쪽 눈썹을 움직이며 진금행을 바라보던 각도를 조금 뒤틀었다.

으아아! 어찌 저 두 눈동자가 사람에게 박혀 있을 수 있는가!

교활하기 짝이 없는, 진금행의 1,000배쯤 되는 교활함이 그 두 눈동자 깊숙이 담겨 있었다.

그리고 느글거림! 비위 좋고 식성 좋은 진금행이라 할지라도 한 열흘쯤 입맛을 잃게 만드는 느글거리는 그 무엇이 눈동자에서 요요롭게 빛나고 있었다.

'우욱!'

진금행은 저도 모르게 앞으로 당장 달려나가 저 밉살스런 얼굴을 박살 내고 싶다는 욕구가 치밀어 오르는 것을 느꼈다.

관옥과 같은 얼굴, 신선과 같은 자태, 단아하고 절제된 좋은 품성…….

조금 전까지 신비인에게 풍기던 그 모든 것이 모두 사라져 버리고 지금 진금행 앞에는 천하에 그 어떤 생양아치도 감히 흉내 못 낼 밉살스런 놈 하나만 서 있을 뿐이었다.

'크흐흑~ 정말 패 죽어 버리고 싶군! 하지만 그러기엔 너무 귀찮아!'

진금행은 정말이지 치밀어 오르는 강렬한 욕구를 간신히 억누르고 있었다.

하지만 진금행을 이토록 도발시킨 신비인 역시 속으론 놀라고 있었다.

‘정말 대단한 부동심(不動心)이군! 저 정도면 어떤 미색의 여인이라 할지라도 마음을 뒤흔들지 못할 것이고, 그 어떤 힘겨운 일도 묵묵히 이겨 나갈 것이 아닌가! 정말이지, 가르쳐 볼 만한 아이가 아닌가!’

아아… 아무리 신선 같고 화경에 달한 무공을 지니고 있다 해도 역시 인간이었나 보다.

진금행이 얼굴을 찡그리고 자신의 도발에 묵묵히 참고 견디는 것을 가상하게 생각하다니!

진금행이란 인간은 미색의 여인이 고개 돌려 돌아보기 전에 여자의 치마 속에 먼저 기어 들어가 속곳을 벗길 인간이란 것을 신비인은 모르고 있었다.

그 어떤 힘겨운 일이 닥쳐도 자신이 거느리고 있는 아이(?)들의 몫일 뿐 진금행 자신은 신경도 쓰지 않는다는 것을 모르고 있었다.

단지 이처럼 신비인을 놀라게 한 재주의 근본은 바로 진금행의 엄청난 나태함과 게으름이었다.

‘좋아, 정말 간만에 세 번째 초식을 써보는군!’

“카악, 퉤이!”

신비인은 세 번째 초식인 최대한 얼치기 양아치로 보여 적의 경계심을 허물기 위해 굵고도 진한 가래침을 뱉어냈다.

하지만 가래침은 질기고도 끈질겨 신비인의 입에 붙어 길게 늘어날 뿐 끊어지지 않았다.

신비인은 당황했는지 곧 고개를 숙여 머리를 좌우로 흔들어대었다.

하지만 가래침은 떨어지지 않고 흡사 그네를 타듯 좌우로 크게 움직이고 있었다.

아니, 그뿐만 아니었다. 한참 좌우로 흔들리던 가래는 어느덧 신비인의 오른 뺨에 가 철썩 붙어버리는 것이 아닌가.

어쩔 수 없다는 듯 앞니로 질겅질겅 씹고서야 겨우 가래침을 끊어낸 신비인이 진금행을 보며 씨익 웃었다.

이 정도 모습이면 진금행이 도발하리라 생각했는데 그런 자신의 예상을 빗나가게 한 진금행이 신선하게 느껴졌기 때문이다.

하지만 진금행은 실상 신비인의 노림수에 막 걸려들 뻔한 게 사실이었다.

가래를 뱉느라 고개를 숙이고 정신없이 고개를 좌우로 흔들던 신비인을 보며 진금행은 정말이지 신비인이 별것 아니라고 생각했다.

지금 자신의 손에 나무 몽둥이가 들려 있다면, 아니, 그냥 맨주먹이라도 저 밉살스런 신비인의 뒤통수를 충분히 내려칠 수 있을 것 같았다.

조금 전 밉살스런 표정을 본 보통 사람이라면 누구라도 그런 허술한 모습을 보고 뒷대가리를 치고 싶은 묘한 충동을 이겨내진 못했을 것이다.

하지만 진금행은 그러지 않았다.

조심스러움 때문이나 게으름 때문이 아니었다.

바로 신비인에 대한 조그마한 감탄 때문이었다.

'참으로 걸죽하군! 백 년 동안 이 뇌옥 안에서 가래침만 모았나 보군! 저 걸죽한 걸 모았다가 색소와 조미료를 조금 치고 겉모습이 그럴 듯한 놈에게 도사 옷을 입혀 천하제일 정력제라고 속여 시전에서 판다면 정말이지 잘 팔리겠군! 정말 그럴듯하게 보이지 않겠어? 꽤나 쏠쏠한 장사 같은데?'

역시나 돈이 관련되어서인지 길게 이어지고 있는 상념을 신비인이 깨뜨렸다.

"역시 만만치 않은 놈이로군!"

자신의 장포 자락으로 제 오른 뺨에 붙은 가래침을 쓰윽 닦아내며 신비인이 만족한 듯한 얼굴로 말했다.

그 얼굴은 조금 전의 밉살스럽게 야려보던 얼굴이 아니었다.

참으로 잘생기고 탈속한 듯 해맑은 청년의 모습이었다.

신비인은 이렇게 된 것, 구태여 나머지 초식을 쓰고 싶지 않았다.

진금행의 자질이 이렇게 뛰어나니 구태여 나머지 초식을 써 죽여 없애거나 고통을 주기 싫었기 때문이다.

"네놈 자질이 이토록 뛰어나니 근양이의 기대를 받을 만하구나!"

짐짓 감탄했다는 어투로 신비인이 말하자 진금행이 불쑥 말했다.

"그것 나 좀 가르쳐 줘요. 별로 힘들 것 같지도 않던데……."

종래 진금행이 봐왔던 무공이란 것, 즉 팔과 다리를 신나게 놀리려면 그 이전 수만 번의 피눈물나는 연공을 거쳐야 하는 것과는 전혀 다른 신선한 무공에 진금행이 욕심을 냈다.

"가르쳐 주는 거야 어렵지 않다. 하지만 이것은 배우는 자의 자질이 매우 뛰어나야만……."

"자질이고 뭐고 그냥 가르쳐 줘요. 사실 이런 기회 흔하지 않다구요! 그러니 나중에 후회하지 말고 가르쳐 달랠 때 가르쳐 줘요."

정말이지, 이런 기회는 드물었다.

진금행이 배우겠다고 나서는 기회는 정말이지 드물기 짝이 없어 한 달 전 죽은 여자가 무덤에서 기어나오는 걸 보는 것만큼이나 진귀한 광경임이 틀림없었다.

게으른 진금행이 무엇인가를 배우겠다니!

하지만 진금행은 즐겁기 짝이 없다는 듯 미소를 짓고 있었다.

'좋은 수법이야. 특히 두 번째 야려보는 그 재주만은 무슨 수를 쓰든 꼭 배우고야 말겠어! 요즘 아랫것들이 가끔가다 미쳐 기어오를 때 꼭 써먹어봄 직한 좋은 수법이야!'

그 두 번째 초식의 쓰임새를 생각하니 진금행은 홍이 절로 났다.

자신이 저렇게 야려볼 때 그 얼굴을 지켜볼 홍규동이나 오필도, 구잔양 등등의 얼굴이 참으로 재미있겠다 싶었기 때문이다.

'짜아식들이! 그러기에 누가 기어오르래?'

진금행은 죄없는(?) 아랫것들을 생각하며 얼굴에 웃음이 더욱더 짙어지고 있었다.

*　　　　*　　　　*

"그런데 우린 이렇게 기다리고만 있으면 되는 건가?"

오필도가 불쑥 말을 꺼냈다.

"그럼?"

살기를 발하던 구잔양의 눈 역시 오랜 기다림에 지쳤는지 졸린 듯 반이 감긴 채 되물었다.

"사천 땅에 있는 내 기업을 돌봐야 할 텐데……."

강구의 역시 곤혹스럽다는 듯 중얼거리자 역시 사천 땅에 응천보를 둔 도밀현 역시 짜증난다는 듯 미간을 좁히고는 조용히 뇌까렸다.

"개 같은 종자 놈 하나 때문에……."

도밀현의 그 같은 말에 기천사지 홍규동이 입맛을 다셨다.

그나마 전 같으면 도밀현의 말에 맞장구를 치며 같이 진금행을 향해 욕설을 퍼붓곤 했지만 그것도 한두 번이지, 이제 남은 기력이라곤 그저 입맛만 다실 정도였기 때문이다.

"쩝쩝."

쾅!

홍규동의 입맛 다시는 소리의 여운이 채 사라지기도 전에 방 문을 크게 열어젖히며 한 인간이 굴러 들어왔다.

"치사한 사람들! 나만 빼놓고 몰래 숨어 처먹고 있다니!"

땅바닥에 퍼질러 앉아 꽥꽥 소리를 질러대는 인간을 보니 개방의 후개인 주개육이었다.

"먹긴 뭘……. 휴우, 그저 한 놈만 질겅질겅 씹을 수 있다면 원이 없을 터인데……."

이젠 신물나게 봐온 주개육의 식탐에도 짜증이 나지 않았다.

"언제쯤이나 돌아갈까? 구골(狗骨)들을 오래 두면 안 되는데……."

구잔양이 걱정스럽다는 듯 어울리지 않게 처량한 목소리로 중얼거렸다.

구골, 즉 개뼉다귀라 불리는 소금은 자칫 습기가 높거나 비가 내리기라도 한다면 녹아내릴 것이 뻔했다.

그렇게 된다면 염효인 자신이 고생한 보람이 없지 않은가?

"찻잎도 마찬가지네. 그런데 어디 남은 고약 좀 없나?"

우문하가 구잔양의 말에 고개를 끄덕이며 제 항문에 붙일 고약을 찾을 때였다.

"어머나! 안녕하세요? 그동안 잘들 계셨는지 모르겠네요. 아잉~ 이 불연이는 한참 인사드릴 분들이 많아서……."

불연이 주개육이 열어젖힌 문으로 살포시 고개를 숙이며 들어섰다.

"으휴, 누구는 인사드리느라 바쁘고, 누구는 쥐새끼처럼 숨어살고……."

도밀현이 빠진 이 때문인지 오물거리며 말했다.

그러자 불연이 놀랍다는 듯 눈을 동그랗게 뜨고는 물었다.

"어머나, 도 보주님은 인사를 받으셔야지요. 나이가 많으신 분은 가만히 앉아 계시고 저처럼 어린 사람이 찾아다니면서 인사를 드려야 하는 거예요."

하지만 불연은 몰랐다.

아니, 피바람이 부는 강호를 잘 알지 못했다.

이곳은 무림맹. 사마외도(邪魔外道)가 눈에 띄면 곧장 검부터 뽑아드는 곳이었다.

결국 고양이 우리 안으로 뛰어든 쥐 신세와 다르지 않은 도밀현이었다.

사도(邪道)까지는 아니지만 그리 떳떳한 일을 하지 않았던 응천보의 보주가 이러는데 다른 사람은 어떨 것인가?

사천 땅의 어두운 뒷골목을 모두 장악한 강구의 역시 목이 왠지 근지러워졌고, 개차반으로 놀아나던 구잔양이나 우문하는 아예 '나 죽었소' 하고 목을 자라 목처럼 움츠린 채 방 한구석에 퍼질러 앉아 있을 뿐이었다.

"정말 먹은 거 아니었수? 이상타, 분명 뭔가 짭짭대는 소리를 들은 거 같았는데……."

주개육이 아무래도 미심쩍다는 듯 고개를 돌려 주위 사람들의 안색을 살폈다.

"처먹긴 뭘 처먹나! 아무리 진수성찬이라도 소화가 안 돼 뱃속이 더 부룩할 지경인데!"

끝내 도밀현이 참지 못하고 검버섯 왕창 핀 얼굴을 찡그리며 주개육에게 짜증을 퍼부었다.

"어라? 소화가 안 된다니? 그런 불가사의한 일이 어찌 있을 수 있단 말이오!"

주개육이 도밀현의 말이 이해가 안 된다는 듯 고개를 갸우뚱거리자 우문하가 앓는 신음과 함께 대답했다.

"우리들은 모두 방문(傍門)이나 좌도(左道) 쪽에 가깝지 백도(白道)나 숭의(崇義) 쪽과는 영 탐탁지 않은 관계이지 않소! 이건 완전히 범의 아가리에 든 것과 같으니 어찌 편안히 생활할 수가… 크허헉!"

성질을 버럭 내며 혈압을 올렸더니 항문의 힘줄이 늘어났나 보다. 우문하가 자신들의 처지, 즉 음지에서 활동하는 방문좌도(傍門左道)로서 어찌 숭의, 즉 의를 숭상해야 한다고 외치는 백도무림인들의 근거지인 무림맹에서 편히 있겠느냐는 설명을 주개육에게 하다 말고 제 엉덩이 두 짝에 두 손을 올리고는 고통의 신음을 토해냈다.

"어라, 그런 거였수? 괜찮아! 괜찮다구! 아무 걱정 마시오. 내가 다른 건 몰라도 그거 하나는 해결해 주지!"

덜떨어져 보이는 주개육이 제 가슴을 치며 장담하자 오필도가 반색하며 물었다.

"정말이오? 정말 해결할 방법이 있소?"

주개육은 눈까지 반쯤 감은 채 거만한 태도로 자신있게 말했다.

"내 다른 건 몰라도 사람하고 개 패는 데는 자신있다오! 누구요? 그 백도나 숭의라는 놈이! 있는 곳만 알려주면 내가 반 죽여놓겠소! 영 내 힘이 부친다면 그 친하다는 방문이나 좌도란 사람들과 힘을 합쳐 못된 그 두 놈, 즉 백도나 숭의를 개 패듯 박살을 내줄 것이니…….”

한참 열변을 토하던 주개육이 뭔가 이상한 공기를 감지했는지 두 눈을 끔뻑이며 주위를 둘러보았다.

“…….”

모두들 한심하단 눈동자…….

거기에 홍규동은 아예 고개까지 저으며 중얼거리는 것이 아닌가.

“휴우~ 개방도 다됐군. 저런 자가 다음 방주가 될 거라니…….”

뭔가 큰 실수를 한 게 틀림없었다. 하지만 주개육은 그게 뭔지 몰라 뒤통수를 긁으며 기어 들어가는 소리로 말했다.

“내가 요즘 강호에 신경을 끊고 있었는데… 아무래도 그 방문이란 자와 좌도란 자가 죽은 모양이지요? 유명했나 본데… 쩝.”

그때 방문에 묵빛 인영이 또 하나 뛰어들며 길길이 날뛰었다.

“어느 놈이냐! 어느 놈이 죽은 게야! 내 죽은 놈이 좋은 놈이면 천도주를 외워줄 것이고 나쁜 놈이라면 손바닥 도장을 받아야 할 터! 도대체 어느 놈이 내 허락도 없이 죽어 나자빠진 것이냐!”

살악포덕부를 흔들며 벌게진 얼굴로 외치는 현통의 옷자락을 잡고 흔들며 불연이 설명했다.

“그게 아니네요. 그런 게 아니라 여기 분들이 적적함에 힘들어하시다 보니…….”

그랬다. 아무리 호화롭고 잘 대접해 주는 무림맹이라지만 이렇듯 불편한 방 안에서 아무 할 일도 없는, 무료하기 짝이 없는 적적함은 참기 힘든 일이었다.

불연의 말을 들은 현통은 낯색이 창백하게 바뀌는 듯싶더니 말없이 뒤에서 검을 빼 들고는 신중하게 검병(劍柄:검의 손잡이)을 잡아갔다.

그리고는 이를 갈아 붙이며 불연에게 말했다.

"누구냐! 그 적적함이란 놈이! 내가 이놈을 그냥!"

이놈은 주개육보다 더욱 미련한 놈이로구나 싶어 모든 사람들이 입을 쩍 벌리고 있는데 현통은 온몸에 솜털까지 곤두세워서 계속 으르렁대고 있었다.

"이놈, 적가야! 감히 내 친한 벗들을 힘들게 하다니! 어서 이리 빨리 나와 내 검을, 아니, 그전에 손도장을 받아내야……."

간만에 건수를 잡았다 싶은 현통은 벌게진 두 눈동자를 들어 성이 적가이고 이름은 적한인 마두(魔頭)를 찾기 위해 두리번거리고 있었다.

"나도 편한 것만은 아니오."

현통이 어색한 표정으로 자신의 머리 위에 있는 곤원모(昆元帽)를 고쳐 쓰며 중얼거렸다.

현통은 자신이 찾던 적적함(!)이 그 적적함(?)이 아니란 사실을 뒤늦게야 알아차리고는 태도가 한결 누그러져 있었다.

"하지만 자네 구파일방(九派一幇)에 적을 둔 사람들은 돌아다닐 데라도 있지 않는가."

홍규동이 입맛을 다시며 말했다.

그랬다. 여기는 무림맹, 감히 방문좌도에 적을 둔 사람들은 고개를 빳빳이 들고 다닐 수 없는 곳이었다.

어쩌다 측간이라도 다녀올라치면 목 뒤에서 느껴지던 그 차가운 살기.

감히 허튼수작이라도 편다면 당장 목을 뎅강 잘라 버릴 듯한 백도인들의 시선을 받는 기분을 청성의 현통이나 아미의 불연, 그리고 개방의 주개육은 알지 못할 것이 분명했다.

"에잉~ 무림맹이 구파일방의 손에서 오대세가의 손으로 넘어간 지가 언젠데 그러우? 맹주 역시 마음대로 할 수 없을 정도라고 하던데……."

주개육이 그런 소리 하지 말라는 듯 손사래까지 쳐가며 부정했다.

"맞소. 내 청성의 전대 장로님을 뵈러 원로원에 가려 했지만 결국 근처도 가보지 못했소. 이놈의 오대세가 놈들이 어찌나 귀찮게 캐묻고 절차를 복잡하게 만들어놓았는지……."

현통 역시 안색이 어두워지며 중얼거렸다.

무림맹, 진홍립이란 사람이 고검사신을 죽이고 피로 세운 백도무림의 기둥!

진홍립이 처음 무림맹을 세울 때 주축이 되었던 세력들은 구파일방이었다.

하지만 진홍립의 능력이 아무리 개세적이고 구파일방의 저력이 깊다 하지만 고검사신과 그를 추종하는 사대봉공의 세력들을 몰아내느라 원기가 많이 상한 게 사실이었다.

그 틈을 비집고 들어온 것이 오대세가였다.

남궁세가, 황보세가, 모용세가, 하북팽가, 사천당가.

그 다섯 가문은 처음에는 무림맹의 사무와 잡무를 맡아 처리하는 일을 했다.

고검사신과의 혈전에서 별다른 역할을 하지 못했기에 무림맹의 중추적인 지위를 얻지 못한 때문이었다.

하지만 인간사 새옹지마(塞翁之馬)라던가?

고검사신과의 혈전으로 방파의 고수들과 많은 무공이 소실되어 성세가 크게 기운 구파일방이 자신의 상세를 돌보는 틈을 타 아무런 해를 입지 않은 오대세가는 무섭게 무림맹의 실권을 장악해 버렸다.

결국 행정권와 인사권을 장악한 오대세가는 구파일방에서 파견 나온 사람들을 대우해 준다는 미명 하에 원로원을 창설하고 거기에 처박아 버렸다.

결국 이제 무림맹은 더 이상 진홍립으로부터 전해 내려온 진씨 가문의 것도, 또 무림맹을 세우는 데 커다란 기둥이 되었던 구파일방의 것도 아닌 오대세가의 수중으로 넘어가 버린 것이다.

그나마 무림맹이 아직 쪼개지지 않은 것이 오대세가들끼리의 권력 다툼 때문이란 말이 나돌 정도였다.

하지만 그것도 잠시뿐, 만약 오대세가들 중 하나의 가문이 무림맹을 장악한다면 천하무림의 주인은 결국 하나의 가문 아래로 들어가게 될 것이 뻔했다.

"어머, 왜들 그러세요? 우리는 맹주님의 친위대라구요. 그것도 맹주께서 직접 임명하신!"

불연이 이해 못하겠다는 듯 눈을 동그랗게 뜨고 말했다.

"친위대는 무슨 얼어죽을!"

구잔양이 말도 되지 않는다는 듯 거친 목소리로 반박했다.

다른 건 몰라도 구잔양이 옳았다.

아무리 맹주가 친히 방문해 이 떨거지들을 친위대로 삼았다 해도 별로 달라질 것은 없었다.

그나마 제대로 된 사람은 하나도 없으니 말만 거창한 맹주의 직속 친위대이지 실상 아무런 권리도, 역할도 주어지지 않는 조촐한 모임에 지나지 않았다.

구파일방의 제자와 방문좌도의 무리가 하나의 조직으로 묶여진다는 것도 우스운 일이지만 만약 이 방 안의 사람들이 위협적이라고 느껴졌다면 오대세가에서 가만 두고 보지 않았을 게 뻔하기 때문이었다.

그저 아이의 장난 같은 짓거리라 생각하며 지켜보던 오대세가의 사람들은 비웃었을 것이 분명했다.

"어머머! 무슨 말씀이세욧! 맹주께서 친히 찾아오셔서 한 사람 한 사람 손을 잡으시고는 무림의 안위를 위해 도와달라고 부탁까지 하셨는데요."

불연은 양 볼을 발갛게 물들이면서 그때의 광경을 떠올리고는 도취된 듯한 목소리로 말을 이었다.

"그뿐인가요? 우리들에게 하늘을 비추는 큰 역할을 하라고 조천대(照天隊)란 멋진 이름까지 내려주지 않으셨냐구요. 그런데 어찌 그리 불경한 말씀을……. 아미타불."

짐짓 그때의 황홀함과 구잔양에 대한 미움이 적당히 섞인 불연의 불호가 터져 나오자 구잔양이 비웃음을 가득 담은 얼굴로 쏘아붙였다.

"조천대는 무슨 조천대! 조천대 좋아하단 조오옷……."

구잔양은 조와 발음이 비슷한 남성의 성기를 상스럽게 이르는 욕설을 퍼부으려다 불연의 신분이 비구니인 걸 생각하고는 '조'와 비슷한 발음의 욕설을 목구멍 속으로 꿀꺽 삼켰다.

하지만 불연만 빼고 다른 모든 사람들은 구잔양이 무슨 말을 하려 했는지 알 수 있었다(당신도 알지?).

"흠흠, 솔직히 나도 맹주가 친히 이곳에 와 놀랐지만 무슨 의도로 왔는지는 모르겠군."

홍규동이 전문 사기단의 경력을 살려 맹주의 의중을 살피려 해도 모르겠다는 듯 고개를 가로저었다.

며칠 전이었다, 맹주가 찾아온 것은.

모두의 손을 잡고 흔들어대며 오랫동안 맹주 자리에 앉아 있던 권위에서 나오는 기품 어린 말로 이상한 치하를 하지 않았던가.

"정말이지, 우리 금행이… 흠흠… 아니, 아무튼 먼 길을 달려와 주고 맹의 귀한 손님인 그 진금행이란 아이를 돌봐주어서 고맙기 짝이 없소이다. 며칠 푹 묵으시면서… 아니, 이럴 게 아니라 이왕 무림맹에 오셨고 한눈에 봐도 출중한 인중룡들이시니 무림맹에 도움이 될 수 있는, 아, 그러니까 그 뭐냐, 그래, 그게 좋겠군! 맹주인 내가 언제든 도움을 청할 수 있도록 조그마한 조직을 꾸리는 것이 좋겠소. 이름은… 그러니까… 아, 그래, 조천대(照天隊)가 좋겠구려! 내 직속으로 둔다면 다른 사람들의 눈치 볼 것도 없고, 또 무림에 큰 공을 세울 수도 있으니 얼마나 좋은 일이요? 그럼! 좋은 일이지! 암! 좋은 일이고말고!"

왠지 한참이나 들떠 큰 소리로 웃으며 말하는 진근양의 태도는—막 신비인에게 진금행을 넘기고 온 직후다. 자연 진근양의 기분은 기쁨에 엄청 들뜰 수밖에 없었다—보통 전해 들었던 근엄한 모습과는 전혀 달랐다.

미친 사람처럼 벙실벙실대며 사람들의 손을 잡고 위아래로 정신없이 흔들어대는 것 하며—눈에 넣어도 안 아플 예쁜(?) 외손주의 친구라니 진근양의 태도는 사근사근하기 이를 데 없다—고삐 풀린 망아지처럼 눈동자도 왠지 흥분으로 희뿌옇게 보이는 것이 정말 소문대로 무림맹주가 치매에 걸린 게 아닌가 싶을 정도였다.

그 뒤로 일은 착착 진행되어 예상과 달리 무림맹에 별도 조직으로 조천대를 둔다는 맹주의 칙령이 오대세가의 동의를 얻어 널리 반포되었다.

아마도 맹주가 치매에 걸렸음을 널리 알리려는 오대세가의 흉심이 맹주의 칙령을 방방곡곡 널리 퍼지게 한 원인이었다.

오대세가의 흉심을 짐작하는 것은 어렵지 않았다.

사천에서 악명을 떨친 강구의와 사기로 먹고 사는 기천사지 사제 둘, 그리고 늙어 검버섯이 핀 영감탱이 하나, 염효와 차엽방의 쓰레기 같은 종자들이 무림맹의 별도 조직원이라니…….

거기다 청성의 현통, 아미의 불연, 개방의 주개육을 한데 묶다니…….

이건 맹주의 치매가 깊어졌음을 알리는 호재 중의 호재가 아닌가!

결국 진금행에게 끌려왔다 꼼짝없이 무림맹의 일원이 되어버린 일행들에게는—멋모르고 신나 하는 불연만 빼고—모두들 청천벽력과도 같은 소리였다.

"으휴, 이거 원, 언제까지 여기 있어야 하는 게지?"

도밀현이 입을 오물거리며 답답하다는 듯 중얼거리자 구잔양이 느긋하게 말했다.

"어떡하겠수? 그냥 늘어지게 잠이나 자두는 게지. 모르긴 몰라도 금행이의 볼일이 다 끝나고 나면 우리들과 같이 내보내려 하는가 보오."

구잔양의 입에서 진금행의 이름이 튀어나오자 이상하게도 모인 일행의 입에선 안도의 한숨이 토해졌다.

모르긴 몰라도 진금행이란 괴물이 자신들과 함께 있을 수 있다면 무림맹이 아니라 황궁, 아니, 지옥에서라도 무사히 구출될 수 있을 거란 생각이 들었기 때문이다.

'그런데 무림맹에 이렇게 있는 게 나을지, 아니면 진금행과 있는 게 좋을지는 나도 모르겠군. 왠지 무림맹이 편할 것 같기도 하고…….'

이해득실을 따지는 데 익숙한 홍규동의 머리 속에는 과연 진금행을 만나는 게 남는 장사인지 주판을 두드리고 있었다.

제 4 장

묘웅 ―진금행 악연으로 꼬이고, 묘웅 조천대에 들다

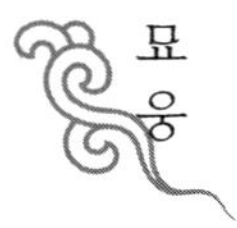

묘
웅

“그래, 두 눈에 좀 더 힘을 주고! 그렇지!”

신나 외치던 신비인은 ‘그렇지’란 말과 함께 뻗어 나가려는 제 오른 주먹을 간신히, 정말이지 백 년 넘게 쌓은 인내심으로 가까스로 억누를 수 있었다.

청출어람(靑出於藍)! 남빛에서 나온 쪽빛이 더욱 푸르다는 이 넉 자를 이 경우가 아니면 어디다 쓸 것이냐!

신비인은 자신이 가르친 진금행이 이처럼 뛰어날 줄은 몰랐다.

아니, 흡사 자신은 그저 씨앗만을 넘겨주었을 뿐, 진금행이란 넓은 대지에서 우뚝 솟은 거목(巨木)으로 자랄 줄은 정말이지 꿈에도 생각해 보지 못했다.

‘이것의 주인은 내가 아니라 따로 있었나 보군.’

신비인은 씁쓸히 웃으며 진금행을 쳐다보았다.

너무도 뛰어난 재주였다.

표변도라 급히 이름 붙인 초식 중 제이초식, 즉 적을 야려보는 재주 하나는 원래의 창안자인 자신보다 몇 배나 윗길이었다.

그동안 쌓아 올린 부동심이 아니었다면 당장 팔소매를 걷고 나서 한바탕 뼈를 자근자근 밟아줬을 만큼 야려보는 진금행의 재주는 신비인의 예상을 훨씬 뛰어 넘어서고 있었다.

'정말이지, 천부적인 재능이로고!'

신비인은 거듭 찬탄을 금치 못했다.

하지만 너무도 당연한 결과였다.

이 진금행이란 인간이 되어먹은 속성이 생양아치처럼 야려보는 데 너무도 익숙한 몸뚱이와 성격이기 때문이었다.

"이러면 되는 건가요?"

진금행이 눈알에 힘주느라 피곤했는지 불쑥 말했다.

"그래! 다른 건 몰라도 그 두 번째 초식만큼은 십이성 대공을 이룬 것 같다. 축하한다."

"어라? 너무 쉽네?"

진금행은 자신의 생각에도 너무 쉬웠는지 어리둥절해졌다.

저 정도의 초절정 고수에게 무공을 사사받는 데 그저 눈알에 힘만 주니 훌쩍 두 번째 초식까지 끝마친 것 아닌가!

"진작 이럴 줄 알았다면 몇 수 배워둘 걸 그랬군."

진금행이 너무도 쉬운(?) 무공이란 걸 미리 배워두지 않은 것을 후회하는 말에 신비인이 웃으며 말했다.

"보통의 무공은 이렇지 않지. 익히기도 힘들고… 또 그렇게 힘들여 배워봐야 소용없단다. 적과 칼을 겨루고 서로의 칼날 위에 제 머리를 디밀고 더운 콧김 맡아가며 겨루어야 '진정으로 한 수 얻었다' 라고 말할 수 있는 거지. 칼끝만한 차이, 그 간격이 생사를 가르는 경험을 해야 비로소 한 초식을 이룰 수 있는 거란다."

신비인의 말에 진금행이 고개를 가로저으며 말했다.

"젠장, 그래서 손에 익은 한 초식이 허다한 백 초식보다 낫다라고 하는구먼. 백 초식을 익히려면 목숨이 여벌로 수백 개는 되어야 할 테니……."

신비인이 진금행의 말에 고개를 끄덕였다.

"네놈이 잘 보았다. 사람이 물을 주고 닦아주며 정성껏 키운 화초의 빛이 아무리 곱다 해도 폭풍우 속 비바람을 어찌 이겨내겠느냐. 그래서 무공을 몸으로 닦는다 하지 않고 영혼으로 익힌다라고 하는 것이다."

"하지만 제가 배운 것은 영혼이고 뭐고 필요없는 거 같은데요?"

진금행의 말에 신비인이 쓸쓸하게 웃었다.

"그래, 그것이 내 무공이 다른 것과 다른 이유이다. 높은 구름 위에서 노닐며 이슬을 먹고 산다는 도사의 검과 사문의 영예를 위해 초롱초롱한 눈망울로 검로를 익히는 거대 문파의 제자들과는 다른… 난 내 생명을 걸고 익힌 무공이었다. 그자들이 겉멋과 전통을 찾을 때 나는 하루하루 생존을 이어 나가고 밥 한 끼 벌기 위해 투쟁한 것이니……. 왜, 화려하고 멋들어지지 않아 실망이냐?"

"전혀!"

진금행이 고개를 힘주어 가로저으며 강하게 부정했다.

화려하고 멋들어진 것은 그저 여자 하나면 되었다.

푸짐하고 맛깔스러운 것은 그저 먹을 것 하나면 되었다.

그리고 태산만큼 커서 즐거운 것은 그저 돈 하나면 되었다.

그 외에는 모두 귀찮고, 짜증나고, 만만한 것들뿐이었다.

신비인은 진금행의 솔직 담백한 태도가 좋았다.

처음 칼을 잡고 처음 마주쳤던 도사는 뭐라고 말했던가?

아마도 자신에게 검의 향기를 맡았냐고 물었었지? 거기에 검의 가는 길, 아니, 가야 하는 궁극적인 경지, 즉 무도란 무엇이라고 생각하냐고 시건방진 태도로 묻지 않았던가?

그놈의 그럴듯한 태도도 마음에 안 들었지만 그 멍청한 눈알은 정말이지 더 마음에 안 들었었다.

그저 흔히 보는 도(刀) 하나를 움켜쥐고 버티고 선 자신에게 검(劍)에 대해 말하다니!

하지만 엄청 힘들긴 했지만 그놈도 결국 자신의 칼 앞에서 스러져 갔다.

그래도 그놈에게 고마운 면도 없지 않았다.

아직 정립되지 않은 자신의 무공의 한계를 깨닫게 해주었고, 내공의 무서움을 몸소 체험케 해준 놈이었다.

아무튼 그토록 훌륭한 내공과 검술을 지니고 있어도 결국 승자는 자신이었다. 그 이유는 단 하나, 거창한 '궁극의 경지' 따위에 한눈 팔지 않고 그저 제 목숨 이어가려 순간순간 최선을 다했기 때문이라고 지금도 생각하는 신비인이었다.

그러니 지금 진금행의 화려한 변초나 허황된 초식을 싫어하는 솔직한 태도가 얼마나 신비인의 구미에 맞겠는가.

"이왕 배운 거 배 꺼지기 전에 마저 배우도록 하지요."

어두운 지하 뇌옥, 그래서 밖의 시간을 전혀 알 수 없는 진금행은 그저 밥 한 끼 먹을 시간이 지난 걸로 생각했지만 실상 며칠이 훌쩍 지난 후였다.

진금행의 배꼽 시계가 고장났는지, 아니면 무엇에 한번 열중하면 끝을 봐야 하는 진금행의 성격 탓이었는지 모르지만 그토록 무공에 매진하는 진금행의 태도 또한 신비인의 마음에는 쏘옥 들었다.

"좋아! 이왕 시작한 것 끝을 보도록 하자꾸나!"

상대의 빈틈을 찾는 네 번째 초식부터 조금 힘들어지기 시작했다.

하기는 막 무공에 입문(?)한 진금행이 강호에 최고 고수인 신비인에게 빈틈을 찾는다는 것은 마 총관이 또박또박 발음을 하는 것만큼이나 어려운 일이었기 때문이다.

"이거… 어렵네요."

어려운 단계에 접어들자 진금행이 흥미가 가신다는 듯 얼굴을 찡그렸다.

"어렵지! 사실 칼을 휘둘러 사람 목숨 베는 거야 칼을 들 힘이 있는 놈이라면 누구든 할 수 있는 재주이다. 하지만 그 별것없는 재주로 왜 고수와 하수가 나뉘는 줄 아느냐?"

"글쎄요?"

"한칼에 끝낸다는 점이지! 왜 똑같은 돈으로 시작한 두 사람이 누구는 대부호가 되고 누구는 유랑객으로 떠돌다 길거리에서 비참하게 죽겠느냐? 또 똑같은 남자인데 누구는 뭇 여성들의 방심을 흔들고 누구는 지나가는 개 취급도 받지 못하겠느냐? 다 한칼에 끝낸다는, 즉 상대의 가장 약한 부분을 자신의 가장 강한 부분으로 끝장 내는 기술 때문이지. 이것이 고수와 하수의 차이이다."

아아! 신비인의 앞길에 축복 있으라~

어찌 하늘의 뜻이 아니라면 우연찮게 비유한 두 가지가 여자와 돈이 될 수 있겠는가!

여자와 돈. 진금행을 자다가도 벌떡 일어나게 하는—일어나는 부위가 조금 다르다. 돈은 마음속 욕심이 벌떡 일어나게 하고 여자는 신체의 특정한 일부분이 벌떡 일어나게 한다—두 가지가 우연찮게, 아니, 꼭 하늘이 안배한 것처럼 신비인의 입에서 튀어나오자 막 사그라들던 진금행의 의식이 불꽃처럼 타올랐다.

"맞아요, 맞아! 정말 고금의 진리를 말씀하시네요!"

진금행의 기이한 열기가 그저 왕성한 학구열 때문이라 생각한 신비인이 고개를 끄덕이며 더욱더 열정적으로 강의를 해 나갔다.

"그렇지? 이렇게 말귀를 잘 알아들으니 나도 알려줄 맛이 나는구나! 하지만 일반인들의 눈엔 그저 한칼에 베는 재주만 들어올 뿐 어떻게 벨 수 있느냐는 신경도 쓰지 않는단다. 부호의 돈이 얼마인지에만 관심을 가질 뿐이지 조금 깨었다는 사람은 어떤 방식으로 돈을 벌었는지에 시선이 가고, 하지만 그렇게 배워봐야 똑같은 방법으로는 절대 돈을 못 벌지 않겠느냐? 또 여자를 어떻게 꼬여내느냐도 똑같단다. 누가 꽃을 선물해 여자의 마음을 얻었다는 말만 듣고 다른 여자에게 꽃을 선물하는 놈은 정말이지 하수가 아니겠느냐?"

신비인의 말에 진금행이 얼굴을 붉게 물들이며 흥분한 어조로 대답했다.

"맞습니다! 그런 놈들이야 정말 멍청한 놈들이지요! 상대를 파악하고 정확한 때를 기다려 확실한 방법으로 끝장을 내는 거지요! 그런 재주가 없는 놈들이 돈있는 사람에게 손가락질하고 바람둥이에게 침을 뱉는 거지요! 한심하기 짝이 없는 놈들일수록 말입니다!"

진금행이 흥분하자 신비인도 거기에 감염됐는지 목소리가 높아졌다.

"옳다! 네가 잘 보았구나! 옛말에도 똑같은 말이 있다. 바로 천시(天時), 즉 때를 잘 만나고! 지리(地利), 즉 지금 있는 형세를 살피며! 인화(人和), 이건 내가 조금 다르게 풀었다. 즉 사람 간 어울림의 조화, 즉 그중에서도 상대의 약함과 나의 강점이 부딪치면 백전백승이 아니겠느냐? 결국 고수란 상대를 잘 베기 때문이 아니라 베어낼 적의 단점을 잘 발견하는 사람을 뜻하는 것이다! 또한 그런 자라면 자신의 단점 또한 잘 숨길 것이니 어찌 멍청하게 적의 칼에 상처를 입겠느냐! 적의 단점을 파악하는 눈, 이것이 최고의 무공이며 고수의 수단이라 하는 것이다!"

"그렇군요! 그럼 고수 중에서도 상승의 고수란 무엇입니까?"

진금행의 기대에 찬 물음을—물론 돈과 여자에 관해 들 수 있을까 싶어서지만—신비인은 배신하지 않았다.

"잡스런 부호, 즉 조그만 마을에서 떵떵이며 사는 부자들은 많다. 하지만 일국을 들었다 놨다 하는 부호야 어디 보통의 방법으로 얻어지겠느냐? 남과 다른 방법, 즉 방법이 없다면 새로 만들 재주, 즉 없는 재주라도 만들어내어야 가능한 것이다. 또한 한창 젊을 때 팽팽한 피부와 하얀 이를 내보이며 여성들을 꾀는 것이야 누구든지 할 수 있는 일이지! 하나 얼굴이 추하고 형색이 초라해도 고관대작의 첩실 마음을 훔칠 수 있다면 그 사람의 수단을 일러 정말 고명하다 해야 할 것이다."

진금행의 마음은 불이 난 것처럼 화끈거렸다.

그런 고명한 방법을 배울 수 있다면 얼마나 좋을지에만 정신이 팔린 채 실상 무공이 돈이나 여자와는 직접 관계가 없다는 사실은 잊고 있었다(물론 힘있으면 돈을 강탈하고 여자를 강제로 취할 수는 있다. 하지만 결국 인생 종 치는 결과만 낳으니 그쪽엔 관심을 두지 않기를).

신비인은 지금 하는 말이야말로 정말이지 표변도의 골수(骨髓)에 해당하는 것이라 자연 어투가 신중해졌다.

"무공도 이와 같다 할 것이다. 예전 맹노치검(盲老痴劍)이란 검사가 있었다. 눈은 허옇게 멀어 앞이 안 보이고 손은 수전증으로 항상 떠는 노인이었지. 누가 이자를 고수라 보겠느냐. 하지만 맹노치검이 사람 스물다섯을 죽였을 때 누구도 그자를 고수라 부르는 데 주저함이 없었다. 그 스물다섯이 무림에서도 알아주는 고수였기 때문이지. 처음 한 두 명이야 우습게 보다 실수로 죽었다 해도 나중 스물다섯 번째 죽은 놈은 바싹 경계를 했을 것이다. 하지만 그럼에도 자신보다 하수인 맹노치검 손에 죽어야 했지. 왜인 줄 아느냐?"

"글쎄요?"

아직은 조금 전 들은 여자와 돈 얘기가 가져다 준 흥분이 남았는지 진금행이 눈을 반짝이며 물었다.

"맹노치검은 항상 이런 자세로 대련에 임했다. 즉, 끊임없이 떠는 손은 아래로 내려 검끝을 땅에 닿게 만들고는 얼굴을 살짝 돌려 귀를 씰룩댔지. 그러니 맞서는 고수는 '아항, 저자가 눈이 안 보이니 귀로 검이 다가오는 기척을 알아내 상대하는구나' 하고 생각할 수밖에 없었다."

"아항, 그걸로 속였군요. 맞서는 고수 역시 빈틈이 없었을 거고, 결국 그 노인은 눈이 멀지 않았음에도 눈이 먼 것처럼 하여 적의 빈틈을 만들어낸 것이었군요."

진금행의 말에 신비인은 웃으며 고개를 저었다.

"틀렸다. 하지만 가상하구나. 노인의 눈은 이미 허옇게 들떠 앞을 본다는 것은 있을 수 없는 일이었다. 하지만 노인은 귀로 적의 기척을 판단하는 척 가장하여 적을 속인 것은 네가 옳게 보았다. 노인은 실상 귀보다는 코가 더 예민했으니 말이다."

"코요?"

의아하다는 듯 진금행이 묻자 신비인이 고개를 끄덕였다.

"그래, 코. 노인의 코는 개코보다도 뛰어나 자신에게 향해오는 상대의 병기의 냄새를 맡은 것이지. 쇠 냄새를 말이다. 노인은 항상 자신이 대련할 약속 장소를 미리 잡고 하루 중 언제 바람의 방향이 바뀌고, 또 어디서 불어오는지 세심히 살폈단다. 그리고는 미리 약속 장소에 나가 바람을 가슴에 안고 대련에 임한 것이지. 상대는 그저 맹노치검의 귀만 염려해 병기의 소리를 죽이려 했을 뿐 그 냄새를 지울 생각은 전혀 못했단다."

"우와~ 듣고 보니 무림에 재미있는 구석도 있네요. 한데 그런 비밀을 어떻게 알게 되었지요? 그 눈 먼 노인은 자신의 생명과도 같은 비밀을 말하지 않았을 텐데요."

"스물여섯 번째 대련에서 밝혀졌지. 그 맹노치검이 결국 스물여섯 번째 고수에게 패했거든……. 패하면서 저도 모르게 중얼거렸단다. '제기랄! 코감기에 걸리지만 않았어도…' 라고 말이다. 그때 눈치 빠른 자들은 일이 어떻게 된 것인지 알 수가 있었고, 맹노치검 노인은 신속으로 은거란 핑계를 대고 숨어들게 되었지."

"별스런 인간들도 다 있군요. 코 하나로 고수가 되다니."

신비인은 진금행 말에 어깨를 으쓱하며 대답했다.

"그게 뭐가 어떠냐? 그것을 부끄러워해야 하느냐? 상대는 돈 많은 좋은 부모나 운 좋게 절정고수인 사부를 만나 절정 검법을 익혔는데……. 결국 그렇게 익힌 무공으로 절정고수 소리를 듣는 거나 부모에게 받은 예민한 코로 절정고수 소리를 듣는 거나 무엇이 다를 것이냐? 자신의 생명이 걸린 일인데 자신에게 쓸 만한 조그마한 재주라도 있으면 모두 부려보아야 마땅하지 않겠느냐? 비열하다거나 교활하다 욕먹어도 살아서 욕먹는 게 낫지 죽은 다음 칭송받으면 그 얼마나 허망한 일이더냐?"

확실히 신비인은 무공에 대해 남과 다른 철학을 지닌 게 확실했다.

하지만 남과 다른 철학과 인생관이라면 진금행도 탁월하게 남과 다르지 않는가.

"맞습니다! 옳은 말씀이세요. 원한을 진 인물을 죽이는 데 제 손으로 죽여야지 왜 자객을 산답니까? 따지고 보면 그런 복수 역시 치졸한 짓 아니겠어요? 그런 식으로 보면 조그마한 염효와 관리도 그렇습니다. 염효야 그저 제 한 목숨 먹고 살자고 하는 짓일 뿐이고, 그걸 나쁜 짓이라며 때려잡는 관리는 뒤로 양민의 고혈을 쭉쭉 빨아먹은 놈인데 과연 어떤 놈이 더 나쁜 걸까요? 그리고 그 관리도 역시 제 처자식을 먹여 살리고, 부모를 봉양하며 가문에 이름을 남기기 위해서 설쳐 대는 것이니 세상엔 다 나쁜 놈들일 뿐 좋은 놈이란 하나도 없습니다. 세상에 그럴듯한 좋은 이름을 남겨 사람들이 영웅이라 떠받드는 놈들 역시 내가 돈을 모으듯 그저 명예를 모았을 뿐인데 재수없게 왜 나는 욕하고 명예를 탐한 그런 놈은 칭찬을 침 튀겨가며 하는 것인지 정말 이해가 가지 않습니다."

신비인의 얼굴엔 당혹감이 떠올랐다.

자신의 무공, 그렇게 뒹굴어가며 익힌 무공에 대해 일반 사람들은 사마외도(邪魔外道)나 방문좌도(傍門左道)의 무공이라고 손가락질을 해 댔다.

사람들이 그럴수록 자신은 오기가 생겨 도리어 편벽되고 협량한 태도를 취해왔지만 이놈의 생각은 자신보다 더 치우쳐 괴상한 방향으로 흐르고 있지 않은가?

왠지 자신이 위선자라 욕하며 그토록 손가락질했던 백도무림인들 마음이 조금은 이해가 가기 시작한 신비인이 자신없는 말투로 중얼거렸다.

"그거야 조금 다른 문제지 않느냐? 자신만을 위해 산 사람과 다른 사람을 위해 산 사람은 분명 다르고, 다른 사람을 위해 산 사람은 분명 칭찬을……."

"제기랄, 남을 위한다면서 왜 제 이름 석 자를 내세우느냐 이거지요! 내가 이 사람을 도왔다 하면 그만이지 왜 내세우느냐 이거예요! 물론 소리 소문 없이, 또 이름도 밝히지 않으면서 남을 돕는 놈들도 있다고는 합디다. 하지만 그렇게 되면 칭찬할 놈이 누군지 이름도 모르는 거 아니겠어요? 진실되게 착한 일을 한 놈은 누군지 모르고 거짓으로 착한 일을 한 놈은 칭찬할 바가 못 되니 결국 세상엔 칭찬할 놈이 없는 거지요. 게다가 이름도 안 밝히고 착한 일을 한 놈 역시 지 취향 아니겠어요? 결국 제 만족감, 남을 도왔다는 뿌듯함을 느끼고 싶어서 그런 게 아니겠냐구요. 내가 여자를 탐하듯 그런 놈들 역시 취향이 독특해서 그런 뿌듯한 만족감 때문에 남들 도운 거 가지고 왜들 그렇게 난리인지 모르겠습니다. 제기랄!"

진금행이 흥분한 어조로 신랄하게 세상사를 논하자 신비인의 얼굴엔 곤혹스런 표정이 떠올랐다.

'이제 보니 이놈 심성이 아주 배배 꼬여 뒤틀린 놈이 아닌가! 내가 이 나이가 돼서 이런 궤변을 다 듣다니. 가만, 그런데 이런 놈을 무림 맹주인 근양이는 왜 나한테 맡긴 거지?

하나하나 반박하기도 그렇고, 세상에 나서 처음 보는 새로운 인간형(?)에 대한 당혹감에 신비인은 딱히 할 말을 못 찾고 있었다.

그러다 문득 한숨을 내쉬고는 고개를 저으며 진금행에게 말했다.

"내가 왜 도법 이름을 지금에 와 새롭게 붙였는지 알 것 같구나. 나 역시 자랑스런 인생을 살지 못했지만 너 정도는 아니었다. 너는 표변도(豹變刀)의 표변(豹變)이 무슨 뜻인지 아느냐?"

정말이지, 간만에 한참 열변을 토해내던 진금행이 씨근덕거리다가 고개를 가로저었다.

"글쎄요? 모릅니다."

"표변이란 두 가지 뜻이 있단다. 하나는 가을에 표범의 거친 털이 윤기나는 고운 털로 바뀐다 해서 표변이라 한다. 결국 무언가 안 좋고 거친 것이 화려하고 좋은 것으로 변하니 매우 좋은 것이지. 또 하나의 뜻은 태도가 같지 않고 돌변하여 종래 사람 속을 모르게 할 때 쓰이는 것이지. '저 사람 태도가 돌변했다' 할 때 대신 쓰이는 말 중에 하나다. 이랬다 저랬다, 왔다 갔다 하는 사람들을 보고 그러는 것이지. 오늘은 쓸개를 빼줄 듯 간사하게 웃던 놈이 내일은 매몰차게 인상을 바꾸어 모르는 사람처럼 대할 때 쓰는 말이다. 내 갑작스럽게 왜 표변도라 이름 붙이게 되었나 살펴보니 너에게 진정한 표변도를 내려주라는 하늘의 뜻이었나 보구나. 너는 나에게서 표변도를 가져가 우선 너의 그같이 뒤틀린 심성을 바로잡아 다른 이들에게 도움이 되는 사람이 되

어야 하고, 두 번째는 세상사 한결같지 못한 간특한 무리들의 표변함을
칼로써 징벌해야 만 할 것이다. 이 두 가지 뜻을 너는 잘 알아서 받들
어야 할 것이다.”

그저 장난처럼 시작한 무공 사사(師事)가 어느덧 진지하고 엄숙하게
변해갔다.

진금행이 돌변한 신비인의 해맑은 얼굴을 보며 어리둥절해 있을 때
신비인이 입꼬리에 미소를 띠며 말했다.

“안 그러면 내가 너를 죽여 버릴 것이니 말이다.”

자신이 힘들게 얻은 도법이 이런 개망나니에게 전수되어 강호에 해
가 되지 않을까 싶은 신비인이 마음을 다잡고 있었다.

‘젠장할! 이래서 내가 야려보는 것만 가르쳐 달라고 했는데!’

왠지 일이 꼬여간다는 느낌이 들자 진금행이 속으로 투덜댔다.

*   *   *

“흐음……..”

모용수는 관자놀이를 엄지로 지그시 눌렀다.

아무리 생각해도 해답이 없는 놈이었다.

대강 알아본 대로라면 사천 땅에서 돈놀이를 하는 자의 아들에 불과
했다.

하지만 그 뚱뚱한 놈은 강구의를 비롯한 오만 가지 인간을 아랫사람
부리듯 하지 않는가.

그래, 거기까진 그저 ‘재미있는 놈이군’ 하고 지나치면 될 일이었
다.

하지만 이 이상한 인간이 어떻게 무림맹주와 연을 맺어 무림맹의 가장 비밀스런 귀역에 들게 되었는지는 정말 알 수 없었다.

'분명 무공을 모른다 했거늘…….'

이 인간에겐 그저 먹는 것과 여자, 그리고 돈이 전부일 뿐. 그 외 뚜렷이 다른 점을 알 수 없었다.

왜 하필 무림맹주는 비밀스러운 방법으로 그런 망나니를 무림맹에 들일 생각을 했는지 몰라 모용수는 아까부터 두통에 시달리고 있어야만 했다.

'그놈 성씨가 진가인 걸 보면 죽은 맹주의 딸과 관계가 있는지 모를 일이 아닌가……?'

흐릿하게 의심의 냄새(?)가 나긴 났지만 그것도 아닌 것 같았다.

자고로 진씨 가문에 못난이가 난 적이 있던가?

그것이 남자가 아니라 여자여도 마찬가지였다.

죽은 맹주의 딸 역시 미모와 덕성, 그리고 지혜로운 면으로 타의 추종을 불허할 정도가 아니었던가.

'그놈 쌍판을 보면 전혀 성혈의 맥을 이은 주인이 될 수는 없지. 그리고 맹주의 딸이 아직 살아 있었다면 내 머리로 무림맹을 흔들 수도 없었고 말이야.'

'삼불차(三不借)', 맹주의 딸이 살아 있을 때 진근양의 별칭이었다.

세 가지를 빌리지 않는다는 뜻의 삼불차, 즉 무공과 의협심과 지혜, 그 세 가지를 말이다.

맹주의 무공이 출중함은 과연 성혈의 주인다웠고, 강호의 불의한 일을 보면 참지 못하는 의협심 또한 남다른 면이 있었다. 그리고 지혜, 즉 맹주 딸의 머리가 비상함을 칭송하는 것이었다.

맹주 진근양 역시 삼불차란 별칭에 매우 만족했었다.

자신의 무공이나 협의를 칭송하는 말 때문이 아니라 자신의 하나뿐인 외동딸의 지혜를 칭송한 때문이었다.

'맹주의 딸이 보여줬던 지혜는 모용가 가주인 나까지도 전율을 느끼게 했었지. 하지만 그 여자가 죽었으니 이는 곧 나에게 이 무림맹을 맡기겠다는 하늘의 뜻이 아닌가!'

"킬킬킬~"

모용수는 자신의 생각이 거기까지 미치자 터져 나오는 웃음을 참지 못하고 어깨를 들썩였다.

그러자 두통도 조금 가시는 듯싶었다.

머리 속에 약간의 개운함을 느끼자 곧 좋은 생각이 떠올랐다.

도저히 그 속을 알 수 없던 진금행이란 자의 단점, 자신의 귀로 확실히 들었던 절대적인 약점이 떠올랐기 때문이다.

"양당!"

자신을 비밀의 방에서 몸을 구부린 채 숨어 진금행 떨거지들의 골치 아픈 진술을 듣게 만들었던 자, 하지만 하나하나 따져 보면 심복도 그런 심복이 없었다.

그렇기에 자신이 방금 은밀하게 계획한 방안을 실현하는 데 이만큼 알맞은 자도 없었다.

"예, 속하 대령했습니다."

어느덧 자신의 앞에 무릎을 꿇고 엎드려 있는 양당의 모습이 보였다.

"한 사람을 찾아라."

양당이 고개를 들었다.

"어디에 쓰기 위함이신지?"

소용되는 곳만 안다면 자신이 알맞은 자를 찾아내겠다는 뜻이었다.

하지만 모용수의 기색을 살피려는 양당의 시선은 헛되이 허공을 맴돌았다.

모용수의 고개는 먼 하늘을 바라보듯 치켜 올라가 있기 때문이었다.

"아마 그 떨거지들의 집합소를 조천대라고 부른다지?"

"예, 속하 그렇게 알고 있습니다."

양당이 머리를 조아렸다.

'속을 알 수 없는 교활한 늙은이!'

양당이 속으로 욕설을 퍼부을 때였다. 모용수의 시선이 그제야 양당을 향했고, 항상 그랬듯 양당의 머리는 공경의 뜻을 가득 담은 채 어느 틈에 깊숙이 내려가 있었다.

"내 새로운 무림맹의 식구들을 축하해 주고 싶어서… 그 조천대 안에 추천하여 가입시키고 싶은 자가 하나 있어 그런다네. 무림맹의 일꾼들을 추천하는 자격은 나에게도 있으니 말이야."

'옳아! 첩자를 하나 심고자 하는 게로군.'

양당이 비로소 모용수의 심기를 알아냈다 싶어 숙인 고개 사이로 사악한 미소를 띠며 말했다.

"똑똑할 뿐 아니라 일 처리가 말끔하면서도 조심스런 놈을 하나 알고 있습니다."

"아니아니, 그런 게 아니야. 내가 그 떨거지 조직에 넣길 원하는 놈은 그런 놈이 아니네."

"그럼……?"

양당이 의아스럽다는 듯 고개를 들며 되묻자 모용수의 얼굴엔 묘한 웃음이 피어올랐다.

"왜 전에 흘려들은 거 같던데… 그 무림맹의 질서를 어질러 곧 맹에서 쫓겨 나가게 되었다는 놈 말일세. 아마도 묘웅이란 자였지?"

'아, 그렇군! 그랬어! 그 수를 쓰려는 게로군!'

양당이 그제야 모용수의 수작질을 짐작하겠다는 듯 고개를 깊숙이 묻으며 큰 소리로 외쳤다.

"속하 알아서 이행하겠습니다."

양당은 깊숙이 숙인 어깨를 가늘게 떨며 생각했다.

'조천대가 한번 크게 뒤집어지겠군. 어떻게 뒤집어질지는 모르겠지만 말이야……'

터져 나오려는 웃음을 혀를 깨물어 간신히 참은 양당이 혀에서 핏물이 배어 나오는 것도 잊은 채 그저 가늘게 어깨를 떨며 숨죽여 웃음을 억지로 참고 있었다.

*   *   *

"으잉? 누구라고?"

현통이 의외라는 듯 큰 소리로 물었다.

"몰라. 하지만 천향각주가 우리 조천대을 돕는 의미에서 사람 하나를 보내준다더군."

개방의 후개 주개육이 별것 아니라는 듯 어깨를 으쓱하며 대답했다.

"천향각주라면 사갈(蛇蝎) 같은 대가리로 유명한 모용가의 가주가 아닌가? 그런데 그런 사람이 왜 우리 조천대에 눈독을 들이지?"

현통이 역시나 이해할 수 없다는 듯 묻자 기천사지 중 사부인 홍규동이 한숨을 내쉬며 말했다.

"막 무림맹을 가지고 놀려는데 괴상한 사람들이 끼어드니 감시하고 자 하는 것이 분명하네. 아마도 첩자를 심어두려 하는 것일 게야."

"그게 아니라면 아마도 사람 목을 따는 살수겠지요. 귀찮은 물건을 두고 보느니 아예 없애 버리려 하는 것일 거요. 아마 엄청 살기 짙은 놈이 하나 들어와 밤마다 우리 조천대 사람들의 목을 몰래 하나씩 똑 똑 따내겠지."

구잔양 역시 찜찜한 소식에 대한 제 생각을 말했다.

그러자 모두들 안색이 침중해졌다. 아예 첩자라면 괜찮지만 구잔양 의 말대로 살수라면 이미 자신들은 죽은 목숨이 아닌가?

무림맹이 선택해 보내는 자객이라면 보통 자객이 아닐 테니 말이다.

"내가 듣기론 묘웅이란 이름을 가진 자라던데, 누구 그 사람에 대해 알고 있는 사람이 없는가?"

도밀현이 측간을 갔다 오면서 들은 이야기를 전하며 묻자 모두 고개 를 가로저었다.

이들 중 무림맹의 소식을 알 만큼 무림맹과 친한 사람이 없었으니 한때 무림맹을 떠들썩하게 뒤집어놓은 유명한 묘웅을 알지 못하기 때 문이었다.

"묘웅? 제기랄! 이름부터 곰 웅 자를 쓰는 걸 보니 엄청나게 삭막하 게 생긴 놈이겠군. 곰처럼 털이 북실북실 난 커다란 손으로 우리 목을 따내려는 고수가 분명해!"

항문에 고약을 갈아붙이며 우문하가 생각만 해도 짜증난다는 듯 고 개를 가로저을 때였다.

방문을 열어젖히고는 조그마한 잿빛 인영이 폴짝 뛰어들어 오며 들기에도 상큼한 목소리로 크게 외쳤다.

"안녕들하셨어요? 불연이네요. 아참, 모두 일어나 새 식구에게 인사들하세요. 앞으로 우리 하늘을 비추는 용맹한 조천대의 일원이 된 묘웅 아저씨가 오시니까요."

불연의 낭랑하고 해맑은 목소리 뒤로 한 사내가 천천히 들어서고 있었다.

모두들 자신을 죽이러 온 사신을 만난다 싶어 침을 목구멍으로 꿀꺽 삼키며 긴장한 눈으로 막 온몸을 드러낸 사내를 응시했다.

'으잉?'

뭔가 이상했다.

저자가 바로 모용수가 자신들을 죽이기 위해 투입한 살수라면 너무도 이상하지 않은가?

'그럼 첩자인가?

모두들 두 번째 의문을 품었지만 그럴 리가 없었다.

첩자란 자고로 남의 눈에 띄지 않는 것을 철칙으로 삼는 법, 저처럼 첫눈에 확 띄는 인물이라니…….

사내는 손을 들어 자신의 입을 살풋 가리며 기다란 속눈썹이 난 눈으로 눈웃음을 지었다.

"홍홍홍~ 묘웅이라 하네요. 앞으로 오빠들께 잘 부탁들드려요."

이럴 수가.

누구든 한눈에 알아볼 수 있었다.

저자는 분명 같은 남성 간의 성관계, 즉 남색을 즐기는 특수한 성적 취향의 소유자라는 것을…….

"아잉, 다들 잘생기셨네요. 맹에서 저를 쫓아낼 줄 알았더니 이런 헌

헌장부들과 함께 한 방에서… 홍홍홍~ 이 묘옹이는 정말 기뻐서 어쩔 줄을 모르겠어요.”

모든 사람들은 그런 묘옹을 보며 벙찔 수밖에 없었다.

이건 사내도 아니고, 그렇다고 계집도 아닌 괴상한 종자가 아닌가.

그나마 곱상하게 생겼으면 모를 일이다.

이건 광대뼈는 툭 튀어나오고 눈은 속눈썹이 길다 뿐 옆으로 가늘게 째지는 것으로도 모자라 위로 한참을 치켜 올라가 귀신의 눈과 달라 보이지 않았다.

거기에 툭 튀어나온 광대뼈와는 어울리지 않게 새하얀 분칠로 떡 칠한 얼굴 아래엔 기다랗고 뾰족한 턱을 움찔거리며 알 수 없는 ‘홍 홍홍~’ 하는 웃음소리를 토해내다니.

‘모용 가주가 왜 이런 자를 우리에게 보냈지?

모두들 같은 의문을 떠올리며 얼굴을 서로 마주 보았다.

어떻게 이들이 알겠는가?

무림맹의 사내들 중 잘생겼다는 소문이 난 사내가 있다면 곁에 찰싹 붙어 지분거리고 집적거리기 일쑤여서—이런 자가 하나 군대에 있으면 사내들의 전투력과 사기는 땅에 떨어진다—쫓겨날 처지에 처한 묘옹을 이곳에 보낸 모용수의 계략은 단 하나였다.

“그놈은 남색가요! 남색을 밝히는 놈들 중에도 변태가 틀림없소! 아니, 변태 중에서도 악마 변태요!”

바로 우문하의 진술 중 들어 있던 구절!

그 하나의 구절을 진실이라 생각한 모용수가 남색가들 중에 탁월한

전력(?)을 보유하고 있는 묘웅을 보내 미인계(美人計), 아니, 미남계(美
男計)를 쓰려 하고 있다는 것을!

"홍홍홍～ 아이, 왜들 그런 눈으로 보시는 거예요? 이 묘웅이는 부
끄러워 죽겠잖아요. 홍홍홍～ 아이, 행복해라～"

좋아 어쩔 줄 모르겠다는 듯 온몸을 떨어대며 괴상한 웃음소리를 내
는 묘웅 앞에서 사내들은 모두들 치밀어 오르는 구토를 간신히 참아내
고 있었다.

진금행을 사랑의 미로에 빠지게 만들라는 모용수의 특명을 받고 온
묘웅 앞에서 말이다.

"홍홍홍～ 호호홍홍홍～"

이젠 기쁨에 들떠 아예 손바닥까지 마주치며 제자리에서 폴짝폴짝
뛰는 묘웅의 묘한 웃음소리만이 방 안을 가득 채우고 있었다.

제 5 장

천잔평 ─ 진금행 표변도에 힘들어하고, 진충덕 천잔평의 죽음을 힘들어하다

"그래도 나 같은 초보자에게 이건 너무나 힘듭니다."

진금행이 볼멘 목소리로 신비인에게 불만을 토해냈다.

이제 갓 무공에 입문한 자신과 맞장을 뜨자니…….

그것도 서로 한 번씩 교대로 빈틈을 공격하자니, 이게 말이 되는가?

신비인은 한눈에 보아도 빈틈이란 없었다.

그건 빈틈이 없는 완벽한 자세 때문이 아니라 흡사 안개처럼, 아니, 운무(雲霧) 속에 노니는 신선과도 같은 모습 때문이었다.

'아예 나보고 칼로 바다를 베라고 하지!'

진금행은 막막함을 느끼며 손에 든 몽둥이를 바르르 떨었다.

성정은 보통 사람과 조금 다르지만 전전대 무림맹주와의 약속을 지키려는 굳건한 신의의 사내.

얼마나 오래 살았는지 모르지만 도리어 진금행 자신보다 어려 보이는 해맑은 얼굴의 불가사의한 자.

무공은 측량할 수조차 없어 무림의 첫손가락에 꼽히는 무림맹주의 허리 굽힌 인사를 감히 앉아서 받는 자.

그런 자와의 맞장이라니……

"'고수와 한 공간에서 숨 쉴 수 있어도 한 수가 는다' 란 말이 왜 있다고 생각하느냐? 적어도 그냥 손짓 한번 익혀 밖에 나간다면 네 실력으론 웬만한 사람에게도 질 것이 뻔하지 않느냐? 적어도 대련 연습이라면 자신의 단점을 잘 지적하고 장점을 키워줄 수 있는 몇 수 위의 고수가 적당하고, 그렇다면 나같이 입신의 경지에 달한 사람에게 배운다면 이건 정말이지 엄청난 특혜가 아니겠느냐?"

말이야 맞았다.

만약 진금행이 운 좋게 신비인의 빈틈을 비집고 한 대 때릴 수 있다면 강호상에서 진금행의 몽둥이를 피할 수 있는 자는 없다고 봐야 마땅하리라.

하지만 아무리 생각해도 그건 개가 풀 뜯어 먹는 소리가 아닌가!

'흐음, 정말 개 같은 경우를 만났군.'

진금행은 미간을 살짝 좁히며 생각했다.

상대의 해맑은 얼굴, 천진한 미소 속에는 그 누구도 알지 못할 굳건함이 있었다.

전전대 무림맹주가 누군지 몰라도 자신을 이런 인간 같지 않은 자 손에 넘겨준 무림맹주의 아비가 분명하리라.

이미 죽었고, 지금은 뼈도 분토가 되었을 그 노인네와의 약속, 자신의 초식을 가다듬어 완성시키겠노라는 약속을 이 햇빛조차 안 드는 방에서 그 오랜 세월을 홀로 버텨온 자가 아닌가!

성정이 절정고수로 보기엔 약간 뒤틀려 있었지만 적어도 자신이 한 약속과 자신의 신념을 지키는 일에는 목숨을 걸 것이 분명했다.

진금행은 그런 신비인의 신념에 왈가왈부하고 싶지는 않았다.

펴어~엉생 그렇게 살다 폭삭 고꾸라져 죽는다 해도 진금행이 신경 쓸 일은 아니었다.

하지만 그 약속을 제 목숨만큼 중요하게 생각하는 자가 자신에게 표변도를 전수하겠다 하지 않는가!

이게 문제였다. 진금행이 스스로 생각하기에 자신이 저 절정고수의 괴상한 도법을 모두 전수받는다는 건 있을 수 없는 일이었다(너무너무 귀찮아 미쳐 죽을지도 모른다).

그렇다면 결국 진금행이 죽든가 저 해맑은 미소를 지닌 노인이 죽든가 둘 중 하나인데 아무리 생각해도 진금행 자신이 죽을 확률이 높았다.

'제길!'

진금행이 뾰족한 수를 생각해 내지 않는다면 저 괴물 같은 신비인에게 큰 낭패를 겪게 될 것이라 생각하며 눈빛을 발할 때였다.

"내가 너무 강하지? 덤벼들기엔 말이야."

신비인이 불쑥 말을 건넸다.

"조금……."

기세에서 지기 싫어하는 진금행이 이를 악물고 대답했다.

"나도 그게 문제였단다. 나보다 약한 놈, 아니, 나랑 엇비슷한 놈일지라도 이를 악물고 달려들면 이길 것 같았는데… 나보다 센 놈을 만났을 때는 막막했던 적이 있었거든."

"그래서요?"

진금행이 묻자 신비인이 고개를 끄덕이며 대답했다.

"그래서 다음 여덟 개의 초식, 그러니까 표변도 제2장이라 해야겠군. 그 여덟 개의 초식을 만들어낸 것이 아니겠느냐."

진금행이 눈빛을 반짝였다.

"그 여덟 초식만 익히면 자신보다 아무리 세더라도 꺾을 수 있단 말입니까?"

진금행의 말에 신비인이 고개를 갸웃거렸다.

"글쎄? 대강은 그렇겠지. 하지만 너와 나처럼 그 차이가 하늘과 땅 차이라면 그 간격을 메우기엔 좀 힘들지 않을까 싶다."

'젠장!'

진금행은 입 안이 썼다. 운 좋게 배워둔다면 신비인을 개 패듯 패줄 수도 있을 거라 생각했는데 신비인의 말대로라면 배워봐야 아무런 쓸모가 없지 않은가.

"하지만 잘하면 무림맹주… 아니, 그건 좀 심했구나. 하지만 웬만한 구파일방의 장로급이나 마교의 장로 정도는 손을 봐줄 수도 있겠지."

신비인의 말은 너무도 놀라운 것이었다. 아니, 이만저만 오만한 것이 아니었다.

적어도 구파일방의 장로, 즉 평생을 산속에 처박혀 죽어라 무공을 익힌 사람들을 상대로 평수를 이루다니!

"정말로요?"

진금행 역시 믿기지 않는다는 듯 되물었다.

"그래. 사실 표변도의 1장과 2장 사이는 아홉 개 초식에서 여덟 개 초식으로 준 것이 아니다. 처음 1장의 다섯 초식을 없애는 대신 1장의 네 번째 초식, 즉 적의 빈틈을 찾는 법을 더욱 심화시켜 2장의 다섯 초식으로 늘린 것이지.”

　신비인은 진금행의 머리를 쓰다듬으며 친절한 목소리로 설명을 계속해 나갔다.

　“빈틈이 없는 고수, 즉 절정의 고수를 상대함에 있어서 적의 빈틈을 찾다간 적이 일부러 유인하려 만들어낸 거짓 허점에 속아 큰 낭패를 겪기 마련이지. 하지만 없다면 만들어내면 될 것 아니더냐! 그것을 이루기 위해 다섯 가지 초식을 만들게 되었던 것이다. 첫째, 칼로 내 주위를 방비하니 곧 사외방이다. 이 말은 자신의 빈틈을 먼저 없앤 후에 상대의 허점을 노리라는 뜻이다. 나보다 상수를 만나 먼저 대들다간 한칼에 가기 쉬우니 말이다. 둘째, 기세로 적을 제압하니 곧 진압세이다. 고수는 이미 높은 경지에 도달해 있는 사람을 뜻한다. 자연 싸움에 닳고닳은 놈이지. 괜히 아무 생각 없이 두 눈이라도 마주친다면 뱀을 마주친 개구락지마냥 온몸이 얼기 십상이란다. 하지만 도리어 내가 그 기세를 제압한다면 얼마나 유리한 싸움이 되겠느냐? 이 두 번째 초식이 바로 그것을 이루는 방법이란다. 셋째, 지세를 살펴 몸과 하나가 되니 곧 철지세다. 동네 똥개만 해도 자신 집에서 싸울 때는 반은 먹고 들어간다고 한다. 그러니 싸우는 곳이 어디인가 하는 문제, 즉 크게는 자신의 영역에서냐, 아니면 적의 세력권 안에서냐 하는 것과 작게는 물속이냐, 아니면 산속에서의 싸움이냐가 큰 영향을 미친단다. 내가 맹노치검의 이야기도 전해줬지? 그처럼 자신의 목을 내놓고 벌이는 대련에 임했을 때는 바람의 방향까지 내 것으로 삼아야 하는 것이다. 넷째, 형세를 살펴 처신하니 곧 종리세이다. 아무리 겁을 상실한 놈이라 해도 수만의 군대와 마주쳐 싸우는 놈은 없을 것이다. 내가 유리한 형세이냐, 아니면 적의 아가리 안에서의 싸움이냐가 얼마나 중요한 문제겠느냐! 그러니 내게 불리한 형세, 아니, 내가 밀리고 있는 순간에도 항상 형세를 역전시킬 수 있어야만 할 것이니 이것을 네 번째 초식으로 삼았단다. 다섯째, 적과 나의 수위를 살펴 행동하니 곧 추순위이다. 네놈이 아무리 무공에 천부적인 자질을 지녔다 해도 몇 수의 재간만을 배워 감히 내게 대들 수는 없을 것이다. 나보다 훨씬 윗길에 있는 자를 상대할 때는 능히 굽힐 땐 굽히고 엉겨붙을 기회가 왔을 때는 엉겨붙어야 한다. 언제 엉겨붙고 언제 고개를 숙일지, 또 어떻게 엉겨붙는 방법을 만들어내는지에 대한 방법을 논한 것이 이 다섯 번째요, 표변도의 정수(精髓) 중의 정수이다.”

신비인이 자신의 말소리에 맞추어 고개를 끄덕이며 한참을 읊조리자 진금행의 입은 점점 벌어졌다.

‘우와! 이거야말로 정말 배워둘 만한 재주가 아닌가! 다른 건 몰라도 항상 기어오르는 개들을 때려잡고, 더 나아가 잘났다고 거들먹거리는 것을 혼구녕을 내주는 데 정말 유용한 수법이 아니더냐!’

신비인의 말대로라면 정말이지 자신보다 잘난 놈 엿 먹이는 데 이처럼 탁월한 재주가 없을 것 같았다.

굳이 무공을 배워야 한다는 점이 찜찜할 뿐 그 안에 든 묘리는 진금행이 이때까지 살아오며 행해왔던 재주와 딱 부합되는 면이 많았다.

‘그냥 이때까지 배운 게 아까워서라도 마저 배워봐?’

진금행의 갈등은 그러나 오래가지 못했다.

신비인의 단 한 마디 때문에 진금행은 싫어도 목숨을 내걸고 배워야만 했던 것이다.

“왜? 배우기 싫어서? 안 된다. 내 이미 너에게 전한다 했거늘, 네가 죽어 더 이상 배울 수 없다면 몰라도 숨 쉴 힘만 있다 해도 배워야만 할 것이야. 만약 그렇지 못하다면 내가 널 죽여 버릴 것이니 말이다.”

만족한 미소를 띠는 신비인과 잔뜩 불만에 찬 진금행, 그 두 사람의 얼굴을 보면 진금행이 표변도를 다 배워도 필히 누구 하나는 죽어야 할 것 같았다.

그리고 진금행을 조금이라도 아는 사람이라면 결국 죽어 나자빠지는 사람은 신비인이 될 거라는 데 주저 않고 돈을 걸 것이 분명했다.

*   *   *

바람이 내쳐 치달려도 그 끝을 보기엔 숨이 차오를 평야.

그렇게 드넓은 평야는 아무도 돌보지 않았는지 잡풀만 가득 채우고 있었다.

어디선가 또 하나의 바람이 불어오자 잡풀들이 허리를 뒤로 뉘여 맞아갔다.

한참이나 성난 황소처럼 평야를 떠돌던 바람이 지쳤는지 잔잔한 미풍으로 변해 한 거대한 사내의 뒷등에 살포시 내려앉아 숨을 골랐다.

“당듀님…….”

거대한 사내의 뒷등에 가려진 또 다른 사내가 조심스럽게 혀를 나불거리며 조용히 입을 열었지만 또 다른 거대한 사내, 정말이지 태산이 내려앉은 듯 엄청난 몸집의 사내는 미동조차 하지 않았다.

“당듀님, 바람이 아덕은 탑뜹니다요.”

“괜찮네. 그녀는 이곳에서 찬바람을 안고 사는데 나야 겨우 두 시진밖에…….”

바람에도, 또 바짝 마른 사내의 말에도 미동하지 않던 사내의 등이 스스로 뱉은 ‘그녀’ 라는 말에 잔떨림을 보이고 있었다.

평야가 끝나는 곳에 보이는 거대한 사내의 뒷등, 하지만 그 사내의 뒷등 너머로는 큰 산맥이 평야를 막아서듯, 아니, 조용히 앉아 있긴 하지만 심상찮은 기도를 보이는 사내가 두렵다는 듯 거대한 몸을 옆으로 조용히 누이고 있었다.

사내 진충덕은 천천히 고개를 들어 산을 올려다보았다.

“참으로 많군, 정말 많아. 그래서 원한 또한 많겠지……. 그게 이곳의 바람이 찬 이유일 게야.”

그랬다. 사내의 말이 무엇을 뜻하는지는 그저 눈을 들어 산비탈을 보면 알 수 있었다.

너무나 많은 봉분, 비탈을 가득 채우고 있는 무덤들이 스산한 평야의 분위기를 더욱더 을씨년스럽게 만들고 있었다.

하지만 참으로 이상한 것이 모두들 같은 모양, 아니, 같은 형태를 취하고 있다는 것이었다.

물론 봉분, 그것도 하천민의 봉분이란 모양이 같을 수밖에 없었다.

그러나 그 위에 솟아오른, 돌보는 이가 없었는지 무성한 잡풀들의 키 높이이며 이젠 꽤 시간이 지났는지 무너진 모양새까지 같다는 것은 이상한 일이었다.

이 많은 무덤 안에 몸을 누인 사람들이 같은 일자, 같은 시간에 죽지 않았다면 이해 못할 괴사…….

하지만 그 비탈 아래 무릎 꿇은 진충덕과 시린 바람에 추운 혀를 움찔대는 마 총관에게는 이상한 일이 아니었다.

이 많은 봉분이 왜 생겼는지 너무도 잘 알고 있기 때문이었다.

“뎌도 이 따람들이 불땅하긴 하지만 듀인 마님까지 이곳에 모띨 필요가 과연 이떠떴는지는 모르겠뜹니다."

"허허, 그 사람은 좋아할 것이네. 가엾은 생명들을 그리 위하던 사람이었는데 어찌 이 한 많은 원귀들을 돌보는 걸 싫어할 것인가. 내가 이 가엾은 원혼들 때문에 결국 교를 떠나게 되었고, 마음 아파하는 것을 알고는 그 사람의 유언이 그리하였던 것을……."

진충덕의 쓸쓸한 말소리에 마 총관이 눈가를 찔끔 훔치며 젖은 목소리로 말했다.

"그래떴띠요. 그분은 그렇게 곱디고운 마음을 가딘 분이떴는데… 어띠 아들 되는 됴련님은 그러떤디……."

"허허, 그렇지? 그래도 난 금행이가 내 내자(內子)가 아닌 나를 닮은 것을 다행이라 생각한다네. 만약 금행이가 그녀를 닮았다면 그 여린 마음으로 어찌 어미 없는 세상을 헤치고 살아올 수 있었겠는가? 그러니 나는 금행이가 나를 닮아 과묵하고, 무게있고, 또한 어진 성품을 지닌 것을 큰 다행이라 여긴다네."

"텁!"

마 총관은 제 헛바닥이 목구멍 속으로 기어 들어갈 정도로 크게 놀라 입을 다물어 버렸다.

세상에나! 진금행이란 개종자가 과묵하고 무게있으며 또한 어진 성품의 소유자라니…….

'금행의 뎡격이 디랄맞은 것을 뎨 아버디만 모르고 있다니! 뎬당할! 아마도 당듀님 눈깔은 개눈깔이 분명해!

마 총관이 고개를 절레절레 흔들 때 진충덕의 눈빛은 다시 어두워지고 있었다.

"불통, 자네는 어찌 생각하는가? 과연 일월신교(日月神敎)인 우리 명교(明敎)가… 아니, 이미 교를 떠나왔으니 우리 명교라 한 것은 잘못된 것이겠군. 아무튼 명교가 진정 세상을 밝게 비추는 것을 교리로 삼은 올바른 종교라면 이 많은 사람을 왜 죽였을까? 그 밝음이란 것이 이 모든 사람들을 어두운 죽음으로 몰아넣고 나서야 얻을 수 있는 것이라면 그 또한 얼마나 허망한 일일까? 난 정말 모르겠네, 정말 모르겠어. 내 아내를 화장해 이 무덤가에 뿌렸다 해서 내 죄가 없어질까? 내 교를 나온 이후 내 모든 것을 숨기고 사천 땅에서 숨죽이고 고행을 한다 해서 내 죗값을 하는 것일까? 휴우~ 정말 모르겠네."

마 총관은 아무런 대답을 하지 못했다.

그저 쭉 째진 눈과 앙상한 광대뼈를 돌려 말없이 수많은 봉분을 쳐다볼 뿐이었다.

'글뼤요, 당듀님께서 그 엄뼝난 비밀을 아띠게 되띤다면… 글뼤요…….'

마 총관은 눈앞이 아득해졌다.

눈앞의 수많은 봉분, 그 안에 잠들어 있을 원혼들이 모두 자신을 향해 원한의 눈빛을 보내는 것처럼 느껴졌기 때문이다.

또한 등 뒤에 불어오는 차가운 바람 소리 또한 원혼들의 호곡성처럼 들려와 저도 모르게 진저리를 치고 있었다.

이 모든 죽음을 만들어냈던 한 사람, 그 사람이 미친 듯 수천 명을 살육하는 장면이 자연히 머리 속에 떠올랐기 때문이다.

수천 명의 비명 소리와 그 사람들을 도살하던 마인의 킬킬대던 웃음이 수년이 지난 지금도 귓가에 소용돌이치고 있었다.

지옥이 따로 없었다.

이곳, 그 일 이후로 천잔평(千殘坪)이라 불린 이 평야에서 벌어졌던 지옥의 살육도가 지금도 바짝 마른 마 총관의 몸에 소름을 돋아나게 하고 있었다.

"추룡이는 어찌하고 있다던가?"

마 총관의 상념을 깨뜨리며 진충덕이 물었다.

그제야 마 총관이 몸과 마음을 추스르며 간신히 대답했다.

"맹에는 들어갔다더군요. 하디만 단띰띱이뚜인가 하고 가티 있을 뿐 아딕 됴련님과 만나디는 못했따고 합니다."

"단심십이수? 흠, 추룡이가 거북해하겠군."

"튜룡이가요? 글때요, 아마도 그 단띰띱이뚜가 더 불편해할걸요? 그래도 튜룡이가 교에 있뜰 때에는 가당 강한 우따가 아니었뜹니까? 모르긴 몰라도 단띰띱이뚜가 딕은땀을 흘리고 있을 껍니다. 틸틸~"

상상만 해도 즐겁다는 듯 마 총관이 킬킬대며 웃었다.

단심십이수, 맹주의 그림자. 하지만 그들도 벽에서 눈알이 튀어나오고 자신의 그림자가 자신의 목을 조여오는 경험을 몇 번 겪는다면 까무라칠 것이 분명했다.

문추룡이 교의 우사로, 또 자신이 교의 좌사로 있을 때 명교의 좌우 쌍사는 역대 최고였으니까.

마 총관 말에 진충덕 역시 고개를 끄덕이다 이해 못하겠다는 듯 중얼거렸다.

"왜 장인께선 금행이에게 무공을 익히게 하지 못해 안달이신지 모르겠군. 금행이의 헝클어진 몸이 무공을 받아들이기도 어렵고, 설령 무공을 몰라도 훌륭히 제 몫을 해낼 아이인데 말이야. 굳이 무림에 끌어들이시는 뜻을 모르겠으니…… 아무튼 떠나세. 추룡이가 금행이를 맡았으니 진전장을 접은 우리가 이제 추룡이가 맡았던 일을 대신 해야 하지 않겠는가?"

"그래야디요."

마 총관이 고개를 끄덕였다.

문추룡이 맡아 일궈왔던 일, 그 일이 아무리 힘들고 험한 일이라도 진금행과 바꾸어 맡는다면 언제든 쌍수를 들어 환영하는 바였다.

보통 사람의 몇 배가 넘는 거대한 몸집의 사내 하나와 보통 사람의 반밖에 되지 않는 바짝 마른 사내가 긴 그림자를 남기며 뒤돌아섰다.

그 그림자는 산비탈, 수천이 넘는 봉분을 천천히 채워가고 있었다.

*   *   *

"또 호흡을 놓쳤구나. 명심해 두어라. 모든 것은 한 호흡 안에 이루어진다는 것을……."

"헉, 헉……."

정말이지, 간만에 진금행은 거친 숨을 토해내고 있었다.

그리고는 정말 지쳤다는 듯 자리에 풀썩 주저앉았다.

그 모습을 본 신비인이 곧 자상한 웃음—비록 진금행이 보기엔 악마의 미소같이 보이긴 했지만—을 지으며 말을 건넸다.

"좋구나. 너의 자질이 이 정도일 줄은 나도 미처 몰랐던 바이다. 내 재능도 꽤나 쓸 만하고, 또 한때 무공의 천재라 생각했던 적도 있었다. 하지만 무림맹주와 부딪쳐 보고 나서야 우물 안 개구리였다는 것을 깨닫게 되었지. 하지만 이제 와 너를 보니 하늘이 내려준 진정한 재능이 무엇인지 알겠구나."

엄청난 칭찬이었다. 결코 자신 앞에 다른 사람이 있다는 것을 인정하지 않았던 사람, 그래서 무림맹주에게 당한 패배를 그저 연륜의 모자 람과 자신의 경망됨으로 돌린 사람, 또 그것을 증명하고자 이미 무림맹 주가 죽은 이후에도 자신의 무공을 닦아오지 않았던가.

그런 신비인의 입에서 진금행을 칭찬하는 말을 했으니 이것은 너무 도 놀라운 일이 분명했다.

아니, 따지고 보면 놀랄 일도 아니었다.

진금행이란 놈의 육신을 세상에 내놓았던 인물, 즉 진금행의 부모들 은 무공의 자질이라면 세상에서 가장 뛰어난 사람들이었다.

아버지는 명교의 소교주 자리를 맨손으로 시작해 당당히 꿰찬 인물 이었고, 어머니는 성혈의 주인이자 무림맹의 맹주인 진씨 가문의 여식 이 아닌가!

마교의 기재와 무림맹의 천재, 이 두 사람이 손을 잡고 만든 것이 진 금행이었으니―물론 손만 잡은 것은 아니다. 다른 일도 부지런히 했다. 아니, 매우 열심히 했다고 해야 옳으리라―무공의 자질은 이미 태어날 때부터 당 연히 가지고 태어났다고 봐야 마땅했다.

"젠장, 자질만 좋으면 뭐 합니까? 아무리 기세와 호흡과 형세를 살 펴도 상대가 가만히 있질 않는데⋯⋯."

그랬다. 진금행이 신비인의 표변도를 익히는 데 있어 탁월한 능력을 보인다 해도 아직은 모자란 점이 많았다.

흡사 모래에 물이 스며들듯 신비인의 모든 재주를 흡수해 가는 진금 행이었지만 달리는 내공과 모자란 경험, 그리고 수양의 차이는 진금행 이 단번에 뛰어넘기엔 불가능한 일이었다.

"오호, 그래? 다른 건 다 웬만큼 해낼 수 있는데 내가 가만 있질 않 으니 빈틈에 몽둥이를 찔러 넣을 수 없었단 말이로구나!"

　신비인이 재미있다는 듯 코에 주름을 잡아 찡긋 웃으며 하는 말에 진금행이 당연하다는 듯 고개를 끄덕였다.

　"당연하지요. 아무리 수예를 탁월하게 놓는 할망구라도 흔들리는 바늘귀에 어찌 실을 꿸 수 있겠습니까!"

　하지만 어림없는 소리라는 듯 신비인은 고개를 가로저었다.

　"그건 네가 몰라서 하는 말이다. 고수가 왜 고수라 불리겠느냐. 경지에 달한 고수라면 자신의 일 장여 거리 안으로는 아무것도 허락지 않는단다. 아무리 폭우가 쏟아져도 눈에 보이지 않는 우의를 입은 듯 튕겨내 한 뼘도 젖지 않아야 비로소 경지에 달했다고 말할 수가 있으니 말이다."

　"아니, 그럼 제가 아무리 노력하고 또 노선배께서 가만히 손도 까딱대지 않는다 하더라도 제가 노선배의 몸에 손도 대지 못한단 말입니까? 에이, 뻥을 치셔도 웬만큼 치셔야지요. 그런 뻥 중의 뻥은 처음 들어봅니다."

　진금행이 입을 삐죽이며 비웃자 신비인의 잘 뻗은 눈썹 끝이 씰룩였다.

　"네놈은 무엇이든 겪어봐야 아는 놈이로구나. 좋다. 내 가만히, 아니, 숨도 쉬지 않을 터이니 한번 다가올 수 있다면 다가와 보려므나! 그래서 네놈 눈에서 눈물을 쏟고 나서야 알아듣겠지!"

　하지만 신비인의 그 같은 호언장담에도 진금행은 못 믿겠다는 듯 계속 이죽였다.

　"에이, 그래 놓고 몰래 살금살금 다가가는 제 뒤통수를 내려치시려구요? 강호에 검을 엄청 빠르게 놀리는 쾌검(快劍)이란 것이 있다던데 노선배님께서 제가 미처 알아보지 못할 정도로 빠르게 손을 내려치고는 내가 안 쳤다라고 우기려고 하시는 거지요?”

신비인의 검미가 이젠 움찔거리는 것을 넘어 벌벌 떨리고 있었다.

“네 이놈! 네놈의 경망스러움이 이 정도일 줄 내 미처 몰랐구나! 죽은 무림맹주와의 약조를 지키려 세상을 닫아두고 있는 내가 어찌 살아 있는 조그마한, 아니, 푸짐하기 짝이 없는 네놈과의 약속을 어기겠느냐!”

“어라? 그럼 정말 손끝 하나 안 움직이실 겁니까?”

신비인은 진금행의 물음에 말이 필요없다는 듯 단호하게 고개를 끄덕였다.

그제야 진금행이 천천히 몸을 일으키며 양손에 침을 퉤퉤 뱉었다.

“좋습니다! 내 노선배님의 말만 철석같이 믿겠습니다. 남아일언?”

“중천금!”

신비인이 다시 고개를 끄덕이며 신중하게 내뱉었다.

아아, 왠지 어디서 들어봤던 대사가 아니던가?

신비인과 진금행 사이에 오가는 대사는 무림맹주 진근양과 개망나니 진금행 사이에 오가던 대사와 매우 닮아가고 있었다.

“좋습니다, 좋아요. 내가 공격하기 전까지는 손가락 하나 까딱하시면 안 됩니다. 절대로요!”

신비인은 자신의 말을 지금부터 지키겠다는 듯 말 대신 고개를 끄덕였다.

“좋습니다.”

사악한 미소를 입에 단 진금행이 천천히 뒷걸음질치기 시작했다.

한 발, 두 발, 세 발, 네 발…….

“너는 어디로 가는 것이냐?”

신비인의 목소리가 진금행의 귓전에 신비롭게 날아들었다.

"어라? 손가락 하나 까딱 안 하는 것에는 입도 포함될 텐데요?"

"이것은 입을 열어 말하는 것이 아니라 어기전성(御氣傳聲)이란 고차원의 전음(傳音)이다. 기를 움직여 소리를 내는 것이니 전혀 몸은 움직이지 않았다."

"그래요? 뭐 그렇게 우기신다면 흔쾌히 봐드리지요."

진금행이 계속해 뒷걸음질을 치면서 큰 아량을 베푼다는 듯한 태도로 말했다.

"우기는 것이 아니다. 아무튼 너는 왜 계속해서 뒤로 물러가기만 하지?"

진금행은 이미 신비인의 신형이 보이지 않는 뇌옥의 복도까지 걸어 나온 것을 확인하고는 그래도 조금 찜찜함이 남았는지 대답했다.

"아항! 그야 노선배께 물려받은 그 잡다한 여러 가지 초식을 제대로 써보려고 하는 것 아니겠습니까? 이렇게 뒤로 물러났다 성난 황소처럼 달려가 노선배를 무너뜨릴 것이니 각오 단단히 하십시오."

진금행이 이젠 아예 얼굴에 조소까지 띤 채 말했다.

"그으래? 그럴 거라면 그 정도 거리에서도 충분할 것 같은데 왜 자꾸 뒤로 물러나는 것이냐?"

'어라? 저놈은 벽에도 눈이 있나? 내가 어느 정도 물러났는지도 알게? 아항, 내가 뒤로 걷는 소리를 듣고 판단한 모양이군.'

진금행은 찔끔 놀라 발뒤꿈치를 들고 살금살금, 최대한 소리 안 나도록 뒤로 물러서며 대답했다.

"사내가 한번 하려고 마음먹었으면 제대로 힘껏 해봐야 할 것 아닙니까! 제가 우다다 달려가 노선배님을 덮치려면 이 정도 거리로는 어림없습니다."

"그으래? 그렇다면 내 기다리마. 하지만 이상하게 네 모양새가 왠지 꼭 도망가려는 것 같구나?"

'거참, 늙은 생강이 무섭다더니 눈치 하나는 기가 막히게 빠른 영감탱일세.'

진금행은 찔끔 놀라 목까지 움츠리고는 큰 소리로 외쳤다.

"도망은 무슨, 노선배님이나 괜히 내가 볼 수 없다고 발꼬락 꼼질거리는 것은 아니겠지요? 그러면 안 됩니다. 분명 서로 철석같이 약속했으니까요."

"당연하지! 내 숨조차 죽여가며 너를 기다리고 있으니 얼른 빨리 우다다~ 달려오너라."

신비인은 진금행의 '우다다~'란 의성어가 재미있었는지 재차 써가며 독촉하고 있었다.

진금행은 주위를 돌아보았다.

벌써 살금살금 뒤로 걸어온 것이 어느덧 50여 장은 훨씬 넘은 것 같았다.

아니, 구불구불한 길이라 말을 전하는 목소리를 한껏 높여야 했으니 더욱 먼 거리일지 몰랐다.

이 정도 거리라면 아무리 경공의 달인이라도 자신의 뒤를 쫓아오진 못할 거라고 생각하며 진금행이 이죽였다.

"예, 그런데 문제가 조금 있습니다."

"문제? 무슨 문제?"

"힘껏 달려들려 뒤로 오다 보니 그만 뇌옥을 들어서는 초입까지 와버렸지 뭡니까? 그래서 앞으로 달려가려니 귀찮기 짝이 없는 일이 돼

버렸습니다. 그러니 전 그만 몸을 돌려 이만 나가볼까 하는데 괜찮겠지요?"

진금행이 이죽대며 말하자 신비인이 자못 감탄했다는 듯 탄성을 터뜨렸다.

"오호! 이제 보니 도망을 가려는 게로구나. 그것 보아라. 내가 잘못 보진 않았잖느냐!"

신비인의 말에 진금행이 한 발 크게 뒤로 물러서며 외쳤다.

"그걸 꼭 도망이라고 표현하셔야겠습니까? 그냥 좋은 말로 작전상 후퇴라 하는 말도 있는데 말입니다. 그건 그렇고, 노선배님은 두 가지 약속을 하셨다는 것을 잊으시면 안 됩니다. 하나는 노선배 스스로와의 약속, 즉 무공의 대성을 이루기 전에는 이곳을 나가지 않겠노라 하는 것과 두 번째, 내가 달려들기 이전엔 손가락 하나 까딱하지 않겠노라는 약속 말입니다. 자고로 약속을 어기는 자는 개자식이라 했으니 노선배님이 개자식이 되기 싫다면 부디 그 약속을 지키시기 바랍니다. 나를 잡으러 이 뇌옥을 벗어난다면 노선배님은 한꺼번에 두 약속을 어긴 후레자식이 될 것입니다. 그럼 평안히 계세요. 제가 산천 구경도 좀 하고 또 예쁜 것들을 만나 자식도 만들며 지내다가 언젠가 노선배 생각이 나면 한번 엉기려 방문할지도 모르니까 계~에~속, 꾸~준~히 기다려 주시구요. 그럼 이만 가보겠습니다."

진금행이 신나 엉덩이를 씰룩대며 뇌옥의 끝, 간만에 느껴보는 따뜻한 햇살을 향해 신나게 몸을 돌려 달려가려 할 때였다.

"캑!"

뱀이었다. 아니, 뱀같이 길고 단단한 그 무엇이었다.

그 길쭉한 밧줄 같은 것이 진금행의 목을 휘감은 것이었다.

그리고는 진금행의 거대한 목을 뒤로 천천히 잡아 끌고 있었다.

"캑! 캑! 약… 약조는… 캑!"

숨 쉬기조차 곤란해지자 진금행은 신비인을 향해 억울하다는 듯 항변의 말도 꺼내지 못했다.

하지만 진금행이 무슨 말을 하고자 하는 것인지 이미 알고 있다는 듯 신비인의 신비한 어기전성이 날아들었다.

"약조? 나는 틀림없이 지키고 있단다. 네가 여기까지 오면 볼 수 있겠지만 나는 지금 손가락 하나 까딱 않고 있으니 말이다."

"그, 그럼 이건… 캑!"

진금행이 말도 안 된다는 듯 목에서 느껴지는 고통 때문에 눈가에 눈물까지 흘려가며 신음성을 토해냈다.

"아항, 이거? 이게 바로 '고수의 고명한 수단' 이자 '경지에 다다른 고수의 내공' 이란 것이다. 너도 이기어검(以氣御劍)이란 말을 들어봤겠지? 그 하늘을 나는 검을 조종하는 기란 게 바로 이런 것이란다. 한 번 이 기회에 확실하게 느껴보는 것도 좋겠지."

호랑이 입에 물린 토끼처럼 바닥에 몸을 질질 끌리며 신비인의 뇌옥으로 들어선 진금행 눈엔 정말 장담대로 나무로 만든 인형처럼 눈썹도 까딱하지 않는 신비인의 모습이 보였다.

"이젠 고수는 손 하나 까딱하지 않아도 함부로 덤빌 수 없다는 말을 믿겠지? 그건 그렇고, 나는 약속을 어기는 놈을 제일 싫어한단다. 그런 놈만 보면 꼭 죽여야 내 직성이 풀리곤 했지. 그래서 지금 너를 죽이고 싶구나. 뭐, 따지고 보면 표변도를 배우지 못해 죽으나, 아니면 약속을 지키지 못해 죽으나 죽는 건 매일반이니 지금 이 자리에서 확실하게 죽여줄까?"

신비인이 눈동자도 돌리지 않은 채 그 기분 나쁜 음성, 이기전음에 실은 목소리로 싸늘하게 말하고 있었다.

진금행은 목이 졸려 캑캑거리면서도 옆에서 나뒹구는 몽둥이를 잡아갔다.

"캑! 캑! 기왕 이렇게 된 거… 캑, 약속대로 한번 달려들어 보죠 뭐……. 캑! 제가 꼭 배우고야 말 표변도로 노선배께… 캑, 달려들 것이니 제가 죽을 이유는 없지 않겠습니까… 캑!"

진금행의 말을 들은 신비인의 무표정한 얼굴에 언뜻 미소가 번지는 것처럼 보였다.

"안 귀찮겠느냐?"

"귀찮기는요… 캑! 제가 천고에 다시 없을 기재라면서요? 그러니 기재의 솜씨를… 캑! 한번 보시지 않으실라우? 캑! 우다다~ 달려가는 기재의 모습 말입니다요. 캑!"

진금행의 캑캑대는 소리만이 뇌옥 안을 가득 채우고 있었다.

애절함이 담뿍 담겨 있는 목소리로 말이다.

＊　　　＊　　　＊

"또… 또 청부가 하나 드, 들어왔는데?"

종리혁이 떠듬거리며 말했다.

"이번엔 누구 거유?"

종리우가 날카롭게 째진 눈, 그것도 세상 모든 것에 대해 불만에 가득 찬 눈으로 물었다.

그 눈을 본 종리혁이 이젠 아예 입술까지 바들바들 떨며 더듬기 시작했다.

"모, 몰라. 주, 중개인을 내세웠거든. 하지만 부, 분명 당표(唐俵)가 트, 틀림없어."

"당표? 무림맹의 현무단주?"

"으, 으응, 그래. 그놈이 저, 정보를 요구해 왔어."

"사천당가에서 왜 갑작스럽게 우리 밀영각을, 아무튼 무슨 정보를 원한답디까?"

종리혁이 자신에게 말을 전했던 밀영각 첩자의 말을 기억해 내려 애썼다.

만약 한 글자라도 틀리게 전한다면 저 지랄맞은 종리우의 성격상 자신을 달달 볶을 것이 분명하기 때문이었다.

"겨, 결국 하, 한 놈을 알아봐 달란 거였어. 무, 무림맹에 이상한 놈이 하나 들어왔나 본데 왜 그놈을 부, 불렀고 무슨 일을 시킬 것인지를 아, 알아봐 달래."

"무림맹에서? 흐음, 요즘 무림맹이 시끄럽다고 하더니 괴상한 일이 많이 벌어지나 보군. 그래, 그 이상한 놈 이름은?"

종리우의 말에 종리혁이 확실하다는 듯 고개를 힘차게 끄덕였다.

"지, 진금행, 그 세, 세 글자가 확실해!"

"진금행?"

처음 들어본다는 듯 종리우의 고개가 갸웃거렸다.

"뭐, 뭘 알아봐야 하는 거지?"

"음, 일단 그놈에 대해서 알려면 가장 가까운 놈으로… 아, 그래. 그게 좋겠군. 전하는 말로는 그놈이 부자의 아들이라면서? 그럼 틀림없이 진금행을 보필했던 많은 수하가 있을 거 아니우. 그 수하들 중엔 진금행이란 자에게 불만을 가득 품고 있는 놈도 하나쯤 있을 거고. 그래, 화령경(火靈鏡)에게 그걸 물어보우. 불만 가득한 수하가 누군지 말이우. 그놈을 잘만 구슬리면 진금행이란 놈에 대해 쉽게 알아낼 테니."

"좋, 좋아. 그럼 되겠군."

종리혁이 간만에 자신이 할 일이 생겨 좋다는 듯 얼른 화령경을 두 손으로 소중히 부여잡았다.

"옴타할리 투불리하~"

배교의 마지막 맥을 이은 종리혁의 입에선 알지 못할 주문이 또다시 흘러나왔다.

종리혁은 무릎을 꿇고 초록색의 불길이 치솟는 조그마한 화로 앞에서 계속 중얼거렸다.

"토부펑타 터미리하~"

종리혁이 역시나 알지 못할 주문을 외면서 온몸을 부들부들 떨어대며 화령경을 뚫어져라 쳐다보았다.

그리고는 정점에 달했는지 큰 소리로 외쳤다.

"뚜룩뚜귀 티지마할! 진금행에게 불만 많은 수하!"

배교의 성물인 화령경, 배교의 밀법과 하나가 되면 기도하는 자에게 응하여 사건의 단서를 제공해 주는 신비한 거울.

이번에도 화령경의 표면에 뭔가 이상한 물체가 일렁이며 비춰지고 있었다.

그 모습을 보자 종리우의 얼굴이 구겨졌다.

"제기랄! 거봐! 화령경이 고물이 된 게 분명하다니까! 저번에도 팔뚝만한 사람 혓바닥만 비추더니 이번에도 사람 혓바닥 아냐! 아니, 이젠 아예 더 놀리려 작정했던지 일 촌쯤 더 길어진 혓바닥이로군! 배교도

다 됐어! 이 밀영각도 다 됐고! 제기랄! 정말이지, 되는 게 하나도 없
군."

있는 대로 성질을 내며 퍼붓고는 쌩하니 찬바람이 일도록 방문을 나
서는 종리우의 뒷모습을 보며 종리혁은 제가 큰 잘못이라도 저지른 듯
고개를 푹 숙이고 있었다.

"아… 아이 참, 왜 이렇게 되는 일이 없냐. 화, 화령경도 고장이 났
으니 성녀는 또 어떻게 차, 찾을 수 있을는지……."

종리혁의 회한에 찬 목소리가 방 안에 가득히 내려앉고 있었다.

하지만 화령경은 이번에도 잘못이 없었다.

화령경은 열심히, 자신과 영이 닿은 종리혁을 위해 이번에도 정말
열심히 확실한(!) 정보를 준 잘못밖엔 없었다.

진금행에게 너무도 크고(!) 확실한(!) 불만을 가지고 있는 사람.

바로 마 총관, 즉 마불통의 특징인 기다란 혓바닥을 보여줬으니 말
이다.

제 6 장

온양 — 진금행 사대봉공의 유훈을 듣고, 온양 조천대에 들다

"젠장……."

진금행은 조그마한 목소리로 욕설을 내뱉었다.

그러지 않고서는 이 울화를 잠재우지 못할 것 같았기 때문이다.

과연 진금행이 화가 날 만했다.

진금행의 커다란 얼굴, 정말이지 웬만한 작은 서탁(書卓)보다 크지 않을까 싶은 얼굴에는 먹물을 쏟은 듯 왼쪽 눈두덩이가 시퍼렇게 변해 있었다.

"에이씨! 예전부터 넘어져 멍이 한번 들면 잘 낫지 않았구만! 그 빌어먹을 재주 하나 익히는 게 이렇게 어렵다니!"

진금행이 콧잔등을 씰룩거리며 무언가 곰곰이 생각에 잠겼다.

빈틈? 적의 빈틈은 이미 개가 짓는 소리에 지나지 않았다.

일단 신비인과 엉겨붙고 나면 빈틈을 찾을 정신도, 또 없으면 만들라던 약점 따위도 저 멀리 달아난 상태였기 때문이다.

그리고는… 정신없이 두들겨 맞았다.

눈코 뜰 새 없이 두들겨 맞노라면 내가 왜 지금 두들겨 맞는지, 또 무엇으로 두들겨 맞는 것인지조차 알 수 없었다.

신비인의 손속은 과연 고명했다.

진금행은 그것을 인정하지 않을 수 없었다.

정확히 혼절과 고통 사이를 오가는 가격…….

고통, 그것은 정신이 있을 때만 느끼는 것이었다. 만약 그 한도를 넘어선다면 육체에서 자신을 보호하기 위한 마지막 수단인 기절 단계로 입에 거품을 물고 넘어가면 그뿐이었다.

하지만 고꾸라지려는 것은 육체뿐이었지 정신은 말짱해서 몸으로 느낄 수 있는 온갖 고통은 다 생생히 느끼고 있었다.

“아직 멀었느냐?”

신비인의 음성이 귓가를 파고들었다.

“예!”

진금행이 신경질적으로 대답했다.

“나는 괜찮다. 그러니 아무 데서나 일을 보아도 괜찮느니라.”

내심 진금행을 생각해 주는 따뜻한 위로의 말은, 그러나 진금행에겐 몸에 벌레가 기어오르는 것만큼이나 징그러웠다.

“그래도 그럴 수야 없지 않습니까. 선배님께서 일을 보셨던 곳에서 저 또한 경망스럽게 엉덩이를 까 내릴 수는 없고, 또한 냄새가 진동할 것이니 멀리서 일을 봐야 하지 않겠습니까?”

남편에게 죽도록 얻어맞은 아내는 집에서 도망 나가기 마련이었다.

진금행 또한 그런 여자의 신세처럼 그저 매를 피해볼 요량으로 잠시 몸을 빼낸 것이었다.

단지 도망 나온 아내가 향하는 곳은 친정이었고, 도망 나온 진금행이 향하는 곳은 화장실이란 점이 달랐지만 말이다.

아니, 화장실이 아니었다. 진금행은 이 지옥과도 같은 곳에서 탈출할 수 있는 그 어떤 곳을 탐색해 나가는 중이었다.

'후와~ 이토록 단단하다니! 과연 무림맹에서 뇌옥으로 쓰기엔 무리 없는 곳이군!'

진금행이 주위를 샅샅이 훑어보고는 내심 탄복했다.

이곳을 지은 사람이 귀산자(鬼算子)란 사실을 보통 사람이 알았다면 고개를 끄덕였겠지만 불행히도 진금행은 귀산자가 어느 시러배 놈인지 알 수 없었을 뿐 아니라 관심도 없었다.

그저 너무도 단단히, 그리고 기기묘묘하게 지어진 뇌옥이라는 점이 진금행의 기대를 무너뜨리고 있을 뿐이었다.

'그런데… 이 빌어먹을 곳은 똥통마저도 단단하고도 치밀하게 설계했으니 도망칠 구석이 없는걸? 환장하겠군!'

갇힌 사람들도 밥은 먹었을 것이고, 그렇다면 틀림없이 때마다 내놓는 물건도 필히 있었을 것이란 생각에 진금행은 철저히 화장실이라 생각되는 곳을 훑고 있었다.

하지만 어디에도 빠져나갈 만한 곳은 없었다.

시간이 흘러 아무도 사용하지 않는 낡고 허름해진 뇌옥이지만 지금까지도 굳건히 제 임무를 훌륭히 해내고 있는 셈이었다.

'제기랄! 분명 치밀한 기관진식으로 움직이던 곳 같은데… 그 모든 기관진식이 다 깨뜨려지고 허물어졌어도 만만치가 않은걸?'

그랬다. 귀산자가 심혈을 기울인 작품은, 그러나 지금 와서는 앙상한 몰골로 허물어져 있었다.

귀산자가 고검사신의 수하들, 즉 천지혈뇌라 불리는 사대봉공(四大
奉公)들을 가두어두기 위해 만든 뇌옥은 불행히도 그 사대봉공의 손에
허물어진 것이었다.

귀산자가 설계한 뇌옥은 그저 사대봉공의 발을 잠시 동안 잠재워 두
는 수준밖에 되지 않았던 것이다.

하지만 진금행은 그런 사실을 알 수 없었다.

치열한 격전 후, 허물어진 뇌옥의 구석구석을 똥 마려운 강아지 표
정으로—신비인의 눈을 속여야 했다. 어디까지나 지금 진금행은 화장실을 찾
는 것처럼 보여야 했기에—낑낑거리며 찾고 있었다.

자신의 몸이 빠져나갈 조그마한 빈틈을 말이다(진금행 몸이 빠져나가
려면 엄청 거대한 빈틈이어야 했다).

'제길! 이거 만만치 않은걸? 가만, 저기는…….'

암울한 낭패감에 젖어가는 진금행의 눈에 빈 공간이 들어왔다.

그러나 한눈에 보기에도 다른 곳과는 달리 몇 배의 공을 들여 단단
히 만들었다는 것을 알아볼 수 있었다.

다른 곳에서는 몇 가닥일 뿐인 현철로 만든 쇠창살이 그 방에는 쇠
창살이 아닌 아예 벽으로 만들어 틈도 없이 감싸고 있었다.

그것도 몇 겹으로 발라 그 방의 벽은 거의 일 장여 가까운 두께가 아
닌가!

들어가 봐도 별 재미를 못 느끼겠다는 느낌이었지만 왠지 이끌리는
지 진금행은 그 방으로 들어서고 있었다.

'거봐. 벽에 몇 가지 이상한 글이 빼곡히 새겨져 있는 것만 빼면 아
예 숨 쉴 틈도 없겠군!'

진금행이 한숨을 푹 내쉬며 방을 감싸고 있는 사방의 벽을 둘러보았다.

하지만 진금행은 깨닫지 못했다.

이곳은 뇌옥, 즉 죄인들을 가두어두는 곳이었다.

뇌옥을 이루고 있는 벽의 재질이 현철이라는, 그것도 그 귀한 현철을 아낌없이 쏟아 부어 두껍게 막아놓은 방이라는 점과 이곳에 갇힌 죄인은 분명 무기와 내공을 소유하지 못했을 신세라는 점을 말이다.

그런데 어찌 두꺼운 현철에 깊숙이 글자를 남길 수 있단 말인가!

그것도 벽의 문양을 잘 살펴보면 알 수 있듯이 그저 손가락으로 흙을 파내듯 현철을 후벼 파냈다는 것을 안다면 일반 사람들은 전혀 믿지 못할 괴사임이 분명했다.

'어지간히 심심했던 모양이군.'

진금행은 눈을 들어 사방의 글자들을 쳐다보았다.

그건 흔히 보는 글자가 아니었다.

아니, 글자가 아니었는지도 몰랐다.

어떤 곳에는 사람의 형태가 그려져 있었고, 어떤 곳에선 산수화를 새긴 것처럼 완만한 곡선이 가로지르고 있었다.

그런 글도 아니고 그림도 아닌 것이 사방 벽을 빼곡히 채우고 있었다.

그걸 단순히 뇌옥에 갇힌 사람이 심심해서 새긴 낙서라고 생각한 진금행이 가볍게 눈을 떼려고 했을 때였다.

갑자기 진금행의 전신이 떨려왔다.

무언가 자신에게 호소하는 듯한 알지 못할 원한과 분노로 가득한 목소리가 자신의 온몸으로 퍼져 나가고 있었기 때문이다.

"혈주(血主), 피의 주인께서 돌아가셨다……. 우리는 원한을 잊지 않는다……. 세상을 피로 뒤덮을 것이다……. 우리를 막을 것은 아무것도 없다……. 공포로 세상을 씻어낼 것이고 피로써 세상을 정화시키리라……."

그 목소리가 진금행의 온몸에, 아니, 그것은 사람의 목소리가 아니었다.

진금행의 가슴 깊숙한 곳에서 피워낸 알지 못할 목소리였다.

귀로 들을 수도 없었고, 눈으로 볼 수도 없는…….

기묘한 떨림만이 진금행에게 느껴졌다.

분명 사람의 목소리는 아니었다. 이 뇌옥 안에 있는 자는 신비인과 진금행뿐이니 당연한 일이었다.

아니, 사람의 목소리가 아닌, 흡사 뇌옥 안에 갇혀 있던 자는 이곳을 벗어났지만 그 사람이 느꼈을 원한과 분노만이 고스란히 남아 있다가 진금행의 영혼을 긁어대며 호소하고 있었다.

깊이를 알 수 없는 무저갱(無底坑)과도 같은 분노…….

그 엄청난 분노에 진금행의 눈이 붉게 변했다.

그러자 아까와는 다른 목소리, 아니, 영혼의 떨림이 느껴졌다.

"세상 사람들은 우리를 속였다……. 진정한 힘의 대결이 아닌 간특하고 사악한 계교로써 우리를 이곳에 가두었다……. 하지만 우리는 벗어날 것이다……. 또 다른 피의 주인을 찾아서… 우리가 아니라면 우리의 후인이… 피의 대가를 받아낼 것이다… 언젠가는……. 혈주! 피의 주인을 찾는다면…….”

　신 내린 무당의 느낌이 이런 것이었을까?
　짧게 끊어져 이어지는 말들은 피눈물로 얼룩진 단말마와도 같았다.
　진금행의 눈은 그 빛을 잃어버렸고, 그 검은 동공을 붉은 핏빛이 대신 채웠다.
　그 붉은 눈으로 진금행은 이상한 것을 보았다.
　아니, 알 수 있었다.
　무슨 글인지 모르니 자연 무슨 뜻인지 몰랐던 벽에 새겨진 낙서…….
　엉켜진 실이 풀리듯 하나하나 풀려 진금행의 뇌리에 박혀들고 있었다.
　바로 그때였다.
　“어디 있는 게냐?”
　신비인의 목소리가 진금행의 아득히 멀어지던 의식을 되돌렸다.
　“예?”
　갑자기 깨어난 아이처럼 어리둥절한 목소리로 진금행이 대답을 했다.
　“일은 다 보았느냐?”
　“예? 아, 예……. 다 보았습니다.”
　진금행은 조금 전의 당혹스러운 경험 때문인지 고개까지 끄덕이며 대답을 했다.
　‘제기랄! 하도 맞다 보니 맛이 갔었나 보다. 아무튼 이 방은 기분이 정말 나쁘기 짝이 없군!’

진금행은 투덜거리며 그 기분 나쁜 방을 벗어났다.

"저어기, 그런데요, 무공을 익히다 보면, 아니, 많이 맞다 보면 미치는 경우도 있는 겁니까? 헛것이 보인다거나 이상한 말소리가 들린다거나 하는……."

진금행으로서는 여간 신경 쓰이는 문제가 아니었다.

사람의 말소리도 아니었던 것이 뇌리에 틀어박히듯 선명하게 느껴지다니…….

조금 전 뇌옥 안에서의 찜찜한 경험을 떠올리고는 진금행이 묻자 당연하다는 듯 신비인이 고개를 끄덕였다.

"당연하지. 내공을 익히다 주화입마(走火入魔)에 드는 경우란 아주 흔하다. 명문정파같이 그 연륜이 오래된 문파에선 부작용이 거의 없지만 속성으로 내공을 익히는 사파에선 밥 먹듯이 흔한 일이지."

"주화입마요?"

"그렇다. 기를 운용할 때 제어를 잃으면 몸 안에서 폭주를 하는데 보통 피를 게워내며 죽어 나자빠지고, 운이 좋아야 반신불수로 평생 누워 지내지. 그러니 미치는 것 정도야 아주아주 운이 좋은 작은 증세에 불과하단다."

"……!"

진금행이 입을 쩍 벌렸다.

저토록 위험한 게 무공이라면 자신은 익힐 생각을 하지 않았을 것이다.

신비인은 그런 진금행의 표정을 보고 자상하게 말을 건넸다.

"괜찮다. 너는 아직 내공을 전수받지 못한 상태이니……. 그래, 말이 나온 김에 내공심법에 대해 전하자꾸나."

신비인의 친절한 말에 진금행은 속으로 욕설을 퍼부었다.

'이런 빌어먹을 늙은 종자 같으니라구! 내가 미친 것은 내공 때문이 아니라 하도 네놈에게 머리를 쥐어 터져서 그런 것이 아니겠느냐!'

하지만 진금행의 속을 알 수 없는 신비인은 신중한 자세로 손바닥을 진금행의 정수리에 올려놓고 있었다.

그러나 신비인의 그같이 신중한 태도와는 달리 진금행은 머리 위에서 그 무언가가 몸속으로 쏟아져 들어오는 느낌과 동시에 온몸을 격하게 떨며 입으로 거품을 게워내고 있었다.

'크허헉! 이 개잡종이 아예 날 새로운 방법으로 죽이려 하는 게로구나!'

진금행이 너무도 큰 고통에 정신을 잃어갈 때 신비인의 두 눈도 경악으로 부릅떠졌다.

'이 아이의 몸속에는… 이럴 수가!'

진금행의 거대한 몸이 스르륵 뒤로 쓰러지고 있었다.

*   *   *

온양은 섬서 태림 출신이었다.

나이 일곱에 아비 손을 잡고 알지 못할 방에 따라 들어갔다가 얼굴 모르는 날카로운 매부리코의 한 늙은이 손을 잡고 그 방을 나서게 되었다.

온양의 손을 쥐었던 아비의 손은 나올 때 온양의 손 대신 동전 몇 전을 쥐고 있었다.

온양은 나이 일곱에 팔아넘겨졌던 것이다.

하지만 온양은 서럽지 않았다.

자신을 팔아치운 것이 친부가 아닌, 친부의 시체가 싸늘히 식기도 전에 어미가 방으로 끌어들인 양부였기 때문이다.

그렇다고 그런 어미를 욕하고 싶은 마음도 온양에겐 없었다.

욕할 어미가 삼 일 전에 죽었기 때문이다.

온양은 도리어 삼 일 동안 어미의 죽음을 애도할 수 있는 시간을 준 양부에게 고마웠다.

적어도 그 삼 일 동안 양부에게 매질은 당하지 않았기 때문이다.

그 달콤한 삼 일간의 휴식은 비록 어미를 잃긴 했지만 그리 슬프지 않았던 온양에게 있어 귀하디귀한 휴식이었고, 그 삼 일 동안의 휴식이 끝나자 다시 예전의 생활로 돌아가 있었다.

매질 하는 사람이 양부에서 매부리코 노인으로 바뀌었다는 것만 빼고 말이다.

기예단의 기술은 매우 어려웠다.

어린 나이, 아직 뼈가 채 굳지 않고 관절이 연한 아이라면 그리 어렵지 않게 익힐 수도 있었다.

하지만 온양 같은 사람, 즉 아비의 학대와 매질로 모든 근육이 굳어 단단해지고 유기에 가깝도록 버려져 발육 상태가 좋지 않은 사람에게는 죽음보다 더 어려운 기술이었다.

온양은 눈으로도 그것을 확인했다.

매부리코에게 팔려온 아이들 모두가 온양의 처지와 다르지 않았다.

그들은 헐벗고 굶주렸으며, 자신에게 주어진 기예를 채 완성시키지도 못한 채 죽어 나자빠지기 일쑤였다.

팔려온 아이들의 1할만이 살아남아 사람들 앞에서 공연을 했고, 그

공연은 매부리코에게 많은 돈을 안겨다 주었다.

아이들이 죽음과 맞바꾼 기예, 그것은 도저히 인간의 것이라고 믿기 어려운 재주였기 때문이다.

그 살아남은 1할 중 하나가 온양이었다.

아니, 아예 매부리코가 데리고 있는 아이 모두를 합친다 해도 온양의 재주를 따라올 수가 없었다.

온양이 다른 아이들과 다를 수 있었던 것은 바로 웃을 수 있다는 것이었다.

온양은 항상 웃었다.

심지어 혹시 자신이 가르친 재주로 손아귀에서 벗어날까 걱정한 매부리코가 밤마다 족쇄로 온양의 손을 채우고 술에 취했을 때마다 기를 꺾으려 매질을 할 때도 항상 웃는 얼굴이었으니 말이다.

그리고 온양의 몸을 단단히 묶어둘 거라 매부리코가 믿어 의심치 않던 그 족쇄를 어렵지 않게 빼내고는 항상 그랬듯이 매부리코 몰래 자신과 처지가 같은 아이들의 잠자리를 보살필 때도 웃는 얼굴이었다.

그렇게 방마다 돌아다니며 기예단의 아이들을 보듬어주다 우연히 한 방을 엿보게 됐을 때에도 웃는 얼굴이었다.

어떤 비대한 장정의 배 아래 깔린 벌거벗은 여자 아이, 이제 막 열세 살쯤 되어 보이는 여자 아이의 얼굴이 고통에 찡그려진 모습을 몰래 지켜볼 때도 웃는 얼굴이었다.

그리고는 그 여자 아이를 다음날 목맨 시체로 다시 마주치게 되었을 때도 웃는 얼굴이었다.

그날 밤 매부리코 노인 심장에 칼을 박아 넣는 온양의 얼굴 역시 웃는 얼굴이었다.

그리고 지부대인의 담을 넘어 지부대인의 삼대 독자의 심장에 칼을 박아 넣는 온양의 얼굴 또한 활짝 웃는 얼굴이었다.

온양이 그래야 했던 이유는 별다를 것이 없었다.

매부리코가 공연을 허락받기 위해 은밀히 뇌물로 건넨 것이 목매달고 죽은 여자 아이였으며, 여자 아이가 뇌물이 된 것은 길에서 우연찮게 지부대인의 삼대 독자 눈에 띄었기 때문이다.

그리고 무엇보다 가장 중요한 이유는…….

그 여자 아이는 매부리코 노인에게 자신을 팔아넘기던 양부의 다른 한 손을 잡고 있던 아이라는 점이다.

자신이 양부의 오른손에 잡혀 끌려왔듯 그 여자 아이는 양부의 왼손에 잡혀 질질 끌려온 아이였다.

온양의 단 하나뿐인 여동생이 그녀였다.

그녀가 있었기에 온양은 웃을 수 있었다.

웃으며 매부리코의 매질을 견딜 수 있었으며 인간의 한계를 뛰어넘는 재주를 몸으로 익힐 수가 있었다.

지부대인의 삼대 독자가 온양의 웃는 얼굴 아래 죽는 순간부터 온양은 관아에 쫓기는 몸이 되었다.

자신 혼자라면 어떻게든 피할 수도 있겠지만 14명이나 되는 다른 아이들을 함께 데리고 피한다는 것은 매우 어려웠다.

관아의 추적을 뿌리치고 새카만 눈으로 자신을 쳐다보는 어린 14명의 눈동자를 배신하지 않아야 했다.

그래서 온양은 다시 한 번 자신을 팔아야만 했다.

처음엔 양부의 손에 이끌려 팔아넘겨졌지만 두 번째는 자신 스스로가 자신을 팔았다.

그 두 가지는 매우 달랐다.

처음 팔린 일곱 살 때는 무서움에 울었지만 두 번째 팔릴 때 온양의 얼굴은 웃고 있었다.

아니, 온양은 더 이상 웃을 수 없었다.

여동생이 목을 맨 그 이후 온양의 얼굴은 더 이상 자신이 마음대로 웃을 수 없는 몸이란 걸 깨달았다.

온양의 얼굴은 웃는 얼굴 그대로 굳어졌기 때문이다.

심지어 자고 있는 온양의 얼굴도 누군가 석고를 부어 굳힌 듯 눈은 가늘게 접혀 초생달처럼 눈웃음을 지었고, 입은 입꼬리가 양쪽 귀까지 찢어진 채 그대로였다.

물론 항상 온양이 굳어진 얼굴 그대로 웃고만 있지는 않았다.

그런 웃는 얼굴에 기이하게 한줄기 눈물이 흘러내릴 때는 웃는 것도, 우는 것도 아닌 괴상한 얼굴이 되었기 때문이다.

맨 처음 목을 매단 채 허공 중에 빙빙 돌아가는 여동생의 시체를 볼 때 처음 눈물을 흘렸다.

그렇게 웃는 얼굴을 가로지르며 흘러내린 눈물은 그 이후로도 백 번 하고도 서른세 번이 더 흘러내렸다.

새롭게 자신을 산 주인이 손가락을 들어 지정하는 사람은 온양의 손에 죽어야 했다.

그 134번의 죽음.

도저히 믿을 수 없다는 듯 눈을 동그랗게 뜨고 자신의 손 아래서 죽어가던 사내들이 마지막으로 본 것은 기이하게 활짝 웃는 사내와 그 얼굴 가운데로 흘러내리는 눈물 한 방울이었다.

지금도 온양은 웃는 얼굴이었다.

그저 모든 안면 근육이 마비되어 굳어진 얼굴 때문이 아니라 진정으로 온몸을 열어 활짝 웃고 있었다.

135번째의 살인 청부.

이번만 무사히 넘긴다면 자신과 63명의 가족들이 드디어 자유인이 될 수 있는 135번째의 살인 청부가 드디어 내려졌기 때문이다.

자신과 함께 처음 14명으로 출발한 동생들이 각자 결혼하여 자식을 낳아 63명이 되었고, 자신을 산 사람은 그 63명의 앞날을 걱정하지 않아도 될 만큼의 돈을 내려주었다.

그런데도 자신을 산 사람은 앞으로 두 가지를 자신에게 더 내려준 것이다.

135번째의 살인과 그 이후 찾아올 자유를……

"맹주인가?"

웃는 온양의 얼굴은 자신을 기이한 눈으로 쳐다보는 사람을 향해 물었다.

항상 그랬다. 웃는 얼굴로 기이하게 굳어진 자신의 얼굴을 처음 보는 사람들은…….

하지만 저 사내는 벌써 열두 번째 자신을 만나는 것이면서도 좀체 적응을 하지 못하고 있었다.

"아닙니다."

무림맹의 청룡단을 맡고 있는 남궁호의 아들이자 차기 남궁가의 가주가 될 남궁천이 얼떨떨한 얼굴로 고개를 가로저었다.

온양의 얼굴이 기묘하게 꺾였다.

그 모습은 의외의 말에 갸우뚱거리는 모습이었지만 얼굴은 활짝 웃는 얼굴이었으니 전혀 어울려 보이지 않았다.

"그럼?"

자신의 비밀스런 살수행의 마지막 대상이 무림맹주가 아니라니?

자신을 산 남궁호의 손가락이 가리킬 마지막 대상은 아마도 무림맹
주가 될 거라 믿고 있었다.

그것은 무림맹주 진근양을 죽이기 위함이 아니라 남궁가주의 비밀
을 너무도 많이 알고 있는 자신을 죽이기 위함일 거라고 생각했는
데…….

'아니었단 말인가? 남궁가는 내가 진근양의 칼 아래 죽어 남궁가의
비밀이 지옥에 묻히길 원할 것이고, 또 운 좋게 내가 무림맹주를 죽이
면 남궁세가가 무림맹을 차지하니, 결국 일이 그리될 거라 생각했는
데…….'

그 어느 것도 남궁가의 손해는 아니었다.

하지만 남궁호의 지시를 받고 자신 앞에 나타난 남궁천의 전혀 뜻밖
의 말에 온양이 누구냐고 묻자 남궁천은 우물쭈물대다 한 사람의 이름
을 토해내었다.

'……?'

전혀 못 들어본 이름이었다.

적어도 자신이 죽여온 이들은 모두 이름이 무림에 난 사람들이었다.

물론 134명의 죽은 사람 중 처음 죽인 몇몇은 이류고수였지만 마지
막 일곱 사람은 무림에 이름을 크게 떨친 사람이었고, 그 이름답게 맨
마지막 134번째 사람을 죽일 때는 도리어 온양이 죽을 뻔하지 않았는
가.

그런데 전혀 못 들어본 이름이라니…….

“아무래도 그놈에게 찜찜한 구석이 있어서요. 아버님 말씀이 그런 놈에게 신경 쓰느니 아예 죽여 없애는 게 낫다고 하시던걸요.”

확실히 남궁천은 제 아비인 남궁호의 반의 반도 안 되는 그릇이었다.

별 필요도 없는 말을 온양 앞에서 주절주절 늘어놓고 있는 것만 보아도 확실히 알 수가 있었다.

“좋아. 알았다고 자네 아버님께 전해주게. 또 앞으로 뵙지 못할 테니 뜻하는 바 모든 걸 이루시길 이 웃는 얼굴이, 아니, 혈루소면객(血淚笑面客)이 기원드리겠노라고 전해 드리게.”

“예.”

천천히 물러가는 남궁천을 보면서 온양은 내심 씁쓸하게 웃었다. 비록 얼굴은 활짝 웃는 얼굴이었지만 말이다.

‘남궁가도 다 되었군. 남궁호가 무림맹을 손에 넣은들 저 덜떨어진 아들이 모두 잃어버리지 않겠는가? 인생사 모든 일이 이처럼 허망하니… 그건 그렇고, 나도 슬슬 준비를 해야겠지?’

온양은 기대가 된다는 듯 오른 손가락을 오므렸다 펴기를 계속했다.

그것은 살인에 대한 기대가 아니었다.

자신에게 찾아올 진정한 자유를 한껏 만끽해야겠다는 기대감이었다.

“천천히 즐겨야겠군. 이번 청부는 슬슬 즐기면서… 아주 천천히 말이야.”

하늘을 쳐다보는 온양의 얼굴은 한껏 웃는 얼굴이었다.

그 굳어진 얼굴이 지금 온양에겐 아주 어울려 보였다.

＊　　　＊　　　＊

"또 한 명이 들어온다구요?"

우문하가 펄쩍 뛰며 난리를 피웠다.

"아잉~ 오라버니, 그렇게 움직이시다간 붙인 고약이 떨어졌을 거라구요. 그러니 우리 새롭게 갈아 붙여요. 네에?"

놀라는 우문하 옆에서 광대뼈를 씰룩이며 묘웅이 코맹맹이 소리를 내고 있었다.

그 모습이 얼마나 처참(?)한지 보던 일행은 고개를 돌려 버렸다.

묘웅의 관심은 온통 우문하에게 가 있었다.

우문하가 특별히 잘생겼기 때문은 아니었다.

그저 합법적으로, 또한 인도적인 차원에서 우문하의 고약을 갈아 붙일 수 있다는 점 때문이었다.

그리고 묘웅의 관심이 그저 고약에 있지 않다는 것 또한 모든 사람은 잘 알고 있었다.

그저 우문하의 양쪽 엉덩이 사이, 그 사이로 깊숙이 자리 잡고 있는 그 어떤 것 때문이었다.

일반 사람들은 관심을 가지지 않는 것, 아니, 관심은커녕 말만 들어도 얼굴을 찡그리는 곳, 하지만 매일 몇 번은 손으로 닦아내야 하는 곳, 바로 묘웅의 성욕을 맹렬히 자극하는 항문이었다.

우문하의 얼굴이 새파랗게 변해갔다.

누구라도 자신의 엉덩이를 벌겋게 충혈된 눈동자로 바라보며 흥분에 몸을 떠는 괴상한 잡종을 만난다면 지금 우문하의 기분을 충분히 이해할 수 있을 것이다.

“글쎄? 온양이라던데?”

도밀현이 이번에도 측간을 다녀오다 흘려들었는지 주름진 입술을 오물거리며 대답했다.

“이번엔 또 어떤 괴물이지?”

구잔양 또한 걱정되었는지 살기 어린 눈동자가 빛을 잃었다.

“오모모, 괴물이라니요! 구 오라버니는 다 좋으신데 그런 태도를 보면 정말 정이 다 떨어진다구욧! 홍홍홍~”

묘웅이 구잔양의 말에 찔리는 것이라도 있었는지 온몸을 흔들며 갖은 교태를 다 부려댔다.

“제발 떨어져 줬음 좋겠군! 정이고 관심이고 뭐고 간에 제발 나한테 신경을 꺼줬으면 좋겠어! 안 그러면 그냥 불에 달군 소금 구덩이에 처박아버릴 테니!”

징그럽다는 듯 구잔양이 묘웅을 보며 싸늘하게 을러댔다.

상대가 누구든 간에—진금행만 빼고—전혀 기죽지 않은 채 서릿발 같은 살기를 뿜어내는 구잔양의 그 같은 말에 묘웅이 찔끔했는지 고개를 움츠렸다.

“소, 소금뿐만 아니라 찻잎 다린 물에 널 빠뜨려 삶아줄 테다! 그러니 내… 내… 아무튼 내 거시기에 대해서도 관심을 꺼줬으면 좋겠군.”

우문하가 구잔양의 살기에 찔끔하는 묘웅의 태도를 보고 자신도 최대한 인상을 구기며 말을 건넸다.

하지만 사람은 첫 인상이 중요한 법이다.

처음부터 방 한구석에 처박혀 흡사 내려앉은 어둠처럼 음습한 살기를 불어내던 구잔양의 인상이 강렬했던 것만큼 침상 위에서 엉덩이를 까 내린 채 앓는 소리를 내던 우문하의 모습은 정말이지 엉망이었다.

그러니 한때 구잔양에 필적했던, 아니, 어떤 면에선 더 흉폭한 청로 패거리를 거느리던 우문하의 그 같은 말에 아무도 겁먹지 않았다.

묘웅도 마찬가지였다.

도리어 재미있다는 듯 한 손으로 입을 가리고―조금 전까지 우문하의 항문을 주물럭대던 손이다―홍홍홍~ 웃어대다 우문하의 목을 팔로 감쌌다.

"아잉~ 좋은 생각이예용. 물을 따뜻하게 데워 오라버니랑 저랑 같이 목욕하면 정말 기분 상쾌할 거예용. 홍홍홍~ 생각만 해도 좋아 미치겠넹!"

묘웅과 우문하의 난잡한 짓거리(!)가 이어지자 모두들 인상을 찡그렸다.

하지만 상대는 무림맹의 실권자인 모용수가 보낸 사람이니 무림맹 어디에 대고 하소연할 수도 없는 일이었다.

별로 잘나지 않은 우문하의 목을 묘웅이 사랑스럽다는 듯 껴안은 것은 단 한 가지 이유 때문이었다.

사랑할 수 있는 상대를 찾기에 애먹던 묘웅에게 어떤 예쁜 비구니가 건넨 한마디, 즉 '저분은요, 엉덩이에 말뚝을 박아 자위를 즐기시는 별난 취미가 있으세요' 란 말 때문이었고, 그 말은 너무나 적적했던 묘웅에겐 감로수와도 같은 이야기였다.

그리고 묘웅에게 너무도 중요한 정보를 건넸던 그 예쁜 비구니의 말이 방 안을 감돌았다.

"어머~ 안녕들하셨어요? 우리 하늘을 밝게 비추는 조천대에 또 한 사람이 들어오신다네요. 우리 조천대가 얼마나 대단하면 이처럼 가입하는 분들이 늘어나겠어요? 이 불연이는 정말 행복하네요. 아참참! 인사들하세요. 이분이 새로 무림맹에 가입하셔서 우리 조천대로 발령받은 분이세요."

신이 났는지 종종걸음으로 문을 팔짝 뛰어넘어 들어온 불연의 꾀꼬리 같은 종알거림 뒤로 한 사내가 들어서고 있었다.

"휴우~"

그 사내를 보자 모든 일행들은 안도의 한숨을 내쉬었다.

첫 번째는 묘웅과도 같은 괴물이 아니라는 점에서였고, 두 번째는 사내의 얼굴은 너무도 행복하다는 듯 활짝 웃는 얼굴이었기 때문이다.

"반갑네, 반가워! 정말 반갑네!"

홍규동 역시 활짝 웃으며 반갑다는 듯 들어온 사내의 어깨를 두드렸다.

"후배 온양, 처음 무림맹에 들어 여러 선배님을 만난 것을 영광으로 생각합니다. 잘 부탁드립니다."

예를 표시하는 온양의 태도와 말소리는 정말이지 정중하기 짝이 없었다.

그 목소리의 침착함에 활짝 마주 웃었던 홍규동 역시 얼떨떨해졌을 정도였다.

하지만 스스로 온양이라 밝힌 사내의 얼굴은 해맑게 웃는 얼굴이었다.

'묘한 자로군. 알 수는 없지만 왠지 그런 기분이 들어.'

온양의 태도를 처음 출도한 무림 초보가 무림을 이끄는 거대한 무림맹에 들어와 긴장한 것이라 해석한 오필도는 차분히 가라앉은 온양의 목소리와 해맑게 활짝 웃는 얼굴 사이의 기묘한 부조화를 내심 그렇게 해석하고 있었다.

천천히 일행을 바라보는 온양의 얼굴은 너무도 밝고 화사하게 웃고 있었다.

심지어 호기심에 눈동자를 반짝거리는 묘웅의 징그럽기 짝이 없는 얼굴을 보면서도 말이다.

'모르긴 몰라도 비위가 강한 놈이군!'

오필도가 온양에게 받은 강렬한 첫인상은 해맑은 웃음보다도 묘웅의 괴상한 몰골에도 함박 웃을 수 있는 별나도록 좋은 온양의 비위였다.

제 7 장

여량 —진금행 본 정체를 알고, 여량 마혈의 주인이 있음을 알다

여량

‘끄응~ 내가 살아 있긴 살아 있는 건가?’

온몸이 욱신욱신거리는 고통 속에서 진금행은 서서히 의식을 되찾았다.

“이제 정신이 드느냐?”

진금행은 낯익은 목소리에 또 한 번 지옥 같은 사실을 꺼달아야 했다.

‘아아, 지옥의 늙은 개잡종에게 시달린 것이 꿈이 아니었나 보구나. 이젠 새로운 방법까지 고안해서 날 고통 속에 밀어 넣다니!’

진금행은 욱신거리는 머리를 손으로 감싸 쥐다가 천천히 몸을 일으켰다.

“거참, 내가 이상한 놈을 가르치고 있었나 보군.”

신비인은 진금행이 깨어나는 모습에 안도했다는 듯 웃음을 머금었다.

'머시라? 정말 웃기지도 않는군. 네놈은 이상한 놈을 가르치느라 힘들지 몰라도 나는 더 이상한 놈에게 배우느라 곱절로 환장할 지경이다!'

진금행은 머리가 깨질 듯한 고통 속에서도 입을 삐죽였다.

하지만 신비인의 모습은 전에 보듯 잘생긴 귀공자의 장난기있는 모습과는 달리 침중하고 무거운 인상이었다.

"무슨 뜻이에요?"

진금행이 뻐근한 가슴을 쓰다듬다 후벼 파는 듯한 고통에 인상을 쓰고는 물었다.

"누가 네 몸에 장난질을 쳐놓았더구나."

"장난이요?"

진금행이 무슨 소리냐는 듯 되묻자 신비인이 고개를 끄덕였다.

"금제(禁制) 말이다. 누군가 네 몸에 금제를 펼쳐 놨어. 그래서 네 몸은 내공을 익힐 수도, 또 내공을 풀어낼 수도 없는 기이한 몸이 되고 말았다."

"아니, 어떤 개잡종이 그 딴 짓을 했답니까! 어느 시러배 놈이!"

무언지 몰라도 신비인의 안색을 보아하니 좋은 일은 아닌 것 같았다.

버럭 고함을 지르자 온몸의 뼈들이 뒤틀리는 듯한 고통을 느낀 진금행이 중간에 말을 멈추고 인상을 찌푸렸다.

"글쎄? 꼭 금제라고 해서 나쁜 건 아닌 듯싶다. 네 몸의 근기(根氣)를 보호하기도 하니까 말이다. 그 보호가 너무도 지나쳐 네 몸이 그렇게도 오동포동하지만 말이다."

신비인이 진금행의 푸짐한 몸매를 보며 살포시 미소를 띠었다.

"제 몸이 이런 것이 제가 많이 처먹어서가 아니라 그 빌어먹을 금제인가 뭔가 때문이란 말입니까?"

신비인은 끄덕끄덕 긍정의 고갯짓과 함께 말했다.

"그래, 비정상적으로 부푼 네 몸은 바로 그 금제 때문이란다. 너무도 탁월한 솜씨에 나도 풀어내는 데 실패했단다. 단 한 가지, 네 몸에 일 갑자 이상의 내공이 깃든다면 풀리겠지만 말이다."

"어허, 그럼 빨리 풀어주세요. 그 일 갑자인가 뭔가 하는 걸로 말입니다. 사실 그동안 이 몸뚱이를 놀려 움직이느라 얼마나 힘들었다구요."

신비인은 진금행의 말에 고개를 갸웃거리며 말했다.

"글쎄? 네가 과연 풀어낼 수 있을까? 어쩌면 불가능한 일인데 말이다."

진금행이 신비인의 말에 눈을 동그랗게 뜨자 신비인이 차근차근 설명을 해 나갔다.

"사람의 아랫배엔 단전이란 것이 있으며 그 단전에 천지 조화의 기를 모아둘 수 있으니, 그것을 내공이라 한단다. 그중 따뜻하고 가벼운 기를 모으느냐, 아니면 차고 무거운 기를 모으느냐에 따라 기를 몸으로 돌리는 방법이 달라지니 곧 임맥과 독맥이 그것이며 각종 내공심법이 존재하는 이유가 된다. 하지만 네 몸의 단전은 폐쇄되었고 각 기혈 또한 막혀 있으니 내공을 익히는 데 불가능한 몸이 되었다. 보통 기혈이 막히게 되면 몸속의 기가 순환되지 못하여 바싹 말라 죽어야 하는데 네놈은 도리어 보통 사람보다 건강하니 바로 그 금제(禁制)의 신비한 힘이 각 기혈에 머물러 있기 때문이다."

진금행이 눈만 끔뻑이다 제 나름대로 이해했는지 물었다.

"그러니까 내공을 익히는 데 있어야 할 물건은 제 몸에 없고, 없어야 할 물건은 내 몸속에 있단 말이군요."

"억지로 풀면야 그렇게 말할 수도 있겠지. 하지만 그것과는 다르다. 즉 자연의 기와 네 단전 사이의 길을 무언가 막고 있다고 해야 옳겠지. 즉 네가 호흡으로 받아들인 기는 단전으로 가지 못하고, 또 단전 속에 내공이 있다 해도 그것을 풀어 네 몸으로 돌릴 수가 없으니 그것은 단전과 네 혈도가 아예 두텁게 막혔기 때문이다."

진금행이 고개를 갸웃거리다 물었다.

"노선배님은 내공이 빵빵하시죠?"

"그렇지! 그거 하나는 자신있지. 여기 앉아서 닦은 세월이 헛되진 않았을 테니 말이다."

"그럼 노선배께서 그 혈도와 단전을 막고 있는 금제란 놈을 치워주시면 안 될까요? 듣기엔 강호무림인이 다쳤을 때 내공을 불어넣어 치료한다고 하던데요."

"옳다. 그러기도 하지. 그것을 운기요상(運氣療傷)이라 부른다. 하지만 내가 그리 못하는 이유는 네 몸속의 괴상한 체질이 첫째요, 두 번째는 그 막고 있는 금제를 풀자마자 네놈이 곧 죽기 때문이다."

"죽어요? 그 금제란 놈에게 제가 죽는다구요?"

진금행이 덜컥 놀라자 신비인이 고개를 가로저으며 말한다.

"네놈이 지금껏 살아 있는 이유, 그것도 건강하게 살아 있는 이유가 바로 그것이다. 네 몸은 아기로 태어나서 곧 죽어야 할 몸이었다. 기혈이 들뜨고 경락이 꼬인 상태이니 말이다. 그것을 누군가가 각 혈도를 막아 들뜬 기혈이 흐르고 꼬인 경락이 끊어지는 것을 막았다. 그렇기에 네가 살아 있을 수 있는 것이요, 조금 전 내가 내공을 불어넣었을 때 네가 피를 게운 이유이기도 하다."

"젠장! 그럼 난 무공을 익힐 수 없는 몸이군요! 이거 정말 아쉬운 일입니다. 아아, 이걸 어쩌나. 안타깝게도 표변도는 익히지 못하고 이대로 물러가야 하다니……. 하지만 어쩌겠습니까. 이게 하늘의 뜻인데. 노선배님, 그동안 감사했습니다. 저는 이만 물러가야겠네요."

한없이 슬픈 눈으로 자리를 털고 일어서는 진금행이었다. 하지만 말이나 표정과는 달리 몸을 일으켜 밖으로 걸어나가는 진금행의 모습은 너무나도 무거운 짐을 내려놓아 홀가분하다는 듯한 태도였다.

신비인도 붙잡을 생각이 없는 것 같았다.

신비인의 귀공자처럼 깨끗한 얼굴에 수심이 어리며 탄식하듯 말했다.

"그래그래, 그렇게 된 몸, 그렇게 살아도 괜찮겠지. 그래, 잘 가거라. 비록 여색은 가까이하기 불가능하고, 그래서 씨앗도 볼 수 없는 몸에다가 얼마 안 가 단명할 운명이지만 하늘의 뜻을 어찌하겠느냐. 쯧쯧, 가서 잘먹고 잘살거라……."

돌아 나가던 진금행의 몸이 여자를 가까이할 수 없다는 말에 멈칫거리더니 씨앗을 볼 수 없다는 말에 고개가 돌아갔다. 그리고는 얼마 살지 못한다는 말에 뛸 듯이 달려들어 신비인 앞에 폭삭 주저앉아 신비인의 다리를 붙잡고 늘어졌다.

"그게 뭔 말씀이십니까? 제가 일찍 죽는다니요? 그것도 여자를 가까이할 수 없는 몸으로요?"

신비인이 슬픈 눈을 들어 물었다.

"넌 여자를 가까이해 본 적이 없지?"

끄덕끄덕.

“가까이해 보려고 해도 막상 침상에 들면 잘 안 됐지?”

끄덕끄덕.

“그렇게 여자랑 씨름하다 아침에 깨면 왠지 뒷목이 뻐근하고 눈알이 아리지?”

끄덕끄덕.

“그로부터 며칠 지나지 않아 혈뇨(血尿)가 나오고 왠지 허리 뒤쪽이 바늘로 콕콕 쑤시는 듯 느껴졌지?”

끄덕끄덕.

“맥을 짚으면 들뜨고, 심장의 혈류는 약하며, 머리는 뜨거운 대신 발바닥은 차갑고, 온몸은 비위가 역한 것을 먹은 것처럼 울렁거리며, 냉수를 온몸에 퍼부어도 뜨거운 것을 부은 듯 느껴지고, 마차 같은 걸 타면 왠지 속에 것을 게우곤 했지?”

절레절레.

“맥은 짚어보지 못했으니 모르겠고, 심장이 왠지 가끔 아파온 건 사실입니다. 머리가 뜨겁긴 한데 뱃살이 튀어나와 허리를 굽히지 못하니 발바닥은 만져 보지 못했네요. 비위가 역할 때도 있긴 했지만 많이 처먹으면 한결 가시곤 했습니다. 차가운 냉수가 뜨거운 온수처럼 느껴지기도 합니까? 목욕을 당최 안 해봐서 그건 모르겠네요. 아! 그러고 보니 마차에서 토를 하긴 했습니다. 그런데 그건 우리 아버님 턱 밑 살 흔들리는 것을 봤기 때문에 멀미가 난 것이라 생각했거늘…….”

“……!”

신비인의 인상이 찌푸려졌다.

그러다 작은 한숨과 함께 설명을 해 나갔다.

“아무튼 그 모든 것이 그 금제 때문이니 그런 경험을 몇 번 더 이어간다면 네 목숨은 곧 사라질 것이 분명하다. 물론 네 몸에 그토록 고명한 술법을 풀어낸 고수가 곁에 있다면 생명을 이어 나가는 것이야 문제 없겠지만 그래도 역시 여자는 가까이할 수 없으니 가문의 대를 잇는 것은 꿈도 꾸지 못한다. 만약 네 몸을 돌보던 그 고수가 없다면 길어야 삼 년? 그 안에 네 명줄은 다할 것이고…….”

입을 쩍 벌리고 한동안 말이 없던 진금행이 퍼질러 앉아 울부짖었다. 다른 건 몰라도 여자를 가까이할 수 없는 몸이란 말이 자신의 가슴을 불에 달군 칼로 쑤셔대는 듯 느껴졌기 때문이다.

“우아앙! 안 됩니다! 어떻게 하든 여자랑 잠자리는, 아니, 우리 진씨 가문의 대는 이어가야 합니다! 이 진금행이가 죽어 총각 귀신이 되는 것은 면해봐야 하지 않겠습니까. 크흐흥~”

파묻힌 코 사이로 콧물까지 풀어내며 훌쩍거리는 진금행을 보자니 한심하기도 하고 불쌍해지기도 했다.

“하지만 어쩌겠느냐. 유일한 해답은 네가 착실하게 내공을 닦아 그 금제를 하나하나 지우고 너의 내공으로 그 자리를 메우는 방법밖에 없거늘……. 하나 너는 내공을 닦아도 단전에 담아두지 못하며, 비록 단전에 담는 데 성공했다 해도 그것을 풀어 경락으로 보내지 못하거늘. 또 금제를 풀어 그 단전과 경락 사이의 길을 열자마자 피를 토하고 죽게 되는 몸이니 이러지도 못하고 저러지도 못하는 몸이 아니더냐!”

훌쩍!

진금행은 눈물을 닦아내고는 벌게진 눈으로 신비인을 쏘아보았다.

“노선배가 말하지 않았소! 표변도를 익히지 못하면 죽이겠다고! 강호제일 고수가 헛소리를 씨부리진 않았을 터! 제기랄! 표변도를 익히기도 전에 내가 죽어 나자빠진다면 그건 당신 탓이 분명하오! 그러니 날

살려 표변도를 익히게 만들란 말이야! 뭐? 표변도를 익히지 못하면 죽여 버리겠다고? 이봐! 엄청 늙은 젊은 놈아! 귓구녕 잘 닦고 들어둬! 그 금제인가 뭔가를 치료하지 못하면 내가 당신을 콱 죽여 버리겠어! 알겠어?"

진금행이 토해내는 말이 점점 이상하게 뒤틀리더니 영락없는 양아치처럼 신비인을 두고 '놈' 자까지 내뱉으며 끝났다.

'어라, 이놈이? 못 먹을 것을 먹었나?'

신비인은 너무도 큰 충격에 진금행이 실성했다고 생각하고는 천천히 달래기 시작했다(실성은커녕 진금행은 본모습을 되찾았을 뿐이다).

"내 한 가지 방법은 있다."

"어라? 그래? 좋았어! 한번 말해 봐… 요. 어서… 요!"

진금행이 신난다는 듯 젖은 눈가를 닦아내고는—평생 여자를 가까이할 수 없다는 말에 이토록 슬퍼하다니—싱글거리며 물었다.

신비인은 어느새 존칭으로 돌아간 진금행의 말에 어이없다는 듯 고개를 젓다 천천히 설명을 했다.

"내 내공 중 일 갑자의 내공을 뽑아 네 단전에 담으면 된다. 네놈의 금제란 것이 단전을 꼭꼭 싸고 있지만 다른 한편으로 기를 소중히 담아두는 그릇 또한 되니 단전 안에 일 갑자의 내공이 갑자기 쌓여도 그리 큰 부작용은 없을 것이다."

내공이라 해서 사람 몸에 좋은 것은 아니었다.

천천히 닦아 나가지 않고 갑작스레 영약으로 내공을 키운다거나, 아니면 마도의 무리들처럼 속성으로 무리해서 내공의 수위를 높인다면 몸이 따라주지 않아 끝내 불행한 최후와 맞닥뜨리곤 했다.

무공을 모르는 몸에 한순간 육십 년의 내공이 퍼부어진다면 흡사 작은 찻잔에 커다란 황하의 강물을 담는 것과 다르지 않으니 곧 피를 게 워내고 죽을 것이 뻔했다.

하지만 다행히 진금행의 금제가 그런 면에서는 큰 도움이 되었다.

몸을 깨뜨릴 내공을 단전에서 못 나오도록 꼭꼭 막고 있으니 말이 다.

"그 후에 천천히 시간을 두고 내공을 너의 것으로 삼아 나간다면 그 금제 역시 나중에 없앨 수 있을 것이며 네 몸 또한 보통 사람, 아니, 절 정고수의 반열에 들 것이 틀림없으리라. 그렇게 된다면 금제의 도움 없이도 들뜬 기운과 뒤틀린 경락을 내공의 힘으로 치유가 가능해지니 말이다."

진금행은 알았다는 듯 고개를 끄덕이고 몸을 일으켰다.

그리고는 그런 자신을 멍하니 쳐다보는 신비인을 향해 눈알을 부라 리며 말했다.

"어라? 뭘 그리 쳐다보고 있어요? 어서 빨리 그 육십 년의 내공을 내 게 주지 않고서? 해결할 건 얼른얼른 빨리 해결합시다. 저도 바쁜 몸이 라구요."

빚을 받으러 온 빚쟁이처럼 자신에게 요구하는 뻔뻔스런 진금행의 낯짝을 보면서—그 낯짝을 다 쳐다보려면 한참이나 걸린다—신비인은 입맛 을 다셨다.

"네 이놈! 육십 년의 내공이 어린아이 장난감인 줄 아느냐! 게다가 네 몸에 금제술을 펼쳐 놓은 고수 또한 왜 그저 금제만을 했겠느냐! 내 가 평생 쌓은 내공의 성질이 조금이라도 너의 체질과 다르다면 넌 사 천당문(四川唐門)보다 더 독하다는 오독문(五毒門)의 독을 들이킨 것처 럼 칠공에선 피를 쏟고 온몸은 새카맣게 탄 것처럼 말라 죽을 것이니 그 고통이 얼마이겠느냐! 내 비록 경지에 들어 네 기운을 세심히 살펴 조치해 줄 수 있을지 모르나 그도 인간의 안배일 뿐 어떤 실수가 있을지 모르거늘!"

신비인은 떼를 쓰는 빚쟁이처럼 자신을 오만하게 쳐다보는 진금행을 향해 버럭 고함을 질렀다.

"어허, 꼭 그렇게 공부를 해야 합니까? 그냥 팍! 팍! 내공을 불어넣어 주면 끝나는 일 아니냐구요!"

'이놈이?'

신비인의 검미가 움찔거렸다.

일 갑자의 내공이었다. 자그만치 육십 년의 세월이란 말이다. 무릎에 곰팡이가 피도록 주저앉아 육십 년을 닦아야 대성할 수 있는 경지가 일 갑자의 내공이었다.

한데 그것을 그냥 침 한 대 맞는다는 식으로 귀찮다는 듯 요구하는 진금행이라니…….

신비인은 불쑥 치밀어 오르는 분통을 다행히 오랜 세월의 수양으로 간신히 억누를 수 있었다.

" '약 좋다 남용 말고 약 모르고 오용 말자' 란 말도 강호에 있지 않느냐. 환약 한 덩이 먹는 것도 이토록 조심해야 할 것인데 어찌 한 사람의 생사를 가르는 일에 이토록 경망스런 태도를 보이는 것이냐! 자꾸 그러다가는 내 고쳐 주지 않을 것이야!"

"헤헤, 아닙니다. 그냥 해본 소리였습니다. 그런데 그 내공은 어디로 넣는 것입니까? 제가 엉덩이를 깔까요?'

돌아서 거대한 엉덩이를 불쑥 신비인의 얼굴 쪽으로 내밀고는 주섬주섬 옷을 풀어헤치는 진금행을 보며 신비인은 놀라 급히 손을 내밀어

제지시킨 뒤 한숨을 내쉬었다.

"그냥 거기 앉거라. 일단 무학의 도에 대해 논하고 나서 행할 일이니……."

"무학의 도요?"

공부를 해야 한다는 말에 오만 가지 인상을 다 짓는 진금챙을 한심하다는 듯 신비인이 쳐다보았다.

"그래, 내 내공은 다른 이와 다르다. 누가 이끌어주지 않았으며 다른 곳에서 엿본 것도 아니다."

신비인은 설명을 하다 말고 옛 추억이 생각나는 듯 고개를 들어 먼 곳을 쳐다보며 계속 말을 이었다.

"내공이 절정에 달한 고수와 겨루어 하마터면 내 목숨을 잃을 뻔한 일을 겪고 나서 나는 고민에 휩싸였다. 그저 시장판에서 이루어낸 재주로는 절정에 달하기가 어렵다는 생각에서였지. 하지만 내가 어디서 내공을 익히겠느냐? 나같이 막돼먹은 놈을 받아들이겠다는 곳은 마교밖에 없었지만 내 앞에 아무것도 두지 않았던, 그래서 신이란 존재마저도 내 앞에 두지 않을 거라 맹세했던 나는 마교에도 들지 못했다. 무공의 끝자락을 곧 잡을 것 같았는데 내공이 없어 얻지 못하는 답답함에 무려 칠 개월을 아무것도 하지 못하고 누워만 지냈단다. 그러던 어느 날 문득, 아침에 일어나 창문을 활짝 열었을 때였다. 작은 바람이 불어와 내 얼굴에 부딪쳤지. 그리고 어디선가 작은 새의 지저귐이 내 귓가에 들려왔단다. 또한 온 지천에 깔려 있던 꽃 내음은 내 코를 홍겹게 했다. 아득하고 신묘한 느낌, 나는 무학에 있어 그 어떤 위대한 존재가 나를 이끌어 창문 앞에 서게 하고 위대한 자연의 힘을 느끼게 한 것이라고 생각한단다. 그러지 않고는 도저히 설명 못할 신비한 느낌이

들었거든?'

신비인이 그때의 느낌을 전하는 말 중에 진금행의 말소리가 툭 끼어들었다.

"저도 매일 그런 경험을 했습니다. 몸은 무거워서 침상에서 일으키지 못하고 있긴 했습니다만 매일 아침이면 덜떨어진 오가가 아침 상을 들고 다가오는 발자국 소리가 귀에 들렸구요, 그 아침 상에 반찬들이 뿜어내는 향기로운 냄새가 콧속에 파고들었지요. 참으로 식욕 당기게 하는 이상한 경험이 매일 아침 계속되었습니다. 진전장에 있을 때는요, 그 빌어먹을 마 총관이 길길이 뛰며 방문을 걷어차고 뛰어들면 곧 그 행복한 느낌에서 깨어나긴 했습니다만 말입니다."

신비인의 얼굴엔 짜증이 묻어났다.

어디 감히 무학의 도를 논하는데 아침 상 얘기 따위로 격하시키는가 말이다.

"흠흠……."

하지만 말을 하다 보니 그때의 신비한 느낌이 되살아나고, 진금행 따위 때문에 그 기분을 깨뜨리긴 싫어 신비인은 다시 눈을 질끈 감고는 그때의 느낌을 다시 떠올리기 시작했다.

"나는 그때 알았단다. 아, 봄이 왔구나 하고 말이다. 그리고는 곧 의아해했지. 내가 어찌 봄이 왔다는 것을 알았을까 하고 말이다. 그건 바람 때문이었다. 새소리 때문이었다. 또한 꽃 내음 때문이었지. 하지만 실제로는 그 모든 것이 아니었다. 바로 봄 기운, 화사한 그 기운이 나에게 알린 것이지. 마치 조그마한 여자애가 예쁘고 화사한 옷으로 갈아입고는 풍당풍당 뛰어 다가와 '내가 왔어요' 하고 외치는 것처럼 말이다. 그 기운, 그것은 위대한 자연의 기였다. 나는 알 수 없는 힘에 이끌려 입을 크게 열고, 가슴을 열고, 마음을 열고, 혼을 열어 그 기운을 올올히 내 안에 담았다."

눈을 감고 말을 하던 신비인은 기운이 몸과 가슴과 마음과 혼에 와 담기던 그때의 느낌을 다시 느끼는 것처럼 크게 가슴이 부풀어 올랐다.

"나는 그 이후 그 기운을 다스리고 어르느라 삼 개월을 보내게 되었다. 그로부터 삼 개월 후, 다시 창을 열었을 때는 뜨거운 열기가 나를 맞았지."

"여름!"

진금행 역시 알겠다는 듯 큰 소리로 외쳤다.

신비인도 활짝 웃으며 고개를 끄덕였다.

"그래 여름이었단다. 뜨거운 열기가 대지를 적시고 푸르른 녹음으로 세상을 덮는 여름! 그 뜨거운 기운은 때때로 시원한 비로 내 마음을 적셨고, 나는 그 하나하나의 기운을 또다시 입을 열어 맞이하여 가슴과 마음과 혼에 담을 수 있었다."

"가을과 겨울도 입을 열어 삼켰나요?"

신비인은 기특하다는 눈으로 진금행을 쳐다보며 고개를 끄덕였다.

"그런데 어떤 게 제일 맛있었나요?"

"잉? 뭐가?"

"입을 열어 삼켰다면서요. 그래, 맛을 보니 어떤 게 제일 납디까?"

진금행의 호기심 어린 얼굴을 보며 신비인은 또 한 번 깊은 수양의 힘으로 기식을 다스려야만 했다.

안 그러면 정말이지, 간만에 다시 한 번 손에 피를 묻히는 불상사가 일어날 것 같았기 때문이었다.

"그런 게 아니다. 그 사 계절의 기운은 곧 천하를 꽉꽉 채운 채 순환

하는 우주의 기운이었다. 맛으로 치면 달고, 쓰고, 맵고, 떫고, 신, 그 모든 맛이라 할 수 있지."

"우와~ 굉장했겠군요!"

진금행은 입가의 침을 쓰윽 닦아내며 호기심 어린 시선을 던졌다.

신비인은 그런 진금행에게 짜증을 내고 있었지만 진금행을 진작 알았더라면 정녕 하늘에 감사를 드려야 마땅하리라.

여자와 돈, 그리고 먹을 것에 대한 집착만큼 진금행에게 절대적인 것은 없었다.

그중 먹을 것, 그중에서도 맛에 대해 논하니 진금행의 모든 정신은 신비인의 입에 집중되어 있었다.

그러니 지금부터 토해져 나오는 신비인의 말은 영원히, 진금행이 저 세상으로 가는 날까지 잊혀지지 않을 것이기 때문이었다.

그 사실을 알았다면 신비인은 정말이지 하늘에게 감사드려야 마땅하지 않겠는가?

"그래, 굉장했지. 그저 하나의 기운을 열심히 닦아 그것으로 경지를 이루어야 한다는 나의 생각은 그 경험으로 인해 바뀌었단다. 자연은 숨결이었다. 그저 한번 들이키고 내뱉는 숨결에 지나지 않았다. 그것을 구태여 몸속에 담아 일 갑자요, 이 갑자요 하며 으스대는 것은 정녕 하늘의 뜻이 아니요 무학의 목적이 아니었다. 내가 자연의 흐름을 따르면 자연의 기운 모두는 나의 것이 되었고, 내가 편안히 몸을 가다듬으면 그 모든 기운이 자연으로 되돌아갔으니 내겐 내공이라 불리울 만한 것이 없었다. 내 몸속을 채우는 기운이 자연이었으며 자연이 또한 나였기 때문이다. 그렇게 일 년을 보내자 강호에서 내공이 높다 소문난 자들을 눈 아래로 내려볼 수 있었다."

끄덕끄덕.

신비인은 자신의 말에 홀린 듯 빠져들어—먹는 것에 대한 약효가 오래 갔다—정신없이 듣고 있던 진금행을 쳐다보며 말했다.

"그래서 나는 내공이란 것이 없다. 하지만 그 어떤 기운이라도 담아 낼 단전을 가지고 있을 뿐이지. 그러나 그 단전 안에 담고 있는 것은 아무것도 없단다."

"어라? 나한테 내공을 준다면서 가진 게 없다니요?"

진금행은 신비인의 말이 또 다른 참신(?)하고도 현란(?)한 사기술이 아닌가 싶어 째진 눈을 한껏 치켜뜨며 물어보았다.

"그래, 가진 건 없어도 너에게 줄것은 있지. 바로 이 신묘한 이치를 너에게 전하려는 것이다. 내가 줄 내공이란 그저 겨자씨만큼 작은 것 이지만 네 몸속에 담긴 후에는 천하를 덮는 커다란 나무가 될 것이 다."

"그러니까, 작고 보잘것없는 종이로 이루어진 어음이라 해도 몇 덩 이의 황금과 맞바꿀 수 있는 가치가 있는 것처럼 별것 아닌 내공이라 도 능히 일 갑자는 해낼 거라는 말씀이시죠?"

"그래, 네가 이해가 빠르구나."

흐뭇해진 신비인이 고개를 끄덕였다.

그렇게 두 사람 사이에 흐뭇한 분위기가 흐르고 있었다.

물론 그 종류는 전혀 달랐지만 말이다.

*   *   *

천잔평. 그 넓은 평원에는 오늘도 쓸쓸한 바람만이 떠돌고 있었다.

그러나 천잔평의 끝 수천의 무덤이 드리운 그림자 사이로 오늘따라 색다른 그림자가 길게 뉘어져 있었다.

날카로워 보이는 눈매, 얄팍한 콧대, 얇은 입술.

한눈에 보기에도 보통 성격의 소유자는 아닌 것 같은 자가 온몸을 검은 천으로 휘감고는 도도한 태도로 그림자의 끝을 밟고 서 있었다.

'혈첩(血帖)이 드디어 세상에 몸을 나타내다니……. 드디어 사대봉공이 세상에 몸을 일으킬 수 있겠구나.'

생각을 이어가던 사내의 몸은 감격에 떠는 것처럼 부르르 떨었다.

아니, 천잔평의 차가운 바람이 그렇게 만들었는지도 몰랐다. 바로 죽은 수천 명의 사람이 만들어낸 한 서린 바람이 말이다.

'이상하군.'

사내는 곧 이상한 것을 느끼고 주위를 둘러보았다.

수천 기의 무덤, 그것도 같은 날에 묻힌 것 같은 이상한 형태의 무덤들…….

그것을 둘러보던 사내가 곧 고개를 끄덕였다.

'아! 여기가 바로 그 유명한 천잔평이군. 같은 날 수천 명의 목숨이 달아났던 바로 그곳, 살아 있는 유부(幽府)라던 바로 그 천잔평이 여기였어.'

사내는 오랜 시간 잠들어 있다 갑작스레 출현한 혈첩 문제를 논의하기 위한 모임에 참석하기 위해 가던 길이었다.

그 여정 중 이곳 천잔평이 있음을 기억해 내고는 얄팍한 입술을 움직여 씁쓸한 미소를 지었다.

한날 한시에 죽은 원혼들…….

무림에 든 사람이라면 아무도 떠올리고 싶지 않은 저주였지만 사내에게는 희열에 들뜨게 만든 이야기이기도 했다.

'혈첩만 찾는다면… 그래서 우리 뇌공문(雷公門)이 사대봉공을 이끌어 나가게 된다면 전 무림이 천잔평이라 불리겠지. 아니, 그렇게 되면 천잔평(千殘坪)이 아니라 만잔평(萬殘坪)이 되겠군. 킬킬~'

흐뭇한 생각, 자신의 손으로 전 무림을 혈해(血海)에 잠기게 만든다는 생각을 하자 사내는 왠지 온몸이 저릿해져 오는 것 같았다.

'모든 사람들에게 편안한 잠을 선물하는 게야. 영원히 깨지 않을 잠을……. 그래서 저기 여우가 무덤을 파 헤집어놓는 것처럼 자신의 봉분조차 결국 그런 신세가 되겠지…….'

사내의 시선은 멀리 떨어진 무덤을 누군가 쳐다보고 있다는 사실도 모른 채 열심히 파헤치는 여우에게 향했다.

그리고는 사신(死神)처럼 전 중원을 누빌 자신의 모습에 희열을 느끼던 사내의 눈동자가 여우를 보자 곧 회백색으로 하얗게 변해갔다.

'저것은!'

사내의 놀라 부릅뜬 눈 위에 있는 평평한 이마 한가운데를 가로지르며 괴이한 문양이 나타나고 있었다.

누군가 하얗게 달궈진 바늘을 이마의 얇은 살 사이로 밀어놓은 듯 사내의 이마 한가운데는 번개 모양의 표식이 하얀 빛을 발하고 있는 것이 아닌가.

사내의 손가락이 치켜 올라가 막 죽은 시체의 뼈를 물고 달아나는 여우를 가리켰다.

번쩍!

소리도 없었다. 아니, 아무것도 변한 것은 없어 보였다.

사내가 손가락을 치켜 올리는 순간 하늘에서 하얀 번개가 내리친 듯 보였던 것은 그저 헛것을 본 것이 틀림없어 보였다.

하지만 까맣게 타 죽은 여우와 그 죽은 여우의 몸에서 매캐한 냄새와 함께 연기가 피어오르는 것까지 잘못 본 것은 아니리라.

사내의 신형이 언뜻 흔들린다 싶더니 이십여 장 떨어진 여우의 시체 옆에서 몸을 드러냈다.

무릎을 굽히고 여우의 입에서 죽은 사람의 뼈를 천천히, 그것도 신중한 자세로 집어 들었다.

사내가 떨리는 손길로 그 뼈를 제 눈 높이로 들어 올려 살필 때였다.

어느덧 사라져 버렸던 번개 모양의 표식이 여우가 파내어 문 사람의 뼈와 가까워지자 사내의 이마에 다시 나타나 전과 달리 더욱 강한 빛을 요요하게 번뜩이고 있었다.

그 번개 표식은 흡사 사내의 이마에 초를 밝힌 듯 주위를 환하게 빛내고 있었다. 그리고 그 빛을 받은 죽은 사람의 뼈 역시 알 수 없는 떨림으로 부르르 떨고 있었다.

사내의 얄팍한 입술이 떨리며 신음과도 같은 말을 토해내었다.

"이, 이 뼈는… 마혈의 주인의 솜씨……. 마혈의 주인만이 해낼 수 있는……. 드, 드디어… 피의 주인이 나타났단 말인가? 드디어?"

감격에 찬 목소리가 천천히 흘러나오다 문득 사내는 입을 굳게 다물었다.

회백색으로 물들었던 두 눈동자가 제자리로 돌아오고, 손에 든 뼈 또한 움직임을 멈추었다.

거기에 알 수 없는 강렬한 빛이 사라져 감에 따라 그 빛을 토해내던 번개 표식 역시 이마에서 자취를 감추어 버렸다.

처음 나타났던 모습대로 돌아간 사내는 굳은 결심을 했는지 앙다문

입술 사이로 나지막한 말을 토하고 있었다.

"그런데? 그래서 어쩌라는 것인가? 그렇게 기다릴 때는 나타나지 않던 마혈의 주인이 지금에 와서야 나타나다니……. 그래, 그래서? 지금에와 우리에게 주인 행세라도 하겠단 말인가? 그것을 그저 우리 사대봉공들은 따라야 한단 말인가? 마혈의 주인 또한 예전의 고검사신이 아니고 우리 사대봉공 또한 고검사신을 따르던 예전 사대봉공과는 다른 사람들인데도?"

사내는 눈을 번뜩이며 쳐다보던 뼈를 멀리 던져 버렸다.

그 힘과 내력이 보통이 아니었는지 날아가는 뼈의 궤적은 천잔평의 거리를 훌쩍 뛰어넘은 듯 그 끝이 보이지 않았다.

"나 뇌공(雷公)이 시험해 볼 것이다. 그가 과연 나의 주인이 될 진정한 마혈의 주인인가를. 만약 그렇지 않으면 내가 죽여 버려야겠지. 사대봉공 앞에 살아 있는 생명이란 없어야 하니까. 그것을 나 뇌공이 시험해 볼 것이다. 바로 이 시해서(尸解鼠) 여량(呂梁)이 말이다."

혈첩과 마혈의 주인이 함께 몸을 나타냈으니 이것은 하늘이 자신에게 준 기회라 생각한 여량의 얇은 입술 사이로 웃음이 배어 나왔다.

그러다 문득 다른 사대봉공들과의 약속이 촉박하다는 것을 깨닫고는 발걸음을 빠르게 옮겨갔다.

한 발, 두 발…….

하지만 그것은 조금 전 여우를 뇌도(雷刀)로 불태워 죽이던 가공할 위력과는 달리 보통 사람들이 몸을 굽혀 빠르게 발을 옮기는 모습이었다.

태도 또한 조금 전 당당한 모습과는 전혀 달라 허리를 굽히고 머리를 까딱거리며 걷는 것이, 숨에 찬 듯 할딱거리는 전혀 다른 사람과도 같았다.

사대봉공(四大奉公) 중 뇌공(雷公)이 아닌 강호에서 손가락질받는 천하디천한 시해서 여량으로 돌아간 것이었다.

그렇게 여량의 기다란 그림자가 산을 넘고 있었다.

*　　　*　　　*

“끄으응~”

몇 번을 죽다 살아났는지 모를 일이었다.

진금행은 정말이지 지옥이란 지옥은 모두 경험해 봤다는 자부심을 가져도 좋았다.

신비인이 내공을 전수해 주는 방법은 무식하기 짝이 없었다.

자칫 잘못하면 막대한 내공에 진금행 몸속의 금제가 깨질지도 몰랐다.

그렇다고 금제만을 돌보아 조심스럽게 부어 넣는다면 도저히 그 막을 깨고 진금행의 단전에 내공을 불어넣을 수가 없었다.

그 두 가지 어려움을 신비인은 어렵지 않게 해낼 수 있었다.

그 방법이란 금제가 깨지지 않는 한도 내에서 최대한 빨리, 최대한 많은 양을 불어넣는 것이었다.

진금행의 혈관이야 터지든 말든, 꼬인 경락이 버티든 말든 신경 쓸 바가 아니었다.

금제가 깨지지 않는 한 혈관이 터지는 일도, 꼬인 경락이 끊어지는 일도 벌어지지 않는다는 걸 잘 알기 때문이었다.

결국 그 과정 중에 일어나는 모든 고통은 진금행이 그저 이를 악물고 버텨내는 수밖에 없었다.

그리고 그 고통은 정말이지 너무도 큰 것임이 분명했다.

"끼루룩~"

이미 내공을 전하는 대법(大法)이 끝났음에도 진금행의 곡에선 가래 끓는 기묘한 소리가 나고 있었다.

"됐다. 지금 네 몸은 조화가 깨져 거동하는 데 불편이 있을지 모르겠다. 하나 네 몸이 그 기운에 점차 길들여진다면 무한한 힘은 물론 금제마저도 깰 날이 올 것이다."

신비인은 만족스럽다는 미소를 띠었다.

"후와아~"

이제야 숨통이 틔었는지 진금행이 길게 숨을 내쉬었다.

"제기랄, 죽는 줄 알았네……."

가슴을 몇 번이나 쓸어 내리며 진금행이 퀭한 눈을 들어 신비인을 원망스럽게 쳐다보고 있었다.

가만, 지금 내가 퀭한 눈이라고 했는가? 오우~ 세상에! 맞다, 맞어!

진금행의 두 눈은 지금 퀭할 뿐 아니라 깊숙이 파묻혀 있는 눈이었다.

거기다 양 뺨은 도저히 믿기지 않게도 앙상하게 말라 들어가 보통 사람의 얼굴과 다를 바가 없었다.

아니, 얼굴뿐이 아니었다.

튀어나온 배는 어디로 사라졌는지 도무지 찾아볼 수가 없고, 이젠 진금행 몸에서 어디가 목이고, 어디가 가슴이며, 어디가 배인지 확연하게 알아볼 수 있는 표준적인 몸매를 하고 있었다.

진금행도 숨을 몇 번 몰아쉬다 무언가 이상한 것을 느꼈는지 손을 들어 제 얼굴을 몇 번이고 쓰다듬었다.

"어라? 코가 있네?"

진금행이 놀랍다는 듯 불쑥 내뱉었다.

그렇다. 코가 없는 인간은 없다. 코가 없다면 숨을 쉴 수 없어 예전에 죽었을 것이 분명하지 않은가.

하지만 진금행 경우에는 달랐다.

코가 있으되 두툼한 양쪽 뺨 살에 파묻혀 그저 콧구멍 두 개만이 보이던 상태였으니 말이다.

그리고 보니 제법 잘생긴 얼굴이었다.

아니, 자세히 보니 그냥 잘생긴 정도가 아니다.

송옥(宋玉)과 반악(潘岳), 전설 속에 잘생겼다고 알려진 두 남자조차 지금 진금행의 얼굴에 비하면 태양 아래 반딧불과 같이 보잘것없었다 (당연한 이야기다. 반딧불은 밤에만 불을 밝힌다).

진금행의 아버지가 지금의 진충덕이 아닌 과거 육충덕이란 이름으로 불리던 시절의 별호가 마옥검(魔玉劍)이었다. 마교의 소교주 육충덕이 옥으로 만든 검을 사용하지는 않았다. 도리어 이름없는 허름한 검을 즐겨 사용했다. 그럼에도 마옥검이라 불린 것은 바로 그의 뛰어나고 준수한 얼굴 때문이었다.

그것은 마교의 소교주를 달리 일러 옥면마검(玉面魔劍)이라 불렀다는 데서도 쉽게 찾아볼 수 있다.

육충덕이 단지 아내의 성만 따와 이름을 바꾸었을 뿐인데도 아무도 눈치 채지 못한 것은 그의 전설적인 외모와 지금의 두툼한 외모 사이에 너무도 괴리가 크기 때문이었다. 그렇기에 진충덕이 '자신을 숨겼다' 라고 표현한 것은 바로 이것을 두고 한 말이었다.

　진충덕은 바로 자신이 힘써 키운 살 아래로 자신을 숨겼기 때문이다.

　거기다 천외화(天外花) 진설란(陳雪蘭)은 또 어떤가.

　외호에서도 볼 수 있듯이 세상에서는 찾아볼 수 없고, 그렇다고 하늘 위에서도 볼 수 없는 한떨기 꽃이라 하여 바로 하늘 밖의 꽃이라 불리지 않았는가.

　미모와 지혜, 그리고 따사로운 어진 품성까지 갖추어 한때 삼첩묘화(三疊妙花)라 불리기도 했던 여자가 진금행의 어머니였지 않은가.

　'눈길만 닿아도 여자들이 오줌을 지려 그 지린 오줌이 황하만큼은 된다'는 꽃미남 마옥검과 '그림자만 봐도 흥분하여 흘린 사내들의 침이 장강을 밀쳐 냈다'는 꽃미녀 천외화, 그 둘이 손을 잡고 만들어낸 작품이 진금행이었으니 그 외모가 과연 절세적일 수밖에 없었다.

　자못 신비한 자태를 나타내던 신비인의 외모 역시 진금행에 대자니 흡사 버러지처럼 보일 정도가 아닌가.

　왠지 신비인 역시 마음이 움직이는 듯하여 두 눈을 질끈 감아버렸다.

　"네놈은 정말이지 표변도에 잘 어울리는 놈이로구나! 금제가 잠시 풀린 네 진정한 외모가 이 정도일 줄은 나도 미처 몰랐다. 정말 표변도의 뜻처럼 가을 표범의 털이 아름답게 변하듯 너의 외모 역시… 아하……."

　끝내 말을 잇지 못하고 작은 감탄을 토해내었다.

　눈을 감아도 숨 막힐 듯 다가오는 진금행의 얼굴이 선명하게 떠올랐기 때문이다.

　진금행은 신비인의 말 따위에 신경 쓰지 않았다.

그저 제 몸 여기저기를 쓸어보며 놀랍도록 변한 제 몸뚱어리에 혀를
내두르고 있었다.

"후와~ 제가 잘생겼나요? 아니, 그보다 제가 뚱뚱했던 탓이 바로
그 금제 때문이었나요?"

"그래, 그렇단다. 기혈이 뒤틀렸으니 몸의 순환이 잘 이루어지지 않
아 그렇듯 온몸이 부푼 것이 틀림없단다. 하지만 네 몸속 금제가 깨지
니 본래의 모습을 되찾은 것이고……."

"하하핫! 그것참 듣던 중 반가운 소리로군요. 저는 이것이 우리 가
문의 유전병인 줄 알았더니!"

진금행의 목소리엔 기쁨이 가득했다.

자신이 날씬한 몸매의 소유자가 되었고, 또한 멋진 외모를 가지게
되어서가 아니었다.

아무리 겉모습이 바뀐다 해도 진금행은 진금행이었다.

멋진 외모에 대한 기쁨보다는 멋진 외모가 꼬여낼 수많은 여자에 대
해 생각이 미치자 제자리에서 폴짝 뛸 정도로―이젠 가벼워져 이런 것도
가능하다. 짜식, 부러워 죽겠다―기뻐 날뛰고 있었다.

"금제가… 금제가 사라지니 이처럼 복덩어리가 굴러 들어오는군요.
세상에나! 우화핫~ 온 동네에 처녀란 처녀들은 복덩어리가 굴러오듯
제게 몸을 던져 올 것 아니겠습니까! 우하하~"

하지만 진금행의 기쁨에 들뜬 웃음은 오래가지 못했다.

신비인의 질투 어린 싸늘한 음성이 들려왔기 때문이다.

"좋아할 것 없다. 아무리 굴러와 봐야 넌 안을 수 없는 몸이니…….
아예 기대를 할 수 없을 땐 몰라도 눈앞에 두고도 어찌할 수 없다는 것
은 더 큰 고통이 아니겠느냐? 그것을 두고 유식하게 화중지병(畵中之

餠), 즉 그림 속에 떡이라고 하지."

"엥? 무슨 말입니까? 금제가 깨져서 제가 본디 모습을 찾았다고 하시더니요?"

진금행이 어이없다는 듯, 아니, 믿을 수 없다는 듯 두 눈을 크게 떴다.

"잠시일 뿐이다. 내가 불어넣은 내공 중 미처 단전에 담기지 못하고 몸속을 떠도는 내공이 너를 그렇게 변화시킨 것이다. 바람이 불어오다 스쳐 지나가듯 얼마 지나지 않아 그 기운들은 없어져 지금의 네 모습은 사그라들고 예전 모습으로 되돌아갈 것인즉……."

"크허헉! 무슨 말씀이십니까! 그럼 이게 그저 꿈처럼 흘러갈 얼굴이란 말입니까?"

끄덕끄덕.

그 몇 번의 고갯짓이 진금행을 나락으로 굴러떨어지게 만들었다.

"이런 젠장, 줬으면 그만이지 줬다가 다시 빼앗다니, 이것이 무슨 개 같은 경우란 말입니까?"

"개 같은 경우라기보다는 특수한 상황에서 일반적이지 않은 일이 벌어진 특이한 경우라고 해야 옳겠지."

신비인은 진금행이 미처 날뛰는 모습을—상상했던 모든 미녀의 꿈이 다 사라졌으니 그 심정이 오죽하랴—안타까운 눈으로 쳐다보았다.

"전 이미 특수한 얼굴을 가져 보기도 했고, 일반적이지 않은 몸뚱어리도 가져 봤습니다. 성격이 특이하단 말도 많이 들었구요. 그러니 지금 이대로의 얼굴과 몸매, 너무나도 보통이자 일반적인 사람의 모습으로 남겨주세요. 예? 제발요……!!"

진금행은 피맺힌 절규를 쏟아내었다.

"한 가지 방법은 있지."

신비인이 천천히 대답을 했다.

진금행은 젖은 눈동자를 들어 그윽히 신비인을 쳐다보았다(이제 이놈은 이 모습도 멋지다).

그리고는 간절한 염원을 담아 조심스럽게 물었다.

"어떤……?"

"바로 네놈이 자연과 하나가 되어 내가 넣어준 그 기운을 온전한 네 것으로 삼는다면 지금의 모습대로 살아갈 수가 있단다."

"언제쯤……?"

"글쎄? 일 갑자의 내공이니 온전하게 얻으려면 적어도 삼십 년은 걸리지 않을까 싶은데?"

"그런 개 같은……!"

"그래, 정말 개 같은 경우지. 하지만 네가 온전하지 못한 몸으로 태어난 게 죄이니 탓을 할려면 너 자신을 탓해야겠지."

진금행은 미쳐 날뛰었다.

삼십 년! 자그만치 삼십 년이란다!

그렇게 되면 자신은 이미 중년을 훌쩍 넘긴 나이가 되지 않는가! 한참 싱싱하고 물 오른 꽃다운 나이의 여자에게 '아저씨' 란 불쾌한 이름으로 불리게 되는 나이가 아니냔 말이다(지금 내가 이 경우다. 정말 개 같은 경우가 아닐 수 없다).

한참 날뛰던 진금행이 신비인 앞에서 풀썩 무릎을 꿇고 앉았다.

"좀 더 빠른……?"

"없어. 빠른 성취를 얻기 위해선 너 자신의 깨달음일 뿐 다른 묘책은 없다. 단지 네가 빨리 깨달아 자연과 한 몸이 될 수 있다면 내일이라도 가능하겠지만……."

"다른 방법은……?"

"없어. 그저 외모만이 중요하다면 금제를 깨는 수밖엔 없다. 그럼 아주 멋진 얼굴을 가진 시체가 되겠지만 말이다."

"나를 놀리는……?"

"내가 무슨 할 일이 없어 너를 놀리겠느냐. 그저 있는 사실을 말해 줄 뿐이다."

"아휴후~ 이런 제기랄!"

"그래, 가슴 아프겠지. 하지만 이렇게 생각해 보거라. 지금 이것이 그저 꿈이라고. 최소한 너는 잃어버린 게 없지 않느냐. 얼굴과 몸 모두 예전 너의 것이었으니 말이다."

"댁 같으면……?"

"그래, 나 같으면 그 얼굴, 그 몸으로 살 생각을 않겠지. 하나 어쩌겠 느냐. 당장 살려면 그 얼굴, 그 몸인 것을……. 일단 살아남아야 하지 않겠느냐?"

고개를 푹 숙이고 낮은 탄식을 거듭하던 진금행이 머리 속으로 생각 했다.

'하긴, 바뀐 건 없지.'

그렇게 생각하니 또 그런 것도 같았다.

그 몸, 그 얼굴로도 떵떵거리면서 잘 살았는데 아쉬움만 뺀다면 그 리 큰 손해를 본 것 같지는 않았다.

어느덧 고개를 든 진금행의 얼굴엔 진한 아쉬움의 흔적이 남았을 뿐 조금 전처럼 길길이 미쳐 날뛰지는 않았다.

"잘됐다. 내공을 네 것으로 쓰려면 아직 멀었지만 네 몸 안 단전에

들어가지 못한 여분의 내공이 떠돌고 있는 틈을 타 내공을 운용하는
방법을 알려주마. 언제 사라질지 모를 내공이니 귀한 시간임에 틀림없
을 터!"

　신비인이 좋은 생각이 떠올랐다는 듯 곧 두 손을 허공에 뻗어 묘한
궤적을 그려내고 있었다.

　'어라?'

　진금행으로서는 귀신이 곡할 지경이었다.

　신비인의 손짓 한번에 자신의 몸이 두둥실 허공에 몸을 띄우지 않는
가.

　흡사 줄에 묶여 움직이는 인형처럼 신비인의 손짓을 따라 자신의 몸
이 휘돌고 몸 안에서 느껴지는 이상한 기운 또한 온몸을 휘감고 돌기
시작했다.

　"쿠웨엑! 끼루룩!"

　한편으론 피를 게워내고 또 다른 한편으론 피거품을 물면서 진금행
의 눈자위가 고통 속에서 하얗게 변했다.

　하지만 진금행의 고통 따위는 알 것 없다는 듯 냉정한 신비인의 말
소리가 진금행의 귓전에 날아들었다.

　"미안미안, 내 조심한다 하면서도 꼬인 경락 사이로 기를 불어넣었
구나. 아이구, 또! 정말 미안하구나. 하지만 기회는 이번뿐이니 너도
마음속에 새겨두거라. 지금 네가 행하는 것이 표변도 제3장의 무공이
니, 곧 여섯 초식으로 이루어진 것이다. 그 첫째는……."

　하지만 하얗게 눈을 까뒤집은 채 피거품을 문 진금행 뇌리에는 신비
인의 말소리가 들리지 않았다.

　'이 늙은 자식이 날 가지고 장난하는 게야! 장난하는 게 분명해! 내

언제고 죽여 버리겠어! 죽여 버리겠다고!!'
　진금행의 각오만이 하늘에 울려 퍼지고 있었다.
　너무도 큰 고통 속에 감히 입에서 말이 되어 나오지 않는 조용한 맹세만이 말이다.

이교옥 —이교옥 조천대에 들고, 진극행 뇌옥에서 나오다

이덕심(李德心) 대인은 매우 후덕한 사람으로 유명했고, 후덕함에서라면 그의 부인 전씨 역시 뒤떨어지지 않았다.

부부는 어려운 사람들을 도울 만큼 인정이 깊었으며 가난한 이를 돕기 위해 풀어낸 재산 또한 많았다.

이 부부의 적덕(積德)과 선행(善行)이 하늘에게 미쳤는지 어느 날 부부의 꿈에 한 선인(仙人)이 나타났다.

선인이 이르길 '하늘이 귀한 아들을 내려줄 것인즉 고이 길러 산으로 보내 도인이 되게 하라. 때가 되면 신선이 되어 천하 만민의 기둥이 될 것이다' 라 하자 동시에 부부는 꿈을 깨었으며 서로가 같은 꿈을 꾼 것을 매우 신기해하였다.

이 대인의 부인인 전씨에게 태기(胎氣)가 있은 것은 그로부터 삼 개월 후였고, 전씨는 귀하고 고운 것만 보고 정결하고 깨끗한 것만 먹었으며 조금이라도 어그러지고 깨진 곳엔 몸을 기거하지 않았다.

이렇듯 태교에 밤낮으로 노력하고 조섭하기에 온 정성을 다하니 그로부터 칠 개월 후, 귀한 쌍무지개가 뜨던 날에 귀한 옥동자를 낳을 수 있었다.

아이가 영특하여 나이 넷에 글을 깨치는 등 과연 남과 다른 비범한 면을 보이자 이 대인 부부의 기대는 자연 클 수밖에 없었다.

그러던 어느 날, 비도 오지 않았는데 신기하게 쌍무지개가 뜨고 오색 운무가 하늘을 물들이던 이상한 날에 특이하게 소매 끝에 매화를 수놓은 도복 차림의 도사 하나가 이 대인 집을 지나다 한마디 던졌다.

"구름 위에서 노닐어야 할 사람이 세속에서 티끌로 살아가는구나."

이 대인 부부는 남다른 기세를 도사에게 느끼고 달려나가 두 손을 모으고 그 뜻을 물었다.

"당신들이 건사하긴 어려운 아이요. 하늘의 아이니 하늘에 오를 공부를 시키는 것이 우선이요."

도사는 알지 못할 미소를 띤 채 한마디만을 남기고는 이 대인 부부의 아들 손을 잡고 휘적휘적 길을 돌아 걸어갈 뿐이었다.

그제야 이 대인 부부는 아이를 가졌을 때 태몽, 즉 신선이 나타나 한 말을 기억하고는 아들과의 이별에 눈물을 흘렸다.

이교옥(李矯鈺)은 그렇게 화산으로 들어간 것이다.

나이 여덟에 화산으로 들어간 이교옥은 그 또래보다, 아니, 어쩌면 그보다 한 배분이 높은 사람들보다도 성취가 깊고 빨랐다.

처음 검을 잡았을 때는 어디선가 수십 마리의 학이 날아들어 그 성취를 축하했으며, 아직 정식 도사가 되지 못한 동도(童道:어린 도사)가 외어야 할 삼관경(三官經), 염구경(焰口經) 및 두과경(斗科經)을 맑은 소리로 읊을 때는 온 산의 짐승과 미물들이 숨을 죽였다.

성취가 이렇게 뛰어나자 이교옥에게는 동도에게 주어지는 도관을 청소하고 요리하고 손님을 맞는 잡무는 주어지지 않았다.

심지어 도사(度師:이끌어주는 스승)로 화산의 제일고수인 법진자(法珍子)를 배정했을 뿐 아니라 배분을 무시하고 한 항렬 위인 선배들과 함께 수법(授法:도사의 성직 수임식)을 내리니 곧 나이 열다섯에 관건례(冠巾禮)를 행하게 되었다.

하지만 화산의 그 어떤 사람보다 빠른 진전을 보였음에도 이교옥은 교만하지 않고 화산이 가진 일체도경(一切道經:완벽한 도교의 경전들)을 모두 읽으며 마음을 가다듬으니 화산의 모든 도사는 기쁨에 들뜰 수밖에 없었다.

통진(洞眞), 통현(洞玄), 통신(洞神)의 삼통(三洞)을 깨쳤으며 더 나아가 태현(太玄), 태평(太平), 태청(太淸), 정일(正一)의 사보(四輔)에도 능하게 되자 화산은 전례를 깨고 이교옥을 새한벽(塞寒壁)에 들게 하였다.

화산 전대 고수들의 깨달음을 빼곡히 적어놓은 새한벽에서 이교옥이 나올 날만을 기다리던 화산 도사들은 이교옥이 곧 화산의 성가를 드높이리라 믿어 의심치 않았다.

그러나 이교옥은 열아홉이 되었을 때에야 새한벽에서 나왔으며, 보통의 도사들보다 훨씬 빠른 진전을 보이며 촉망받던 그는 화산 늙은 도사들의 기대를 무참히 무너뜨렸다.

이교옥은 나오자마자 술을 입에 댔으며 곧 여자를 접하기 되었다.

술병과 여자들, 즉 입에 대는 물건과 몸으로 접하는 물건들의 수가 점점 많아짐에 따라 화산에서는 늙은 도사들의 한숨이 깊어졌으며 이교옥의 난동질과 분탕질에 늙은 도사들의 이마엔 주름살이 더해갔다.

화산의 기대를 한 몸에 받았던 이교옥이 화산의 수치로 바뀌는 데는
그리 많은 시간이 걸리지 않았다.

이교옥이 이렇게 변한 것은 새한벽의 무공이 이교옥이 받아들이기
에 너무 높아 그 절망감 때문이라 한 자도 있었고, 새한벽에서 무공을
익히다 주화입마에 걸려 정신이 어그러진 것이라 말하는 자도 있었다.

하지만 그 어떤 설명이 맞는지 아무도 신경 쓰지 않았다.

아니, 이교옥의 패악질에 치를 떠느라 신경 쓸 시간이 없었는지 몰
랐다.

이런 시간이 삼 년 흐르고 이교옥의 방탕한 생활이 그 도를 더해가
자 심지어 등진록(登眞錄:도사들의 성직 수임 등기부)에서 이교옥 석 자는
빼야 한다는 주장이 화산 문인들 사이에서 터져 나왔다.

하지만 얼마 전 화산 장문인에 오른 이교옥의 스승, 즉 법진자가 이
교옥을 감싸고 돌자 다른 사람들 역시 불만을 나타낼 뿐 감히 이교옥
을 쫓아낼 수 없었다.

몇몇 무리들은 완력으로 이교옥을 내쫓으려 했지만 도리어 이교옥
의 검 앞에서 큰 낭패를 겪고 나자 더 더욱 이교옥에게 맞서 꾸짖는 자
가 없었다.

하지만 청규(淸規:도사들이 지켜야 할 순수한 규칙)를 탁규(濁規)로 바꾸
어 버린 이교옥을 더 이상 두고 볼 수는 없었다.

젊은 화산의 도사들뿐 아니라 늙은 장로들까지 들고일어날 기미가
보이자 화산 장문인인 법진자는 이교옥을 내치는 대신 여론이 잠잠해
질 때까지, 아니, 이교옥이 제정신을 차릴 때까지 잠시 이교옥을 화산
에서 내보내기로 결심을 했다.

하지만 이교옥을 달리 둘 데도 없었다.

화산에서 내쫓기다시피 나온 이교옥을 받겠다는 속가제자는 없었으며, 다른 곳에서도 이교옥이라면 손사래를 치기에 바빴기 때문이다.

그래서 이교옥이 있을 수 있는 곳은 단 한 곳 무림맹이었고, 무림맹 중에서도 허접한 자들만 모이는 곳, 즉 조천대(照天隊)일 수밖에 없었다.

"이거 도사가 맞기는 맞는 건가?"

도밀현이 늙어 축 처진 눈을 뜨고는 제 앞에 누워 있는 사람을 쳐다보았다.

잡작스레 인원이 늘어났다는 통보와 함께 다른 사람들이 낑낑거리며 어깨에 메고 들어와 짐짝 내려놓듯 팽개쳐 놓고 가버린 물건을 신기하다는 듯 모두 쳐다보았다.

분명 도사는 도사였다. 입은 옷은 도사들이 걸치는 옷이요, 머리 위에 물건은 곤원모가 분명했기 때문이다.

하지만 입은 옷은 이미 제 입으로 토해낸 오물로 더럽혀져 있었고, 머리 위의 곤원모는 삐뚤어져 오른쪽 귀에 걸쳐져 있었다.

거기다 얼굴까지 내려 덮인 헝클어진 머리카락 사이로 삐쭉 나온 미끈한 코로는 정신없이 '드르렁' 거리며 코를 골고 있었고, 그 숨결에서는 술 냄새가 지독하게 풍겨오지 않는가.

"이 사람이 바로 화산의 망나니인 이교옥이 분명한 것 같은데?"

현통 또한 어이없다는 듯 술에 취해 잠들어 있는 사내를 내려다보며 중얼거렸다.

이교옥에 대해 들어보지 않은 것은 아니었다.

아니, 전해 들은 정도가 아니라 현통에겐 감사를 드려야 할 대상이 바로 이교옥이었다.

전혀 도사답지 않은 생김새와 행동에도 불구하고 현통이 청성파에서 쫓겨나지 않은 이유는 단 하나였다.

한숨과 함께 청성의 장문인이 한 한마디, '으휴, 그래도 현통이 이교옥보다는 낫지 않은가? 으휴, 화산에는 이교옥도 있는데… 현통쯤이야 청성에서 품어야 할 것인즉', 바로 그것 때문이었다.

화산 이교옥의 행동은 현통이 그나마 청성에서 몸을 계속 둘 수 있는 이유가 되었다.

아마도 화산에 이교옥이 없었다면 무림에서 전해지는 이교옥의 명성을 현통이 대신 했으리라.

반가움과 난감함에 현통이 이교옥의 어깨를 잡고 흔들었다.

"어이, 정신 차려! 이거 곡차(穀茶)를 너무 마셨는가 보군."

아무리 흔들어도 깨어나지 않자 난감하다는 표정으로 현통이 주위를 돌아보며 도움을 청했다.

하지만 무림의 망나니라 이름난 이교옥을 도와줄 사람은 이곳 조천대의 대원 중에는 아무도 없었다.

"술 깨는 데는 이게 최곱니다. 천일취(千日醉)의 주정을 들이켰다 해도 이것 하나면 금세 깨어나곤 하지요."

반가운 말에 현통이 고개를 들어 쳐다보니 휘엉청 밝은 달처럼 웃고 있는 온양이었다.

접혀 가늘게 웃는 눈매 하며 입을 벌려 활짝 웃는 표정은 얼굴을 마주 대하는 사람마저도 기분 좋게 만들었다.

그래서 현통은 자신도 모르게 함빡 웃었다.

"고맙네. 온양이라고 했지? 감사히 잘 쓰겠네."

그때 묘웅이 나서며 콧소리로 말했다.

"흐잉~ 아무래도 내가 그 오라버니를 안마해 주는 것이 더 낫지 않을까요? 내 부드러운 손길이 온몸 구석구석을 주무르고 나면 피곤과 피로가 확 풀려서 금세 깨어날 것 같은데요. 홍홍홍~"

여색을 멀리하는 현통마저도 묘옹의 말을 들으니 온몸에서 소름이 끼치는 것 같았다.

그저 고개를 푹 숙이고 이교옥의 입에 온양이 전해준 작은 옥병을 밀어 넣고 있었다.

"어라? 이것들은 또 뭐야?"

헝클어진 머리, 입가엔 자면서 흘러내린 침 자국, 거기다 주독이 덜 풀렸는지 벌게진 두 눈을 들어 주위를 둘러보며 이교옥이 중얼거렸다.

"어머? 다행히 일찍 깨어나셨네요. 반가워요. 전 아미의 불연이라고 하네요. 그리고 여기는 무림맹에서도 맹주 어른의 친위 조직인 하늘을 비추는 사람들이 모인 곳이구요. 어머, 내 정신 좀 봐. 한 분 한 분 소개시켜 드려야 할 텐데……. 인사 나누세요. 이분은 사천에서 웅천보를 일구어내신 도 어르신이구요……."

불연이 정말 간만에 무림에서 명성 높은 사람이 들어와 반갑다는 듯 홍분된 목소리로 인사를 시키는데 이교옥의 반응은 불연의 기대와는 거리가 멀었다.

"뭐? 조~오~옷~ 머시기 대라구? 젠장, 아무튼 시원한 물 한 사발이나 떠 와. 제기랄, 어제 술은 너무 맛이 없더니 뒷끝도 안 좋군, 니이미!"

이교옥이 제 뒷목을 손으로 주물러 대며 흡사 하인에게 명령하듯 불연에게 말했다.

"손 있으면 니가 떠먹지 그러냐?"

그런 이교옥을 보기에 눈꼴이 시었는지 나지막하고 살기 짙은 목소리가 들렸다.

"엉? 언 놈이야?"

"나다."

이교옥의 말에 구잔양이 구석에서 몸을 웅크린 채 살기로 번질거리는 시선을 들어 쏘아보았다.

"어쭈? 그놈 맘에 드는데? 우리 나가서 술이나 한잔할까?"

손속의 재간만을 논한다면 구파일방 중에서도 첫손에 드는 화산파의 고수, 그것도 화산의 새한벽에 들었던 엄청난 고수와 사천 구석진 곳에서 염효로 굴러먹었던 구잔양은 엄청난 차이가 있었다.

하지만 그건 그저 무공만을 두고 봤을 때의 이야기였다.

사람의 기세, 그리고 사람을 여럿 죽여본 살기로 따진다면 구잔양이 한 수 위였다.

술로 인해 많이 흐트러진 이교옥마저 구잔양의 쏘아보는 눈에는 움찔거렸을 정도였으니 말이다.

"너도 여기 온 걸 보니 떨거지인가 본데 너무 나대지 말어. 잘못 나내다간 말뚝이 아니라 아름드리 나무가 틀어박힐 테니까 말이야. 그저 말썽 피우지 않고 조용히 있다 풀려나면 그만이니까."

구잔양이 이교옥의 허물없는 태도에 피식 웃으며 말했다.

'말뚝? 아름드리 나무? 무슨 뜻이지? 그리고 또 풀려나다니? 여기가 감옥인가?'

뜻 모를 구잔양의 말에 혹시 사부가 자신을 여기에 가둔 것은 아닌가 싶어 주위를 둘러보고, 또 '아름드리 나무' 라는 말에 앓는 소리를 내는, 아까부터 엎드려 있는 이상한 사내—우문하이다—를 쳐다보고는 자신이 왜 여기에 와 있는지 모르겠다는 듯 눈만 끔뻑였다.

"여긴 아무래도 무림맹 같은데?"

이교옥의 말에 불연이 신나하며 대답했다.

"예, 무림맹 중에서도 최정예만 모아놓은 조천대라고 해요. 우리와 함께 조천대의 대원이 되신 걸 조천대를 대표해서 축하드려요."

"조천대?"

이교옥이 처음 듣는다는 듯 고개를 갸웃거리다 숙취로 쓰린 배를 쓰다듬으며 다시 한 번 주위를 둘러보았다.

검버섯 핀 얼굴의 늙은 노인 하나(응천보주 도밀현).

겉으론 그럴듯하게 보이는 중 늙은이 하나(기천사지 홍규동).

한눈에도 멍해 보이는, 그러면서도 조금 전 중 늙은이와 같은 분위기의 젊은 청년 하나(기천사지 오필도).

자신에게 살기를 불어냈던 분위기 끝내주는 젊은 청년 하나(구골문주 구잔양).

한눈에 보기에도 '나 무식해' 라고 이마에 써 있는 검은 도복의 험악한 인상 하나(청성파 현통).

예쁘장하게 보이지만 순진한 것인지 아니면 무식한 것인지 모를 머리 깎은 여승 하나(아미파 불연).

아까부터 바지를 까 내리고 엉덩이에 고약을 갈아 붙이며 인상 쓰고 있는 덜떨어진 청년 하나(차엽방주 우문하).

우문하의 고약을 대신 갈아 붙여주지 못해 안달이 나 있는, 여자이면 하늘이 세상에 저주를 내린 것이고 남자라면 신이 세상에 저주를 내린 것이 틀림없는 괴상한 사람 하나(남색가 묘웅).

고약 하나에 묘한 인상을 짓는 두 사람―우문하와 묘옹―이 재미있다는 듯 입을 크게 벌려 웃고 있는 또 다른 괴상한 놈 하나(혈루소면객 온양).

누가 웃든 말든, 또 남의 항문을 뚫어져라 쳐다보든 말든 구석에 앉아 뭔가를 처먹고 있는 거지 하나(개방후개 주개육).

모두 열이었다.

"끄응~"

이교옥이 신음과 함께 개운하지 못한 머리를 흔들어 생각을 정리하고는 몸을 천천히 일으켰다.

"에이, 제기랄! 이제 보니 나보고 이 인간들을 떠맡으라 이거군. 조천댄지 뭔지 모르겠지만 나보고 대주를 맡으라는 게 틀림없어! 어이, 거기, 예쁜 비구니. 이 대주를 위해 밖에 나가서 술 한 사발 얻어와. 얼굴이 예쁘니까 외상도 가능할 거야."

이교옥의 입에서 대주라는 말이 나오자 모두의 인상이 딱딱해졌다.

무림맹의 시선을 한 몸에 모으는 조천대의 대주, 그것은 누구도 입을 열어 말하지 않았지만 암묵적으로 한 사람을 지칭하고 있었다.

그 증거로 나중에 들어온 온양이 활짝 웃는 얼굴로 주위를 돌아보며 물었다.

"어라? 대주는 진금행이란 자가 아니었습니까? 전 그렇게 알고 들어왔는데요. 그나저나 전부터 묻고 싶었는데요, 대주는 어디에 있습니까?"

온양이 천천히, 그것도 즐기면서 죽여야 할 대상을 찾았다.

그러자 이교옥도 어리둥절한 표정으로 물었다.

"어라? 내가 아니었어? 가만, 새한벽에 들어갔다 나온 내가 다른 사람 따까리란 말이야? 세상에나……. 그 진금행이란 놈이 대단한가 보군. 나 같은 망나니를 거느릴 정도라면 말이야."

이교옥의 물음에 구잔양이 피식 웃었다.

"망나니? 겨우 무림의 망나니 정도가 어디서 금행이를 찾어? 적어도 지옥의 염라대왕 정도가 돼야 금행이와 엉겨붙을 생각을 하겠지."

이교옥이 구잔양의 말에 진저리를 쳤다.

그것이 술을 깨는 과정이었는지, 아니면 진금행이란 처음 듣는 이름이 가져다 준 기묘한 공포 때문인지는 아무도 몰랐다.

"오모모, 맞어맞어. 나도 진금행이란 오라버니 이름은 들어봤어. 아마 멋지게 생겼을 거야. 홍홍홍~ 아잉~ 행복해라."

구잔양의 말에 묘웅도 뒤늦게 자신의 임무(!)를 생각하며 행복해했다.

*　　　*　　　*

진금행은 불만에 가득 찼는지 양 뺨이 부풀어 있었다.

아니, 그냥 불만 때문만은 아닌 듯싶었다.

아무리 울화가 치민다 해도, 또 입 안에 공기를 가득 담고 뺨을 부풀려도 따라가지 못할 만큼 튀어나왔기 때문이었다.

그렇다. 진금행은 신비인의 말대로 본래 모습, 즉 뚱뚱하기가 이를 데 없는 모습으로 돌아가 버린 것이다.

"약효가 별로 오래가지 않네요."

불만이라는 듯 진금행이 투덜거렸다.

"그럼 무엇을 바랐더냐. 네 모습을 잠시 잠깐 바꾸었던 것은 네 단전 속에 내력을 불어넣다 흘린 내공이었는데 말이다. 흡사 술잔에 술을 따르다 그 옆으로 몇 방울 찔끔 흘린 정도의 작은 내공이 네 몸속을 떠돈 것에 지나지 않다. 하지만 얼마나 다행이더냐. 그 잠깐의 시간, 즉 술잔 옆으로 찔끔 흘린 술 몇 방울이 금세 마르듯 곧 허공 중에 없어질 그 내공 덕분에 너에게 표변도의 4장까지 가르칠 수가 있었던 것을……. 비록 그 4장의 세 초식은 냄새만 맡는 정도라 할지라도 그 성취는 능히 세상을 놀라게 하고도 남음이 있을 텐데 말이다.”

“그럼 배울 건 얼추 다 배운 것 같네요?”

진금행이 퉁명스럽게 물었다.

“그렇지. 그렇다고 봐야겠지. 그 세 초식으로 나는 무림맹주에게 도전하여 아깝게 패했으니 현 무림에 그 정도 성취를 지닌 자는 없을 것이다. 그 나머지 표변도는 그저 손과 내력을 움직여 얻을 수 있는 것이 아니니 네가 한 백 년쯤 고련한다면 겨우 그 그림자를 볼 수 있을 것이다.”

“그렇군요. 아무튼 배울 건 다 배웠단 말이네요. 그럼 안녕히 계세요.”

진금행은 아직 자신의 외모에 대한 미련이 남았는지 너무도 아쉬운 표정으로 자리에서 일어났다.

“어라? 어딜 가려는 게냐?”

신비인이 그런 진금행의 모습을 보며 물었다.

“못 배우면 죽인다고 하셨지만 배울 건 대충 다 배웠다고 하지 않으셨습니까. 내공이야 배우고 싶어도 금제인가 뭔가 때문에 배울 수 없다면서요. 그저 단전에 넣고 다니다 어느 날 문득 ‘아항, 그렇구나!’ 하고 깨닫는 날 비로소 제 것이 된다면서요? 그러니 여기서 나갈밖에요. 저 바쁘다구요. 나가서 무림맹도 받아내야겠고 결혼도 해야 하니…….”

신비인이 진금행의 말에 웃으며 말했다.

"그래, 그도 그렇구나. 하지만 내가 나가도 좋다고 말한 적은 없는데……."

"엥? 그게 무슨 말씀이세요? 아항, 무림맹주 그 늙은이가 저를 인질로 잡아두라고 하셨나 보지요?"

진금행이 알겠다는 듯 고개를 끄덕이며 신비인을 쏘아보았다.

'어라, 이놈이? 표변도 1장 제2초식인 야려보기를 내게 쓰다니? 그건 그렇고, 내가 가르치긴 정말 잘 가르쳤군 그래.'

신비인은 입 안이 씁쓸해지며 고개를 내저었다.

"그런 것은 없다. 단지 너와 무림맹주 사이에서야 오가는 게 있겠지만 나에겐 남은 것은 하나도 없지 않느냐?"

"아항, 대가를 원하시는 것이군요. 진작 말씀하시지. 그래, 원하는 게 뭡니까? 제가 할 수 있는 거라면 들어드리지요."

진금행이 보기엔 신비인이란 존재는 자신이 금방 어떻게 해볼 수 없는 사람 같았다.

그저 '무지막지하게 센 엄청 늙은 노인네'를 적으로 돌리기보다는 자기 편으로 만들어놓는 것이 중요했다.

신비인의 요구가 보잘것없는 것이라면 들어줄 마음도 있었다. 하지만 그것이 돈이나 먹을 것이거나 여자에 관한 것이라면 전혀 들어줄 마음이 없었다.

'글쎄? 원하는 여자가 폭삭 늙은 할망구라면 또 몰라도.'

진금행은 그 이상의 부탁은 들어줄 마음이 없었다.

너무 과하다 싶으면 언제든 이 뇌옥을 벗어나면 그뿐이었다.

스스로 가두어두었다 말한 신비인이니 구태여 별 볼일 없는 자신을 쫓아 뇌옥을 벗어나진 않으리라 생각했기 때문이다.

"난 세 가지를 원한다."

"세 가지씩이나?"

놀란 눈으로 진금행이 묻자 신비인의 눈매가 날카로워졌다.

그리고는 진금행은 곧 알 수 있었다.

신비인의 달라진 태도, 즉 엄숙한 모습으로 정갈하게 앉은 자세를 고치는 태도에서 헛된 말을 전하지 않으리라는 것을…….

또 그 세 가지 부탁을 들어주지 않으면 자신의 앞날은 매우 고달파질 것이란 사실을 말이다.

"첫째, 너는 부지런히 표변도를 닦아 그 성취를 보아야만 한다. 다행히 첫째 장의 아홉 초식과 둘째 장의 여덟 초식은 몇 가지만 뺀다면 내공의 도움 없이도 해낼 수 있는 것이다. 깨끗한 몸과 마음으로 부지런히 닦다 보면 이윽고 큰 경지에 들어 내가 힘들여 넣어준 내공이 온전한 네 것이 될 날이 올 것이고, 그렇게 된다면 3장의 여섯 초식과 4장의 세 초식 또한 능히 펼쳐 낼 수 있을 터, 너는 그렇게 되기 위해 힘껏 표변도를 연마해야 할 것이다. 안 그러면 죽을 것이니까."

"매일 숙제 검사하듯 나와보겠단 말씀이십니까? 불편하실 텐데요…….'

진금행이 매우 떨떠름한 태도를 보이자 신비인이 싱긋 웃었다.

"너는 내가 죽이지 않아도 죽게 되어 있다. 표변도를 익히지 않는다면 말이다. 이미 네 몸속의 금제는 내가 내력을 불어넣음으로써 크게 흔들린 상태이다. 이제 얼마 안 가 네 단전 속 내공과 네 몸속의 금제가 충돌할 것인즉, 그것을 조화시키는 방법은 표변도밖엔 없다. 그러니 네가 표변도를 익히지 않는다면 곧 금제가 깨져 칠공에서 피를 흘리며 온몸은 검게…….'

“아이구머니나……!”

표변도를 다 이루었다길래 모두 끝난 줄 알았다.

하지만 그것이 고단한 무공 수련의 처음일 줄이야 누가 알았겠는가?

이럴 줄 알았다면 표변도고 뭐고 간에 배우지 않았으리라.

연신 제기랄을 토해내는 진금행을 보며 신비인이 위로랍시고 한마디를 더 건넸다.

“너무 힘들게 생각하진 말거라. 부지런히 닦다 보면 문득 어떤 경지에 들었다는 생각이 들 것이고, 그렇게 된다면 네 몸의 금제 역시 풀릴 것이니 말이다.”

“어느 세월에……. 휴우~”

진금행의 깊은 한숨을 뚫고 냉정한 신비인의 목소리가 허공을 갈랐다.

“두 번째, 너는 나의 무공을 헛된 곳에 사용하지 말라는 것이다. 즉 내 명성에 누가 되는 일은 하지 말란 뜻이다. 사람을 죽일 때가 오면 죽여도 좋다. 하지만 네가 그 사람의 입장이 되어서 생각해 봐서 정말 죽을죄를 지었다 싶으면 죽여도 된다. 그렇지 않으면 도리어 네가 죽을 것이다.”

“예? 또요? 에이, 제기랄. 사람 잘못 죽이면 또 금제인가 뭔가가 작동해서 제가 죽는단 말입니까?”

신비인은 고개를 가로저었다.

“아니, 이번엔 내가 죽인다. 너를 죽이고 곧 나의 눈알을 파내 버릴 것이다. 너를 죽이는 것은 나의 표변도를 잘못 놀린 것을 징벌하기 위함이고, 나의 눈알을 파내 버리는 것은 내가 사람을 잘못 골라 가르친 죄를 스스로 묻기 위함이다.”

　진금행의 냉철한 판단으로는 신비인은 한다면 하는 놈이었다. 자신이 스스로 눈알을 파낸다 했으면 능히 손가락으로 눈을 후벼 파 눈알 두 개를 뽑아낼 놈이 분명했다.

　뒤가 찜찜해진 진금행이 입맛을 다셨다.

　"저어기, 그런데 이 뇌옥에서 벗어나지 않겠노라고 하지 않으셨나요? 그런데 절 어떻게 죽이시겠단 건지……."

　아무래도 확인해 볼 필요가 있었다.

　"그건 걱정할 필요가 없다. 내가 이곳에 거한 것은 내 스스로의 약속 때문이었으니까. 이미 죽은 무림맹주와의 약속은 내가 그 사람 수준을 벗어날 정도의 대공(大功)을 예전에 이루었으니 지킨 것이 아니겠느냐? 그러니 내가 내킬 때는 언제든 나갈 수 있는 것이다. 명심하거라. 내가 갇힌 것이 아니라 내가 세상을 가두었음을……. 그리고 널 쫓아가 죽이는 것 또한 걱정할 필요가 전혀 없단다. 이 몸이 소싯적에 배교의 밀법을 알아둔 것이 있느니라. 쫓겨 생명이 위급했던 배교의 장로를 살려주고 그 대가로 받은 것이니 틀릴 리가 없는 것이지."

　"배교의 밀법이요?"

　"그렇다. 듣기로는 만 리의 거리가 떨어진들 자신이 필요로 하는 자는 영락없이 찾아낼 수 있다 하더구나. 왜? 믿기지 않느냐? 믿기지 않으면 마음대로 해보려므나. 하지만 대가로 목숨을 내놔야 할 것이다."

　"……!"

　믿기지는 않았다. 하지만 여태껏 판단해 온 냉철한 진금행의 뇌리에는 신의를 중요시 여기고 허튼 말을 절대 하지 않는 신비인의 말이라면 믿는 도리밖엔 없었다.

　'거참, 지랄맞게도 코가 꿰었군.'

속으로 욕설을 퍼부을 때였다.

신비인의 입이 천천히 열리며 마지막 한 가지 요구 사항이 흘러나오고 있었다.

그 말을 듣는 순간 진금행의 두 눈은 크게 부릅떠졌다.

*   *   *

빛, 그것은 오랜만에 만날수록 묘한 상봉의 고통을 안겨준다.

너무도 보고 싶어했던 사람일수록 빛은 눈을 아리게 만드는 고통을 선물하기 때문이다.

진금행은 그래서 눈살을 찌푸려야만 했다.

'흐읍, 공기는 상쾌한 것 같군. 그나저나 아이고, 어지러워라.'

왠지 모를 현기증을 느끼며 그 자리에 풀썩 주저앉아 버린 진금행.

분명 뇌옥에 들어가기 전에 봤던 경치였지만 주변을 둘러보니 새로운 감회가 들었다.

'내가 들어가고 나서 계절이 바뀌었을 리는 없고……. 아무래도 내 기력이 허해진 것 같군.'

귀역(鬼域). 사람들의 발길이 끊긴 지 오래된 곳.

그래서인지 공터의 잡초들은 웃자라 있고, 그 잡초의 풀 끝이 주저앉은 진금행의 코끝을 간지르고 있었다.

'에구, 정말 지치는군. 그래선지 눈에 헛것이 보여…….'

진금행에게 세상은 정말 달라 보였다.

전 같으면 그저 발끝에 채이는 것이 돌멩이인지, 아니면 거친 풀잎인지, 그저 개미나 다른 벌레들인지 신경 쓰지 않았다.

하지만 지금은 그렇지 않았다.

자신의 코밑을 간질이고 있는 풀잎만 봐도 그랬다.

예전엔 '그저 땅바닥에 뿌리를 박고 있는 녹색의 뻣뻣한 물건들'에 지나지 않던 것이 지금은 풀잎이 어떻게 바람에 허리를 누이고 대지에서 싱싱한 생명의 기를 뽑아 올리며 세상에 자신의 존재를 알리려 조심스런 떨림을 전하는지 알 것만 같았다.

그 미약하면서도 위대한 떨림과 숨결, 그 하나하나가 왠지 진금행의 마음속으로 파고들고 있었다.

작은 씨앗이 바람에 날리다 대지를 파고들고, 거친 바람과 삭막한 땅덩어리에게 자신을 호소해 간신히 싹을 틔우고, 조금도 쉬지 않고 생명의 고동을 피워 올리는 그 모든 것을 진금행은 알 수 있었다.

진금행은 그래서 눈가에 맺힌 물기를 소맷자락으로 거칠게 닦아내었다.

그러지 않는다면 그 미약한 풀잎에 고맙고도 불쌍한 마음이 가는 것을 막지 못할 것 같기 때문이었다.

'제길, 내가 폐인이 되었나 보다. 그놈의 빌어먹을 영감탱이 때문에……'

진금행 스스로도 자신이 이런 감상 따위에 젖을 놈이 절대 아니란 걸 잘 알고 있었다.

이런 식의 유치한 감정은 사춘기의 계집애들이나 느끼는 것이 아니던가.

그런데 육중한 몸으로 땅바닥에 주저앉아 겨우 풀잎 나부랭이 때문에 눈가가 젖다니…….

그러나 진금행 스스로는 빌어먹을 신비인 때문에 자신이 연약한 폐인이 됐다고 생각했지만 실상은 그런 게 아니었다.

너른 바다를 보고 자란 사람은 웅심을 키우고, 깊은 산을 보고 자란 사람은 의지를 키운다던가?

진금행이 함께 생활했던 신비인은 이미 사람의 경지를 뛰어넘어 우주와 한 몸이 되길 기다리는 사람이었다.

대자연의 기를 코로 흡입하여 온몸에 퍼뜨리고, 눈으론 천지조화의 묘리(妙理)를 보며, 귀로는 대붕(大鵬)과 미물(微物)의 소리를 함께 듣는 사람이었다.

신비인 자체가 자연 그대로였는데 그와 함께 호흡하고 듣고 보며 생활했던 진금행은 자연 바뀔 수밖에 없었다.

즉 뇌옥에 들어가기 전 진금행과 나올 때의 진금행은 비록 같은 사람이었으되 전혀 다른 사람이라 할 만했다.

그것이 세상을 보는 진금행의 눈을 바꾸어 버린 것이다.

문득 풀과의 이상한 감응(感應)을 나누던 진금행이 인상을 찌푸리며 저 멀리 숲을 향해 중얼거렸다.

"거참, 귀찮게 구네. 자꾸 신경 거슬리게 하면 죽여 버릴 거야!"

왠지 숲 전체가 움찔대는 것 같았다.

그러나 진금행은 숲이 움찔대든 아니면 식은땀을 흘려내든 관심이 없었다.

그저 고개를 가로 꼬아 이번엔 반대 편에 서 있는 늙어 죽은 커다란 고목(枯木)을 쳐다보며 의아하다는 듯 중얼거렸다.

"사람이면 사람이고 나무면 나무여야 할 텐데… 사람도 아니고 나무도 아니라니? 거참, 괴상한 일이군. 가만, 도끼로 저걸 개 패듯 패버리고 안에 무엇이 있는지 들여다볼까?"

왠지 고목 또한 진금행의 말을 알아들은 것처럼 움찔거렸다. 아니, 그뿐 아니라 나무의 반대 편이 축축히 젖어 들어가는 것이 왠지 식은 땀을 흘리는 것같이 보일 정도였다.

그러나 진금행의 호기심은 정말 다행히도 거기까지였다.

곧 두 손을 하늘로 뻗고 입을 크게 벌려 늘어지게 하품을 하더니 입맛을 다셨다.

“에구, 일단 한숨 늘어지게 자야겠군. 모든 게 귀찮아. 그러니까 너희들도 신경 거슬리게 하지 말아. 안 그러면 도끼 들고 뛰어갈 거니까!”

숲과 고목에서 문득 느낀 기이한 느낌, 고수는 그것을 막연한 인기척이라 하겠지만 진금행에게는 너무도 선명히 다가오고 있었다.

무언가 대자연의 흐름을 거스르는 기이한 존재, 그것을 느꼈기 때문이다.

진금행은 졸린 눈을 들어 주위를 둘러보다 제 머리를 긁적였다.

“내가 어디로 올라왔었지? 저쪽인가? 아님 이쪽인가?”

몇 걸음만 더 걸어 구릉 아래를 내려다본다면 곧 무림맹의 전각들을 확인할 수 있겠지만 심신이 지쳐 버린 진금행으로서는 그 몇 걸음조차 너무도 힘겹고 귀찮은 일이었다.

진금행이 어느 쪽으로 내려가야 할지 몰라 주저할 때였다.

누군가 헐레벌떡 헥헥대며 쏘아진 화살처럼 빠르게 구릉을 올라오고 있었다.

쏴아아~

숲 속, 조금 전 진금행의 말 한마디에 움찔댔던 숲 전체에 커다란 바람 소리가 들렸다.

그와 동시에 바람과 함께 숲 전체가 일렁이는데 묘하게도 그 방향이 헥헥대며 올라오는 사람을 가리키고 있었다.

'이런 젠장! 이놈의 살기는 정말이지 견디기 힘들군.'

숲에서 불어내는 가공할 살기.

동곽은 그 뚱뚱한 놈이 예상보다도 너무 빨리 나왔다는 소식에 놀라 힘들게 귀역으로 뛰어들며 욕설을 퍼부었다.

아무리 자신이 맹주의 다섯 번째 제자요 무림에서 손꼽히는 무공을 지니고 있다 해도 이처럼 숲 속에서 은밀히 숨어 불어내는 살기는 견디기 힘들었다. 아니, 불쾌하기 짝이 없었다.

"아! 진 공자, 반갑네."

동곽이 얼굴을 구겨 억지로 웃는 얼굴을 만들고는 인사를 차렸다.

"예, 반갑습니다. 거 뭐더라? 동… 동……."

"동곽이! 맹주님의 다섯 번째 제자인 동곽이! 무림맹 중에서 제법 인정받는 유능한 기재인 동곽이! 몸소 이렇게 친히 마중을 나왔으니 같이 내려가세나."

동곽은 내심 욕설을 퍼부었다.

이 녀석은 예상대로 자신의 이름을 기억하지 못하는 것이 분명하지 않은가.

"일단 잠을 좀 자두어야 할 것 같은데……. 으~아~함~"

"그, 그럼세. 다행히 맹주께서 자네를 조천대의 대주로 삼으셨다네. 그러니 거기로 가면 피로를 풀 수 있는……."

동곽이 이번에도 자신의 이름을 기억시키는 데 실패했음을 알아차리고는 씁쓸하게 웃을 때였다.

"조~ 옷~ 천~ 대~ 주~? 어라? 무림맹주가 아니구요? 제기랄, 또 다른 수작을 준비하고 있었군! 아무튼 같이 갑시다. 아무래도 그냥 건네받는 일은 틀린 것 같고, 내 힘으로 빼앗아야 할 것 같으니 일단 잠을 자두고……."

알지 못할 말을 흘리고는 진금행이 만사가 귀찮다는 듯 뚱뚱한 몸을 휘적휘적대며 산 아래로 내려가고 있었다.

"무림맹주라니? 또, 빼앗다니? 정말 모를 놈이군."

그 모습을 보며 고개를 휘휘 젓던 동곽이 서둘러 진금행의 뒤를 따랐다.

분명 강호상 배분이나 무공의 높이, 그리고 노련한 경험 등 모든 것이 자신이 위이거늘 왠지 진금행 뒤를 따르는 자신의 신세가 꼭 진금행의 부하가 된 듯한 기분이 들어 동곽의 심사는 편치 않았다.

진금행과 동곽이 귀역을 벗어나자 조금 전 진금행의 주목을 끌었던 커다란 고목이 몸을 가늘게 떨었다.

가늘게 떨리는 고목을 향해 숲 속에서 괴이한 전음이 날아들고 있었다.

"저 애는 전과 매우 달라진 것 같소. 안 그렇소?"

그 말이 정말 옳다는 듯 고목의 가지가 바람도 불지 않았는데 낭창거리며 흔들렸다.

"가만, 당신은 저 애를 지금 처음 보는 것이겠구려. 안 그렇소?"

또다시 가지가 낭창낭창.

"당신은 매우 기뻐하는 것 같군. 하긴 단심십이수의 수장인 나를 한눈에 파악하는 것은 웬만한 고수도 하지 못하지. 정말 놀랍군. 당신 소주인의 실력이 저 정도니 정말 당신은 매우 기뻐할 것이 틀림없겠구려. 안 그렇소? 만약에 그렇다면 그렇다고 표시를 좀 해보시겠소?"

아아, 저 전음성. 그리고 치밀하게 상대의 반응을 확인하는 괴벽! 분명 확인을 거듭하는 전음을 날려 마 총관을 미치고 팔짝 뛰게 만든 사람이 분명했다.

하지만 고목(?)은 마 총관과 달랐다.

상대가 알아들었다는 표시를 요구하자 너무도 확실하게 자신의 뜻을 나타내고 있었다.

고목의 몸통에 검은빛이 일렁이더니 흡사 누군가 붓에 진하게 먹을 묻혀 글씨를 써놓은 듯 글씨가 새겨지고 있었다.

난 매우 기쁘오!

고목 몸통에 새겨진 글자.

하지만 그것도 모자라다는 듯 고목은 계속해서 온몸을 가늘게 떨어 자신의 환희를 나타내고 있었다.

"정말 확실한 답변이군. 당신은 그 마불통인가 마 총관인가 하는 사람하고는 정말 달라서 내 맘에 꼭 드오. 그 사람은 성질이 얼마나 지랄맞던… 허걱, 내 말에 괘념치 마오. 나 역시 뒤에서 욕하는 사람은 아니라오. 더구나 그 상대가 전대 마교쌍사인 당신들 두 사람인데……. 허걱! 내가 마교라고 했소? 아니오. 난 명교라고 하려 했소. 그저 입에 붙은 습관 때문에……. 정말이지, 내 본의가 아니었다오. 내 뜻을 알아주겠소? 만약 내 뜻을 이해하고 그 마 총관이란 자에게 전하지 않겠다면 않겠다는 뜻을 표시해……."

그 끈질기기 짝이 없는 확인 절차.

만약 확인 절차를 통과해도 그 확인 절차가 맞는지 다시 되묻는 고래 심줄처럼 질기디질긴 확인 절차…….

배교로부터 전수된 환술로 자신의 몸을 고목으로 변화시킨 문추룡을 그 지옥 같은 확인을 되묻는 전음으로부터 구해주는 또 다른 전음이 들려왔다.

"미안하게 되었군. 지금 큰일이 터졌으니 다른 일은 뒤로 미루고 나를 도와줘야 할 것 같소."

긴박한 전음성, 그리고 그 전음의 주인을 알아본 단심십이수의 수장과 문추룡은 의아할 수밖에 없었다.

"그러니 당장 내 뒤를 따라 나를 도와줘야 할 것 같소."

문추룡은 기분이 불쾌해졌다.

그 증거로 고목에 붙은 마른 나뭇가지들이 신경질적으로 흔들리고 있었다.

마불통으로부터 전해 들은 것과 다르지 않게 자신의 소주인은 기대를 저버리지 않고 너무도 훌륭하게 자라주었다(마 총관은 문추룡이 진금행을 맡지 않을까 봐 온갖 거짓부렁으로 진금행을 미화시켰다).

그 멋지게 자란 소주인을 보호하며 신나게 강호를 누비는 자신의 행복한 상상을 깨뜨린 것도 불쾌한데 도리어 몸을 빼내 자신을 도와달라니!

그 불쾌한 내심을 알아차렸는지 다급한 기색의 전음성이 또 한 번 문추룡에게 날아들었다.

"정말 급한 일이오. 나 또한 맹을 버려두고 이 일에 나서야 할 것 같소! 강호에 혈첩이 나타났으니 당연한 일이 아니겠소? 수신이위가 짧은 소식만을 전하여 자세히 알진 못하지만 아무튼 확실한 것 같소!"

고목이 움찔거렸다.

혈첩(血帖)이라니!

과연 무림맹주 진근양이 저토록 다급해하는 것도 무리는 아니었다.

혈첩이 나타났다니! 또 한 번 강호는 피가 강물이 되고 시체가 산이 되는 일이 벌어지려는 조짐이 분명했다.

그렇다면 무림맹과 명교를 가릴 일이 아니었고, 누가 누구의 명을 받느냐가 중요한 일이 아니었다.

목숨을 버리더라도 기필코 막아야만 하는 일이었다.

고목이 천천히 땅 아래로 꺼져 들어갔다.

그리고 그 자리엔 전부터 있었던 듯 자연스러운 태도로 백의를 입은 무표정한 얼굴의 사내가 서 있었다.

명교의 전대 우사인 문추룡이었다.

문추룡은 고개를 들어 파란 하늘을 바라보며 잘못하면 이 푸른 하늘을 마지막으로 보는 것은 아닌가 하는 감상에 젖었다.

'다 된 것이야. 이미 진 소장주도 보았거늘……. 혈첩을 쫓다 죽어도 아쉬울 건 없는 것이야.'

생각이 거기까지 미쳤을 때 문추룡의 신형은 바람에 먼지가 되어 사라졌다.

츠츠츳.

하지만 그 먼지는 진금행에 대한 애정 때문인지 무림맹 쪽으로 날아가고 있었다.

제 9 장

검무 —진금행 의심하고, 이교옥 검무를 추다

"아옹~ 이걸 어째……."

묘웅은 낭패한 얼굴, 아니, 거름덩이에 한 발을 빠뜨리고 다른 한 발은 범 아가리에 집어넣은 듯한 구겨진 얼굴로 주위를 바라보고 있었다.

"왜?"

우문하가 고약을 갈아 붙이면서 친해졌는지 아무도 신경 쓰지 않는 묘웅의 말에 반응을 보였다.

"아옹~ 너무 못생겼어……."

"진금행 말이야?"

"응, 환장하겠어."

묘웅의 울상 짓는 얼굴은 보는 사람마저도 기분 나쁘게 했다.

하지만 묘웅으로서도 어쩔 수 없었다.

자신이 목숨을 버려서라도 꼬셔야만 하는 인물, 그 진금행이란 인물이 이런 인간인지는 정말 몰랐다.

묘웅이 아무리 이성이 아닌 동성에게 관심을 쏟는 인물이라도 멀쩡한 눈이 달린 사람이었다.

그러니 진금행이란 사람을 보자마자 이 무슨 운명의 장난이란 말이가를 부르짖으며 슬퍼하는 것도 당연한 일이었다.

진금행은 그렇게 유령처럼 불쑥 조천각에 들어왔다.

조천각(照天閣), 원래 있던 건물은 아니었다.

아니, 건물은 있었다. 하지만 원래 있던 현판을 떼어내고 누군가 성의없는 글자로 조천각이라 새겨 넣은 현판을 대신 단 허름한 건물이었다.

그 조천각이란 현판 사이로 뜻밖에도 진금행이 서 있었다.

"오호~ 조천대라 해서 뭔가 했더니 떨거지들을 모아놓은 곳이었군. 내가 여기 대주라 했으니 그럼 내가 제일 커다란 떨거지 중 떨거지란 말인가? 정말 기분 나쁘군."

무슨 커다란 고생이라도 하고 왔는지 왠지 퀭해 보이는 두 눈을 들어 사람들을 쭈욱 한 바퀴 둘러보며 진금행은 그렇게 중얼거렸다.

기분이 나빴다. 당연히 나쁠 수밖에 없었다.

물론 떨거지란 표현 때문일 수도 있었다.

하지만 그보다 더 큰 이유는 그 떨거지란 말이 개종자인 진금행 입에서 튀어나왔다는 데 있었다.

"어라? 못 보던 떨거지도 셋씩이나 있네?"

진금행이 온양과 묘웅, 그리고 이교옥을 쳐다보며 신기하다는 듯한 표정을 지었다.

당연히 신기할 수밖에 없었다.

온양은 뭐가 그리 좋은지 입을 활짝 열어 크게 웃는 얼굴이었고, 묘웅은 그 느글거리는 눈빛과 툭 튀어나온 광대뼈, 그리고 제 딴엔 매력적으로 보이려고 했는지는 몰라도 혀를 내밀어 입술을 축일 때는 누구라도 속이 쏠릴 지경이었다.

거기다 입은 옷은 도사복인데 땟국물이 개방후개 주개육보다 더 흐르는 얼굴에, 낮술에 취했는지 거슴츠레한 눈동자를 들어 마주 보는 이교옥의 쌍판 또한 남다르게 신기한 얼굴이었다.

"아무튼 나중에 밟아줄게, 나중에……. 지금은 너무 졸리거든? 그러니까 한숨 자……."

진금행은 터덜터덜 걸어와서는 아무 침상에나 몸을 툭 뉘이고 곧바로 꿈나라로 떠나 버렸다.

진작 진금행을 알고 있는 자라면 그렇겠거니 하고 넘어갈 일이었지만 세 사람에게는, 그것도 아주 심상치 않은 시선을 던지던 온양, 묘웅, 이교옥에게는 충격적인 장면이었다.

이교옥이 참을 수 없다는 듯 중얼거렸다.

"이, 이 물건이 내가 대주로 모셔야 할 물건이란 말인가? 아니, 이 정도 물건이 대주인데 왜 내가 대주가 되지 못하는 게야?"

이해할 수 없다는 듯 이교옥의 고개가 갸우뚱 돌아가고 있었다.

그게 어제 오후쯤에 벌어진 일이었다.

그리고 오늘 아침까지 깨어나지 않고 있는 것이다.

묘웅은 잠든 진금행의 얼굴을 몇 번이나 확인하며 울상을 짓고 있었다.

"어쩜 좋아~ 아잉~ 어쩜 좋아~"

묘웅은 도망가고 싶었다.

저 괴상망측하게 생긴 종자를 도저히 사랑의 상대로 삼고 싶지가 않았기 때문이다.

"뭐가 그리 좋아? 내가 그렇게 좋아?"

묘웅이 화들짝 놀랐다.

혹시 자신의 말을 진금행이 들은 것이 아닌가 싶었지만 진금행은 분명 누운 채 눈을 감고 있는 게 아닌가.

"어머? 누구지? 누가 말을 한 거야?"

묘웅이 당황해서 이리저리 두리번거릴 때였다.

"기분 나쁜 얼굴 저리 치워. 안 그래도 속도 안 좋구만!"

그 말소리의 주인이 육중한 몸을 천천히 일으키고 있었다.

"어머머……."

그때서야 묘웅은 알 수 있었다.

저 인간의 눈이 믿을 수 없게도 작다는 사실을…….

진금행이 눈을 부릅뜨고 침상에 앉은 채 주위를 둘러볼 때였다.

"반가워요. 불연이는 정말 보고 싶었네요."

불연이 방긋 웃으며 합장을 해 보였다.

"응……."

진금행이 귀찮다는 고개만 까딱해 보였다.

"어디 갔다 오셨어요?"

불연이 눈동자를 반짝이며 물었다.

"귀신이 사는 곳……."

"어머, 그래요? 귀신은 만나보셨구요?"

“응.”

불연이 놀랍다는 듯 눈을 동그랗게 떴다.

“어머머, 세상에나. 아미타불……. 정말 큰일 날 뻔했군요. 그래, 귀신은 어떻게 됐나요?”

“잠자고 있어. 아마도 오래오래 자야 할 것 같아.”

그랬다. 진금행은 신비인을 잠재우고 나온 것이다.

진금행이 고개를 들어 천장을 쳐다보며 신비인의 마지막 모습을 떠올렸다.

그리고 마지막에 오가던 대화도 말이다.

“그런데 표변도를 익혀 경지에 도달했다는 것을 어떻게 알지요?”

“자연히 알 수 있을 것이다.”

진금행은 신비인의 대답부터가 이해되지 않았다.

한참 생각하다 물었다.

“손으로 산을 허물고 하늘을 날 정도가 되어야 경지에 달했다고 말할 수 있겠지요?”

신비인은 싱긋 웃으며 말했다.

“글쎄? 그 정도가 경지일까? 너는 손으로 산을 허물 수 있다 해도 숨결 한번에 산을 무너뜨리는 자는 또 어떤 경지란 말이냐? 손과 발을 놀리는 것으로 경지를 삼는다면 한도 끝도 없단다.”

진금행은 신비인의 말이 놀랍다는 듯 되물었다.

“어라? 그럼 손으로 산 정도는 허물 수도 있다는 말이겠네요? 그럼 신선처럼 하늘을 나는 것도 가능하다는 말씀이세요?”

신비인은 고개를 끄덕였다.

"사람이 한 장을 뛰면 땅 아래에서 지켜보던 개미에게는 하늘을 나는 것처럼 보일 것이다. 또 그 거리가 10장이 넘는다면 막 날기 시작한 조그마한 새들과 다를 것이 없어 보일 것이다. 산을 넘는다면 비로소 사람들에게 나는 것으로 보일 것이다. 산을 타고 넘다 피곤하면 산 하나를 골라 거기에 깃들 수 있는 자라야 비로소 신선이라 할 것이다. 결국 나는 것이 곧 걷는 것이다. 그 둘이 다를 바가 없다는 말이다. 하지만 사람들은 그 이치를 모르고 그저 땅 위에서 발을 떼는 데만 신경 쓰니 어찌 그 같은 경지를 알 수 있겠느냐?"

진금행이 묘하게 입꼬리를 뒤틀며 웃는데 이미 표변도의 초급 과정 정도는 능숙해졌는지 정말로 비열하게 보이는 웃음이었다.

"영생을 할 수도 있겠군요?"

"무엇이?"

신비인이 의외라는 듯 눈을 크게 뜨고 물었다.

"노선배 말대로라면 대강 이런 식이 아닙니까? 숨을 한번 참으면 잠깐 죽은 것처럼 보일 것이고, 숨을 한 하루 정도 참는다면 하루살이들에겐 평생 죽은 것처럼 보일 것이고, 그것이 한 달, 두 달 계속되다 자기 뱃이 꼴릴 때마다 한 번씩 숨을 내쉰다면 일반 사람들이 비로소 죽었다고 할 것이니 삶과 죽음이 그리 다르지 않을 것이 아니겠습니까?"

진금행의 비웃는 말에 노인은 충격을 받았다는 듯 눈이 부릅떠졌다.

"그래, 그럴 수도 있겠구나. 잘하면 반 초식을 없앨 수도 있겠구나. 내가 없는데 어찌 티끌만한 초식이라도 남길 수가 있겠으며, 생로병사를 떠나 적멸(寂滅)에 드는데 어찌 초식 따위가 나를 얽어맬 수가 있겠는가?"

그리고는 꼴까닥~

정말 글자 그대로 신비인의 모든 것은 정지된 듯 보였다.

"어라? 노선배, 장난치지 말아요. 안 그래도 뇌옥 안이라 귀신이 나올 것처럼 으스스한 분위기인데……."

진금행은 어이없어 한참을 지켜보다 결국 노인의 심장이 멈추고 호흡이 멈춘 것을 확인하고는 뛸 듯이 놀랐다.

'이, 이게 무슨 개 같은 경우냐?'

그토록 고강해 보이던 신비인이 이토록 쉽게 저 세상으로 가버리다니…….

'날 시험하려는 겐가?'

진금행은 고개를 갸웃거리며 생각에 잠겼다.

얼마나 시간이 지났는지 몰랐다.

그저 진금행 역시 신비인 앞에서 좌정하고 앉은 채 자연의 기를 느끼려 노력해 보거나 아니면 나무 몽둥이를 잡고 허공 중에 가르며 표변도를 연습하며 시간을 보내고 있었다.

'걍 이대로 나가 버려? 아니야. 그러다 잘못되면 무림맹주가 허리가 접히도록 인사를 드리는 이 늙은이를 내가 죽였다고 옴팡 뒤집어쓸 수도 있어.'

바로 그 점이 진금행이 쉽게 밖으로 벗어나지 못하는 이유였다.

그렇게 된다면 안 그래도 무림맹을 떼어먹으려 발버둥 치는 무림맹주가 무림맹을 움직여 자신을 노릴지도 모른다는 생각에서였다.

무림맹, 그 덩어리가 진금행만큼이나 거대한 조직이 죽일 듯 몰려온다면 골치깨나 아픈 일이 아닌가!

하지만 진금행의 인내력은 그리 깊은 편이 아니었다.

얼마의 시간이 흘렀는지도 알 수 없었다.

“아이고, 이렇게 젊은 나이에 저 세상으로 가시니 슬프기가 짝이 없습니다. 그래도 이젠 나를 죽이고 싶어도 그러지 못하시니 홀가분한 기분도 드는군요. 아무튼 그동안 고생깨나 하셨는데 편이 쉬시구랴. 그럼 난 이만 가보겠수다.”

진금행이 드디어 자리를 박차고 일어나 노인을 향해 고개를 숙이며 마지막 인사를 고할 때였다.

‘누가 죽었다고 하지?’

“크허헉!”

분명 심장이 뛰지 않고 숨을 쉬지 않는다는 것을 확인하지 않았는가! 그런데 분명히 죽은 신비인이 또다시 어기전성인가 뭔가로 자신에게 말을 걸고 있으니 진금행은 정말이지 귀신이 곡할 정도로 놀라 버렸다.

“아직 안 뒈졌, 아니, 안 죽었어요?”

‘죽다니? 이 몸은 그저 모든 곳에서 노닐고 있을 뿐이란다. 그렇게 노닐다 네놈이 나와의 약조를 지키지 않으면 죽일 수도 있고······.’

“그, 그럼 또 다른 경지에 달한?”

‘그래, 그런 것 같구나. 이제 이 몸에서 갈아낼 반 초식이 선명하게 보이니 말이다. 얼마 있지 않아 모든 것으로부터 진정으로 자유로워질 수 있을 것도 같구나.’

진금행은 이를 부드득 갈아붙였다.

‘이 빌어먹을 노인네가 얼마나 더 고강해질려구!’

하지만 분명히 확인해 봐야 했다.

“그, 그럼 더 싱싱해지신 거네요?”

‘그래, 그런 것 같구나. 허허허, 내가 전에 올랐다고 생각했던 경지

가 지금 되돌아보니 티끌 위에 커다란 성(城)을 지으려 한 것과 다르지 않으니…….'

"후아~ 축하드려요. 세상에 나서 그 경지에 오른 최초의 사람이 되었군요."

이때는 적당한 아부가 필요했다. 전에도 진금행이 상대하기가 벅찬 사람이었는데 더욱 세졌으니 일단 고개를 숙이고 상대를 추켜세워 주는 수밖엔 없었다.

'글쎄? 나 외에도 먼저 이 길을 지나간 선배들이 있더구나. 그분들의 발자국을 분명 볼 수 있으니……. 그리고, 금행아.'

"옙! 분부만 합쇼!"

'서역(西域)의 승려를 조심하거라.'

"서역의 승려요?"

갑자기 웬 개풀 뜯어 먹는 소리란 말인가? 보통 사람도 아닌 승려, 그것도 이역 만리나 떨어진 서역에 있는 승려를 조심하라니?

'나와 비슷한 경지에 달한 승려의 기가 서역에서 느껴지더구나. 아마도 그 사람 역시 나의 기를 느꼈겠지. 하지만 그 사람과 나는 분명 다르단다. 나는 모든 것을 버려서 여기 왔지만 그 사람은 모든 것을 가짐으로 해서 여기에 왔으니… 언젠가 이 중원도 가지려 올 것이다. 네가 그것을 막아야겠구나.'

"내가요?"

뭔지 모르지만 엄청난 것이 온다는 말이었다.

신비인의 말에서 신중하면서도 조심스러움이 묻어나 있었으니 그 서역의 땡추도 엄청난 놈인 것은 분명해 보였다.

"내가 왜요?"

'너는 나의 도를 이은 사람이니…… 또한 동시에 성혈과 마혈의 주인이 되었으니 말이다.'

"……!"

무슨 이야기인지는 몰라도 한 가지 확실한 것은 있었다.

저 신비인은 무공이 더욱 무서워져 더 이상 오를 데가 없자 주화입마에 걸린 것이 분명했다.

그래서 미친 것이 분명하리라.

아니, 미치지 않았어도 상관없었다. 저 '죽어도 죽지 않는' 괴상한 사람으로부터 얼른 몸을 빼내야겠다는 생각만 들었다.

"예, 아무튼 그렇게 하지요. 그놈은 제가 맡겠습니다. 그럼 안녕히 계세요."

'그래, 난 신의를 무엇보다 중시하니 잊지 말거라. 또한 배교의 비술로 언제든 너를 찾아 죽일 수 있음도 잊지 말거라. 또한 나와 한 세 가지 약속 또한 잊지 말기를…….'

후다닥~

진금행은 정신없이 뛰어나왔다.

하지만 거리가 멀어져도 머리 속을 울리는 신비인의 말소리는 조금도 멀어지지 않았다.

이때까지 신비인과 잘 지냈던(?) 진금행이 저도 모르게 뇌옥을 박차고 나온 것은 이유가 있었다.

자연의 기운, 그것까지는 간신히 버틸 수 있었지만 이제 그 한계를 넘어 우주의 엄청난 기운과 하나가 되어버린 신비인을 진금행으로서는 감당해 낼 수가 없었다.

그것은 도저히 인간이 감당해 낼 수 없는 막대한 힘이었기 때문이다.

그것이 진금행이 저도 모르게 쫓기는 신세처럼 뇌옥을 뛰쳐나오는 이유가 되었다.

그러나 진금행은 자신이 미친 듯 뛰쳐나오게 된 진정한 이유는 알 수가 없었다. 단지 미친 듯 속으로 부르짖을 뿐이었다.

'아! 그 노인네, 엄청 찝찝하네. 유일하게 내 적수가 될 만한 늙은이야! 휴우~'

진금행의 상념은 거기서 멈췄다.

두 번 다시 마주치고 싶지 않은 젊은(?) 노인이었다.

뇌옥 안을 꽉 채우는 것으로도 모자라 모든 세상을, 아니, 온 우주 전체를 꽉꽉 채우는 노인의 존재감은 그 어떤 것보다도 진금행을 겁먹게 만들었던 것이다.

"귀신이 잠을 잔다구요?"

불연이 이해할 수 없다는 듯 고개를 갸웃거렸다.

"몰라. 자빠져 자든 죽든 신경 쓰고 싶지 않아."

보통 때와는 달리 침중한 진금행의 모습은 모든 사람들로부터 의아함을 자아내게 했다.

"그래서 어떻게 됐어?"

오필도가 궁금증을 참지 못하고 물었다.

"뭘? 뭐가 궁금한데? 좋아, 다 알려주지. 내가 숨겨왔던 모든 것을 말이야."

진금행이 기천사지 오필도를 보며 심드렁하게 말을 건네다 곧 말소리를 죽이고는 엄청난 비밀을 알려준다는 듯 조심스런 태도로 소곤대기 시작했다.

"사실 알고 보니 내가 엄청 잘생긴 놈이더라구. 그것도 보통 잘생긴 게 아니라 무지막지하게 잘생긴 놈이더군. 어때? 알게 돼서 좋아?"

오필도는 말문이 막혔다.

자신이 알기엔 진금행은 이런 놈이 아니었다.

돈, 여자, 먹을 것, 그 세 가지 외엔 다른 사람을 속이는 거짓말은 하지 않았다.

아니, 저놈은 자신에게 이득이 되는 일이 아니라면 그 어떤 일도 하지 않을 놈이었다.

그런 놈이 저런 새~ 빠~알~간~ 거짓말을 하다니!

"에이~ 설마~ 흡!"

우문하가 똥꼬를 움찔거리며 귀 기울여 듣다가 말도 안된다는 듯 피식 웃었다. 그러다 비웃는 말을 건넨 사람이 바로 아래 구멍을 작살낸 무지막지한 놈이란 걸 깨닫고는 숨 들이키도록 놀라 버렸다.

"뭘 그 정도 가지고. 잘생긴 얼굴도 놀랄 일이지만 더 놀랄 일이 있단 말이야. 바로 내가 무지막지한 무공의 고수란 사실이지!"

하지만 진금행은 그런 우문하를 그저 흘겨보기만 할 뿐 별다르게 발작하진 않았다.

"어머? 정말이요? 세상에나! 과연 그래서 맹주님께서 하늘을 비추는 영웅인 우리 조천대의 대주로 진 공자님을 뽑으신 거군요. 과연~ 과연~ 아미타불……."

그 말을 곧이곧대로 듣는 사람은 불연밖에 없었다.

진금행은 주위를 돌아보며 말했다.

"어라? 왜 그런 눈으로 보는 거지? 좋아, 믿지 못하겠다면 보여주면 될 것 아니야!"

조천대에 몸담고 있는 사람들은 믿지 못했다.

아니, 믿을 수가 없었다.

진금행이 무림고수라니!

도저히 믿을 수가 없었다. 그 증거로 진금행은 자신의 무공을 보여줄 장소로 이처럼 사람들의 시선과 동떨어진 구석을 택하지 않았는가!

자신들이 알고 있는 진금행이라면 자신이 익힌 조그마한 재주를 많은 사람들에게 자랑하고 싶어 안달을 내는 놈이라 이토록 후미진 공터를 택하진 않았을 것이었다.

“누구 칼 있어?”

진금행이 태연하게 주위를 보며 물었다.

“칼? 여기.”

절각도 강구의가 커다란 도를 제 품에서 꺼내 진금행에게 던졌다.

“어이쿠! 이건 너무 무겁군. 누구 가벼운 칼 가진 놈은 없나? 이왕이면 두 개였음 좋겠군. 멋진 쌍수도를 보여줄 테니 말이야.”

말도 되지 않았다.

일단 무공을 익힌 놈이 칼이 무겁다는 핑계를 대서야 말이 되겠는가?

거기다 두 손으로 놀리는 쌍수도(雙手刀)라니, 적어도 칼 하나에 정신을 담는 것이 주류였고, 번잡스럽고 기괴한 초식을 쓰기 위함이 아니라면 쌍수도는 잘 사용하지 않는 재주였다.

정신을 분산해서 양 칼에 담아야 했고, 그만큼 초식이 헝클어져 도리어 쌍수도를 쓰는 사람이 자신의 칼에 다치는 경우가 많기 때문이었다.

“여기… 조금 작긴 하지만…….”

웃는 얼굴 온양이 한 발 나서며 단도치고는 길고 보통의 도보다는 짧은 두 개의 비도(飛刀)를 건넸다.

“으응? 조금 짧은 듯한데? 뭐, 어때. 자고로 명필은 붓을 탓하지 않는다 했거늘…….”

진금행은 두 손에 각각 비도 하나씩을 붙잡고는 거대한 엉덩이를 쑥 뒤로 빼내고는 호기롭게 큰 목소리로 외쳤다.

“눈 닦고 잘 봐둬! 천하에 두 번 다시 볼 수 없는 재주니!”

그리고는 천천히 손에 든 비검을 허공 중에 흔들어대기 시작했다.

진금행의 말이 맞았다.

정말이지, 천하에 두 번 다시 볼 수 없는 재주임에 틀림없었다.

저토록 어설프고, 저토록 웃기며, 저토록 엉성한 도법은 두 번 다시 볼 수 없으리라.

뒤로 뺀 엉덩이는 씰룩씰룩, 양팔은 허우적허우적, 양다리는 배배 꼬이면서도 콧구멍만 빼꼼이 보이는 얼굴에선 더운 숨을 불어 내쉬며 정말 열심히 무공을 시연해 보이고 있었다.

처음엔 긴장했던 사람들도 어이없다는 듯 얼굴이 비웃음으로 가득 찰 때였다.

“어어, 이거 왜 이러지? 어이, 거기 조심해!”

진금행이 비틀거리면서 사람들 사이로 뛰어들었다.

‘왜 이러긴! 보법이 꼬여서 그렇지!’

개방후개 주개육마저도 한심하다는 듯 비틀거리는 진금행을 노려보았다.

자신의 오른발이 왼쪽 장딴지에 걸렸으니 넘어질 듯 휘청대는 거야 당연하지 않는가!

마침 진금행이 쓰러질 듯 다가오는 방향에 서 있던 온양과 묘웅이 한 발 앞으로 나서며 진금행을 부축하려고 할 때였다.

진금행의 비도가 묘하게 허공 중에 얽혀들었다.

'……!'

모두 그 자리에 못을 박아 세운 것처럼 우뚝 멈추어 섰다.

숨소리 하나 들리지 않았다.

조금 전까지도 살아 움직이던 모든 것이 그림 속에 빠져든 듯 그 움직임을 멈추고 있었다.

진금행 역시 쓰러질 듯 괴상한 모습으로 가만히 멈추어 서 있었고, 양손에서 허우적대던 비도 역시 허공 중에 치켜세워진 채 움직이지 않고 있었다.

"어때? 신기하지? 새롭지? 참신하지? 묘하지?"

진금행이 묘웅과 온양을 쏘아보며 재미있다는 듯 물었다.

"……!"

하지만 묘웅과 온양은 아무 소리도 하지 못했다.

누구라도 자신의 목젖에 시퍼렇게 날이 잘 선 칼이 와 닿아 있다면 아무 소리도 내지 못하리라.

진금행의 양손에 잡혀 있던 비도는 각각 묘웅과 온양의 목젖에 닿아 있었다.

아니, 묘웅은 제 광대뼈처럼 툭 튀어나온 목젖 때문에 가늘게 핏줄기마저 흘러내리고 있었다.

"…왜?"

온양은 자신의 목에 칼이 와 닿아 있음에도 함빡 웃고 있었다. 하지

만 그 웃는 얼굴에서 흘러나오는 목소리는 무거운 심정을 대변하는 듯
낮게 깔려 있었다.

"너희들은 누구지?"

진금행은 조금 전에 볼 수 있었던 어설프고 바보 같던 모습은 사라
지고 어느덧 냉정한 눈빛을 발하고 있었다.

"무, 무슨……."

온양의 의외라는 듯 크게 웃는 입 사이로 떠듬거리는 말이 토막난
채 흘러나왔다.

"꺄악~ 오라버니, 이게 무슨 짓이에요!"

묘웅 역시 너무 놀랍다는 듯 다리까지 벌벌 떨고 있었다.

"묻는 말에 대답해. 너희들은 이곳에 왜 기어 들어온 거지?"

진금행의 물음에 온양과 묘웅은 저도 모르게 등 뒤에 식은땀을 흘러
내리고 있었다.

'하는 짓이 덜떨어져 보이더니……. 과연 남궁 가주가 살인 청부를
할 만한 인물이군.'

온양이 속으로 생각했다.

'어머, 이렇게 무서운 오라버니를 내가 꼬셔야 한단 말인가? 꺄악!
너무 싫어!'

묘웅은 아예 속으로 비명을 질러대고 있었다.

"거봐, 네놈들이 수상쩍더니 언젠간 진금행에게 죽어날 줄 알았다."

숨 막힐 듯한 정적 속에 구잔양의 킬킬거리는 음성이 떠돌았다.

하지만 진금행이 쏘아보자 구잔양이 얼른 손을 올려 제 입 위에 가
져다 대었다.

'그토록 살기를 뿌려대던 자가 진금행 눈빛 한번에 순한 양이 되다

니…….’

온양은 정말이지 엄청난 놈을 청부받았다는 것을 알았다.

“아, 아무 의도도 없소. 난 그냥 맹에 처음 들어 배정받은 곳이…….”

온양이 활짝 웃는 얼굴로 연신 나름대로 변명을 해댔다.

“저, 저도요. 정말 아무 의도도 없었어용…….”

묘웅도 벌벌 떨리는 다리로 간신히 버티고 서서 쭉 찢어진 흉한 눈을 최대한 가련해 보이려 노력하고 있었다.

“좋아, 내 믿어주지. 하지만 이건 알아둬. 처음부터 내 뒤통수를 치겠다고 말한 놈은 용서해 주지만 거짓말로 내 믿음을 배신한 놈은 살려두지 않아. 안 그래, 모두들?”

진금행이 뒤를 돌아보고는 물었다.

일제히 끄덕끄덕. 진금행을 아는 사람이라면 모두…….

그 모습을 보자 온양과 묘웅은 다시 한 번 다짐하는 수밖엔 없었다.

“알, 알겠소.”

“알아쏘요, 오라버니.”

엉성한 모습의 무공 시연을 보던 중 갑자기 살벌한 분위기로 바뀌어 버렸다.

그때, 아무도 입을 열어 말할 생각을 못할 정도로 무거운 분위기를 깨고 뒤에서 볼멘 목소리가 터져 나왔다.

“왜 난 의심하지 않는 거지? 우리 세 사람 모두 나중에 조천대에 들어왔는데 말이야. 거참, 빈정 상하네.”

모두 놀라 뒤돌아보니 구질구질한 도사 이교옥이었다.

진금행이 천천히 두 사람 목젖에서 칼을 빼내며 대답했다.

"네놈은 이런 놈과 달라, 눈빛이……."

"크하하, 과연 대주답군. 내가 저딴 떨거지들과는 달리 엄청난 놈이라는 것을 한눈에 알아보다니 말이야!"

이교옥의 만족스런 웃음을 심드렁하게 쳐다보다 진금행이 말했다.

"그게 아냐."

"그럼?"

진금행은 이젠 아예 이교옥을 쳐다보지도 않은 채 대답했다.

"저놈들은 뭔가 하려는 눈빛이었어. 뭔가 야망이 있는 놈들이 이런 개잡종들 틈에 끼어들겠어?"

진금행 말에 졸지에 개잡종이 된 모든 사람들은 갑자기 기분이 나빠 얼굴이 붉어졌다. 하지만 그 어느 누구도 감히 반박하지는 못했다.

하지만 불행히도 이교옥은 진금행이란 종자를 알 수 없었다. 그래서 기어코 물어보고야 말았다.

"그럼 난?"

"넌 아무것에도 뜻을 두지 않는 눈, 그저 멍한 눈이야. 오뉴월 햇볕에 낮잠 자는 똥개만도 못한 눈빛이지."

터덜터덜 발을 돌려 걸어가는 진금행을 향해 이교옥이 억울하다는 듯 목소리를 높였다.

"나… 나는 첨 태어날 때 쌍무지개가 뜬 몸이야. 처음 검을 잡았을 땐 학(鶴)… 그것도 선학(仙鶴) 수십 마리가 날아들어 축하해 주었고 말이야!"

그 말에 진금행이 재미있다는 듯 고개만을 빠끔히 돌려 이교옥을 쳐다보았다.

"오호~ 그래? 그럼 지금은 학이 아니라 선녀라도 부르겠군. 그 실력이라면 말이야."

호기롭던 이교옥의 태도가 진금행의 말에 움츠러들었다.

"그, 그야 그렇지."

"그럼 한번 불러봐."

"아, 아니, 꼭 그럴 필요가 있을까? 학이나 선녀들이 요즘 너무 바쁠 텐데 말이야."

"바쁘다면 빨리 되돌려보내면 될 거 아니야. 얼른 불러. 내가 얘기했지? 내 뒤통수치는 놈, 특히 사기를 쳐 먹으려는 놈들은 가만두지 않는다고 말이야."

이교옥은 진금행이 그리 겁나지 않았다.

하지만 진금행뿐만 아니라 모든 사람들의 호기심에 반짝거리는 눈동자는 차마 외면할 수가 없었다.

신기한 것이라면 좋아하는 불연뿐 아니라 방금 생사를 가를 뻔했던 온양과 묘웅마저 자신에게 호기심 어린 표정이지 않은가!

"좋, 좋아. 해보지!"

눈 질끈 감고 될 대로 되라는 심사가 된 이교옥이 천천히 제 품에서 검을 풀어내었다.

그리고는 천천히 검무를 추기 시작했다.

과연 이교옥이었다. 백 년 만에 나타나는 기재 중 기재란 소리를 듣던 이교옥이었다.

화산 역사상 처음 전례를 깨고 어린 나이에 새한벽의 무공을 배울 자격이 주어졌던 이교옥이었다.

이교옥의 손에 들린 장검이 파란 하늘을 갈라내며 매화 여덟 송이를 만들어냈다.

"후우아~"

모두들 이교옥의 검무에서 강한 인상을 받았는지 저도 모르게 감탄사를 토해냈다.

정말 이 정도의 검무라면 선학이 떠돌고 오색 구름이 흘러가도 무엇 하나 이상할 게 없는 광경이 아닌가 싶었다.

이교옥은 눈을 지그시 감았다.

그리고는 자신이 왜 새한벽에서 내려와 자신의 인생을 망가뜨렸는지를 기억해 냈다.

'제발! 제발 이번엔 성공하기를……!'

이교옥은 눈을 더욱 힘주어 감으며 입을 앙다물었다.

찜찜한 마음을 털어버리려는 듯 더욱더 섬세하게 검로(劍路)를 헤쳤으며, 검의(劍意)를 마음속에 깊이 새기면서 초식 하나하나를 풀어내었다.

이교옥은 드디어 검과 자신이 하나가 되는 감정을 느꼈다.

처음 검을 잡을 때 온몸에 열병이 오른 듯 신열에 들떴던 이후 다시 느끼게 된 것은 처음이었다.

'이런 느낌, 정말 오랜만이야. 잘하면 다시 불러낼 수도…….'

처음 화산에 올라 어린 나이로 검을 들고 검무를 추었었다. 그 춤의 뜻이 어디에 있는지 몰라 그냥 제가 하고픈 대로 어깨 추임까지 넣어가며 마구 휘둘러댔었다.

'화산의 검의를 깨닫다니! 어찌 어린아이가 처음 검을 잡고 화산의 뜻을 깨달을 수 있는가!'

그런 자신을 보는 화산의 장로들은 너무도 놀라 버렸고, 그 이후 화

산의 장로들은 장문인 이름은 몰라도 이교옥 세 글자는 분명히 알고
있었다.

'처음 검을 잡자마자 화산 창룡령(蒼龍嶺)에 선학을 불러들인 동도
(童道:어린 도사)', 그것이 이교옥을 지칭하는 또 다른 이름이었다.

다른 사람들은 가볍게 입술에 올리는 말이었지만 듣는 이교옥의 어
깨에는 태산만큼 커다란 짐일 수밖에 없었다.

그 짐에 눌려 지내온 지 십수 년…….

또다시 처음 느꼈던 검의 흐느낌이 손에서 느껴졌다.

화산의 장로들이 곁에 없어서일지 몰랐다.

발을 딛고 서 있는 곳이 화산이 아니어서일지 몰랐다.

그래서 검의 흐느낌을 다시 느끼는 것인지 몰랐다.

아무래도 좋았다. 이 느낌을 좀 더 이어간다면…….

꾸에엑!

어디선가 이상한 울부짖음이 들려왔다.

'왔구나! 선학이 다시 온 게야! 나 이교옥을 보기 위해 다시 날아든
게야! 그런데 학이 그동안 늙었나? 울음소리가 이상하군!'

이교옥은 희열에 들떴다. 하지만 그런 이교옥 귀에 들려온 것은 무
언가 이상했다.

꾸에엑!

"끼아악!"

또다시 선학의 이상한 울음소리와 함께 묘웅의 호들갑스런 비명 소
리가 함께 들려왔다.

"오머머, 뭐가 징그럽다고 그래요? 부처님이 보시기엔 다 같은 생명
인데요. 하기는 많이 모여 있으니 조금 징그럽기도 하네요."

불연의 중얼거림. 이교옥은 영문을 알 수 없어 감았던 눈을 조심스레 떠보았다.

세상에 이럴 수가. 이교옥이 검의 흐느낌을 듣는 순간 분명 몰려든 동물들이 있었다.

하지만 그것은 고결한 선학이 아닌 시커멓게 생긴 두꺼비 수십 마리와 머리를 꼿꼿하게 든 채 몸을 좌우로 흔들고 있는 독사 여러 마리가 아닌가!

"맙소사!"

흉측하게 생긴 두꺼비들 사이로 지네와 여러 독충까지 몰려든 것을 본 이교옥이 입을 딱 벌렸다.

지금 몰려든 여러 동물들은 지금도 이교옥의 검무에 취한 듯 대가리를 좌우로 까딱까딱 흔들고 있었다.

거기에다 까마귀 수십 마리까지 머리 위로 몰려들어 검무에 흡사 박자를 맞추듯 까옥까옥 울어대고 있는 게 아닌가!

정말 재주는 재주였다. 온갖 흉측한 동물들을 불러내는 이교옥의 재주만 보자면 정말 처음 검을 잡을 때 선학이 날아들었다는 것을 믿어줄 수 있었다.

하지만 불러낸 종자들이 문제였다.

"그래, 사기는 치지 않았군."

진금행이 얼굴을 찡그리며 자리를 떴다.

일단 진금행이 뒤로 물러서자 그 뒤를 뱀에게 물릴까 걱정된 사람들이 따랐다.

"이, 이래서 내가 검을 놓으려 한 것인데……."

이교옥은 멍하니 모인 흉물들 중 특히나 험상궂게 생긴 두꺼비와 멍하니 눈을 맞추며 탄식의 신음을 홀로 내뱉었다.
　구렁이 34마리와 까마귀 24마리, 그리고 지네 26마리와 두꺼비 45마
리 사이에 멍하니 서서 말이다.

제 10 장

백연강 —백연강 회의를 열고, 진금행 깽판 치다

황제의 궁궐만큼 거대한 위용을 자랑하는 무림맹. 만약 그 지붕을 황색 기와로 올렸다면 도리어 황궁보다 더욱 당당한 모습일 게 분명했다.

그 위엄과 장엄함이 흘러넘치는 무림맹의 한가운데 자리 잡은 취의청(取議廳). 그곳에선 알지 못할 긴장이 흐르고 있었다.

취의청 안은 크게 세 부분으로 나뉘어져 있었다.

안으로 들어서면 백호와 청룡이 다투는 그림이 새겨진 커다란 탁자가 보이고, 그 뒤로 맹주가 앉는 의자가 빈 채로 있었다.

맹주의 좌우로 각각 다섯 개의 의자가 나열되어 있었고, 그 열 개의 자리는 원로원의 원주들, 즉 구파일방에서 파견된 아홉 명과 백도무림에서 명망이 높은 한 사람을 포함한 열 명이 앉아 있었다.

비록 무림맹에서 실권을 잃어버린 몸들이었지만 백도무림의 천년

저력을 보여주려는 듯 당당하게 허리를 펴고 앞을 노려보고 있었다.

그리고 흡사 지금 무림맹의 형세와 비슷하게 무림맹주의 의자와 원로원의 사람들을 마주 보고 있는 다섯 개의 의자들엔 오대세가의 사람들이 침중한 안색으로 앉아 있었다.

바로 현무당을 맡고 있는 사천당가 가주인 당표, 백호당의 하북팽가 가주인 팽도, 주작단의 황보세가 가주인 황보융, 청룡단의 남궁가주 남궁호, 천향각의 모용가주 모용수가 눈빛을 번뜩이며 원로원 사람들을 쏘아보고 있었다.

'늙은 퇴물들!'

모용수가 입꼬리를 살짝 말아 웃으며 자신의 옆에 앉은 황보융을 쳐다보았다.

하얀 수염을 멋지게 가슴까지 기른 황보융이 모용수의 시선을 받자 역시 미소로 화답했다.

'너 역시 내 손에 죽을 날이 있을 것이다. 하지만 지금은 아니지.'

모용수는 반갑다는 듯 주작단의 황보융을 쳐다보며 속으로 이를 악물었다.

세력이 역대 절정에 이른 오대세가가 무림맹을 두고 피 흘리는 이전투구를 벌이지 않는 것은 바로 구파일방의 원로원 때문이었다.

만약 먼저 적의를 드러내는 오대세가가 있다면 곧바로 원로원의 탄핵을 받을 것이고 아무리 절정기의 오대세가라 해도 한 가문의 힘으로는 전체 무림맹을 당해낼 수가 없었다.

바로 그 점이 미래의 적수들인 오대세가를 굳건히 뭉치게 만들었고, 또한 무림맹이 아직 쪼개지지 않은 이유가 되었다.

"그런데 왜 회의가 소집된 것인지? 몇 년 동안 이런 일은 없었는데……."

백호당을 맡고 있는 다혈질의 팽도가 주위를 돌아보며 물었다.

그 말에 화답하듯 평소 말이 없던 주작단주 황보융이 고개를 끄덕였다.

"현 무림은 태평하기 이를 데 없을 텐데… 정말 이상한 일이요. 만약 별일이 아닌데도 대회맹(大會盟)을 열려 한다면 정말 맹주의… 휴우……."

황보융의 한숨 소리가 취의청에서 사라지기도 전에 청로한 음성이 원로원 중에서 터져 나왔다.

"무엄하오! 무림맹의 맹주가 원한다면 대회맹이 아니라 대대대회맹(大大大會盟), 아니, 대회맹 할아비라도 열어야 할 일인데 어디 감히 주작단주가 거기에 딴지를 건단 말인가!"

곤륜파(崑崙派) 출신의 운학자(雲鶴子)였다.

이미 현역에서 물러나 무림맹의 원로원에 들었지만 과거 열화검객(裂火劍客)이란 명호로 불릴 때의 급한 성격은 버리지 못했나 보다.

"주작단주의 뜻은 그런 게 아니지 않습니까. 솔직히 현 무림에 무슨 큰일이 벌어지는 것도 아니고 마교의 준동 또한 없거늘……. 운학자께서도 아시겠지만 마지막으로 대회맹이 열릴 때 무슨 일이 있었습니까? 천잔평의 비극, 즉 수천 명의 사람들이 죽는 커다란 일이 생겼을 때가 아니었습니까?"

남궁호가 흥분할 필요가 없다는 듯 황보융을 옹호하고 나섰다.

원로원과 부딪칠 때의 오대세가는 이렇듯 서로 단결하는 모습을 보여주곤 했다. 아무리 황보가의 힘이 크고 남궁호의 권세가 크다 해도 각각의 세력으론 원로원에 미치지 못한다는 것을 잘 알기 때문이었다.

남궁호가 황보융을 편들고 나서자 자연 하북팽가의 팽도 또한 가만 있을 수 없었다.

가슴을 불쑥 내밀고는 기죽지 않는 모습을 보이려는 듯 운학자의 카랑카랑한 목소리보다 더욱 큰 목소리를 내었다.

"맞소, 맞아! 남궁가주, 아니, 청룡단주의 말이 맞소이다! 천잔평의 비사(悲史), 정말 끔찍했지요. 정말 비극 중의 비극이요, 큰 슬픔 중의 슬픔, 공포 중의 공포, 개 같은 경우 중의 개 같은……."

팽도의 떠벌림이 오대세가의 명예를 깎는 것은 시간문제였다.

그것을 잘 알고 있는 남궁호가 헛기침으로 팽도를 진정시킨 뒤 다시 입을 열었다.

"백호당주의 말씀이 정말 옳습니다. 팽가주의 말처럼 그런 큰일이어야 대회맹이 개최되는 것입니다. 보통 무림맹의 회합이 있을 때면 그저 사람을 보내 알려왔는데 문서에 청룡패(靑龍牌)로 인장(印章)을 찍어 문서로 통보한 이유가 뭐겠습니까? 바로 맹주께서 대회맹을 선포하는 일밖엔 없습니다. 물론 평화시라고 해서 대회맹을 열지 말라는 법은 없지요. 하지만 제 걱정은, 으음, 말하기 곤란하긴 하지만 요즘 맹주의 건강에 대해 걱정하는 말이……."

남궁호가 원로원의 아픈 곳을 건드렸다.

"아미타불……."

소림의 천혜 대사(天慧大師)가 나지막이 불호를 외웠다.

하지만 외람된 남궁호의 말에 뭐라고 반박할 수가 없었다.

무림맹뿐 아니라 강호에 널리 퍼지고 있는 괴이한 소문, 바로 무림맹주 진근양이 치매에 걸렸다는 소문을 남궁호가 건드렸기 때문이다.

소림의 천혜 대사 또한 반신반의했었다. 하지만 진금행이란 이상한 아이를 무림맹에 끌어들이고 사마외도의 무리들을 모아 조천대를 맹주 직속 조직으로 만들었으며 천룡패로 인장을 찍은 통지문을 받고 보니 안 믿을래야 안 믿을 수가 없었다.

황보융은 의아하다는 시선을 모용수에게 보냈다.

원로원과 치열한 기세 싸움을 진두지휘했던 모용수가 이처럼 큰일을 앞두고 눈을 감은 채 잠자코 있기 때문이었다.

하지만 모용수 역시 대화를 하고 있었다. 그것이 취의청 안의 인물이 아닌 밖에 몰래 숨어 있는 자신의 심복 양당이란 점이 달랐지만 말이다.

"각주(閣主), 어제부터 맹주의 자취가 잡히지 않고 있습니다. 수하를 풀어 지금껏 알아보았지만 전혀 알 수가 없습니다."

양당이 몰래 전한 전음을 듣고는 모용수의 검미가 움찔거렸다.

무림맹의 정보를 통괄하는 천향각, 그 천향각주인 자신의 이목을 숨기고 맹주가 사라졌다니?

이런 일은 벌어지지 말아야 했다. 조그마한 허점으로 대업이 무너지는 일은 얼마든지 가능했다. 맹주가 왜 사라졌는지 모른다는 점이 잘못하면 강호를 뒤흔드는 폭풍우가 될 수도 있었다. 그리고 그 폭풍우에 모용가가 쓰러질 가능성도……

"그럼 누가 청룡패를 사용해 회의를 소집한 것이지?"

모용수가 조심스럽게 전음을 보냈다.

하지만 양당으로부터 답을 듣기 전에 모용수는 누가 사용한 것인지 알 수 있었다.

취의청 옆으로 난 문을 통해 한 사람이 들어서고 있었다.

그 문으로 들어서는 중년인의 기도는 취의청 안을 채울 만큼 컸고,

부릅뜬 호목(虎目)은 능히 천하를 오시할 만해 보였다. 그리고 느릿느릿 걷는 중년인의 발걸음은 태산같이 무거웠으니 과연 인물 중에 인물이라 할 만했다.

소일거검(消日巨劍) 백연강. 맹주의 일곱 제자 중 첫째 제자. 그 이름이 가져다 주는 무게는 과연 가볍지 않았다. 하지만 그뿐이었다.

'커다란 검을 들면 해도 스러진다' 해서 소일거검(消日巨劍)이란 명호가 붙었지만 이젠 '날은 저무는데 어깨에 커다란 칼을 무겁게 짊어진 채 쓸쓸하게 걷고 있는 무인'을 가리키는 명호가 되어버렸다.

맹주의 대제자(大弟子), 단지 백연강이 내세울 수 있는 것은 그뿐이었다. 애당초 진근양이 고아를 데려다 키우고 무공을 사사했으므로 백연강을 뒷받침해 줄 세력은 없었다. 구파일방은 자파 출신의 다른 맹주의 제자들을 지원했고, 오대세가에서는 끊임없이 견제하고 경원시했다.

결국 허울뿐인 대제자로 남은 백연강은 무림맹 안에서 자유롭게 돌아다니는 개만도 못한 신세가 된 것이다.

하지만 오늘 나타난 백연강은 능히 '해도 스러지게 만들 커다란 검', 즉 소일거검의 모습이었다.

비록 손에 검은 들지 않았지만 검보다 더 귀한 물건, 즉 무림맹주를 상징하는 청룡패를 들고 있기 때문이었다.

'이게 어찌 된 일이지? 그럼 백연강이 이 회합을 주선했단 말인가?'

모용수는 눈을 크게 뜨고 백연강의 손에 들린 청룡패를 바라보았다.

취의청 안의 사람이라면 그것이 구파일방으로 대표되는 원로원이 되었든 이당이단일각(二堂二團一閣)의 실권을 틀어쥔 오대세가가 되었든 긴장으로 숨소리조차 내지 않았다.

"맹, 맹주는 어디 가고?"

평소 침착하기로 이름난 현무당주 당표마저도 놀랄 정도였다.

하지만 백연강은 맹주만이 앉을 수 있는 의자로 다가가 공경하는 태도로 고개를 숙여 예를 표한 뒤에 조심스럽게 자리에 앉았다.

그리고는 천천히 청룡패를 탁자 위로 꺼내놓았다.

그 뜻은 맹주를 대신하여 청룡패의 권위를 받들겠다는 뜻이었지만 지켜보는 사람들은 떨리는 가슴을 주체할 수가 없었다.

'혹, 혹시 맹주가 무림맹을 대제자에게 물려준 것은 아니겠지? 맹주의 자리를 위양하기 위해 대회맹을 소집한 것은 아니겠지, 설마……?'

이것이 지켜보는 사람들의 한결같은 생각이었다.

"모두들 앉으십시오. 못난 제가 좋지 않은 소식을 전해 드려 죄송하게 생각합니다."

긴장으로 팽팽해진 취의청이 백연강의 한마디에 안도의 한숨을 불어 내쉬었다.

설령 그 나쁜 소식이 무림이 무너졌다는 것이라도 맹주의 직위가 전혀 다른 사람에게 전해진다는 소식보다 낫다고 생각했기 때문이다.

무림맹은 그렇게 뼛속까지 썩어 들어간 것이다.

"무슨 소식인가? 맹주께선 어디로 가시고?"

천혜 대사가 백연강에게 물었다. 그러자 백연강은 자신의 입술을 지그시 깨물었다.

아무리 손아랫사람이라도 천혜 대사가 함부로 말을 놓을 수는 없었다. 지금 백연강은 보잘것없는 대제자의 신분이 아닌 청룡패를 손에 든 사람이었다.

하지만 그걸 탓하기엔 백연강의 무게가 너무도 보잘것없었다. 그리고 그것을 따져 묻기엔 지금 전해야 하는 엄청난 소식이 너무도 중요했다.

"사부님께서는 맹을 떠나셨습니다."

"나도 모르게 언제……?"

모용수가 백연강의 말에 놀라 벌떡 몸을 일으켰다.

자신이 맡고 있는 천향각의 이목을 피해 사라지다니……. 이런 변고가 어떻게 일어날 수 있단 말인가!

모용수가 실태를 깨닫고는 다시 자리에 앉자 백연강이 침중한 안색으로 말을 전했다.

"어젯밤 사부님께서는 암습을 당하셨습니다."

"암습!"

이번에 자리를 박차고 일어서는 사람은 모용수뿐만이 아니었다. 심지어 가장 심지가 굳다는 무당파 출신 예단선(銳端仙) 화무검옹(化無劍翁)마저도 자리를 박차고 일어선 것이다.

누가 무림맹주를 암습할 수 있단 말인가!

오대세가 중 두 세력이 손을 잡는다면 원로원은 상대할 수가 있었다. 하지만 그럼에도 불구하고 오대세가가 가만히 숨죽이고 있는 것은 무림맹주 진근양 때문이었다.

성혈의 주인[聖血之主], 그 네 글자가 가져다 주는 위압감은 대단한 것이었다.

오대세가가 아무리 머리를 모아봐도 오대세가 중 두 세력이 원로원을 상대하고 나머지 세 세력이 무림맹주를 상대한다고 해도 승산이 없었다.

그것은 원로원이 강하기 때문이 아니라 진근양이 그만큼 강하기 때문이었다.

천하를 오시하는 오대세가, 그중 세 가문의 힘을 뛰어넘는 자, 그것이 무림맹주 진근양이었다.

그래서 오대세가 역시 방법을 바꾸어 진근양을 치매 노인으로 몰아세우고 있었고, 그 방법은 정말이지 잘 먹혀들고 있었는데…….

그런 진근양을 암습하려는 자가 있다니!

"마교요! 그 개잡종들의 짓이 틀림없소! 내 이놈들을!"

팽도가 수염을 바르르 떨어대며 큰 소리로 외쳤다.

하지만 모용수가 묻는 내용은 달랐다.

"맹주께선 살아 계시오?"

하지만 모용수의 기대와는 달리 백연강의 고개가 끄덕여졌다.

"다행히, 하지만 중상을 입으신 것 같습니다."

"중상? 중상이라면 어느 정도?"

남궁호 역시 몸이 달았는지 급히 물었다.

"약왕당주(藥王堂主) 어르신과 함께 계시니 큰일은 벌어지지 않을 것 같습니다."

"아, 적약(赤藥)! 그럼 다행이로군. 아미타불~"

천혜 대사가 다행이라는 듯 고개를 숙이고 합장을 했다.

청독(靑毒)과 적약(赤藥), 그 두 사람 중 한 사람을 만나면 죽음을 면치 못하고, 다른 한 사람을 만난다면 삶을 피할 수 없다고 했다.

그중 적약은 무림맹의 약왕당주를 가리키는 말이었다.

"하지만 요양을 하셔야 한다는군요. 그래서 무림맹을 한동안 떠나서 조식을 하실……."

"왜?"

모용수는 참지 못하고 물었다가 곧 자신의 실수를 깨달았다.

이미 무림맹은 안전한 곳이 아니었다. 그 증거로 맹주 진근양이 암습을 받아 중상을 입지 않았는가.

맹주의 존재가 자신의 이목을 벗어났다는 데 불안감을 느껴 저도 모르게 외쳤지만 실은 다른 질문을 해야만 했다. 천향각주에게 어울리는 질문을 말이다.

"누… 누가 감히?"

모용수는 얼른 말을 바꾸어 떠듬거리며 물었다.

"그건 아직 모릅니다. 그걸 알아내서야 할 분은 천향각주시지요."

'당돌하군!'

백연강의 말을 듣고 모용수는 인상을 찡그렸다.

물론 맹주가 암습을 받은 것은 자신의 책임이 아니었다.

자신은 정보를 다루는 천향각주일 뿐이니 직접적인 책임은 없었다. 하지만 따지고 들면 암습을 미리 알아내지 못했으니 전혀 책임이 없다고 말할 수 없었다.

그리고 그 배후를 캐는 큰 책임이 새로 생긴 것이었다.

모용수가 자못 어두운 안색으로 말했다.

"그 진금행이란 자가 의심스럽군. 우리 무림맹 사람들 중 그자만이 안개 속에 있어. 그리고 그자가 들어온 지 얼마 되지 않아 커다란 변고가 생겼으니……."

"그자는 아닙니다."

모용수의 말을 잘라내며 백연강이 확신에 찬 목소리로 말했다.

"……?"

모용수가 백연강에게 이런 면이 있었나 하고 놀라며 쳐다보자 백연강이 고개를 끄덕이며 말했다.

"그 사람은 맹주께서 신변의 위협을 느껴 친히 불러들인 사람입니다. 맹주께선 이미 이런 조짐을 예상하셨는데 아무것도 몰랐던 우리들은 마땅히 부끄러워해야 합니다. 이 취의청 안의 모든 사람들이 말입니다."

날카로운 힐난이었다.

하지만 어제까지만 해도 신경 쓰지 않았던 존재인 백연강에게 이런 힐난을 받는 것은 기분 나쁜 일이었다.

"왜? 증거가 있는가? 맹주께서 요즘 정신이 맑지 못하셔서 사람을 잘못 골랐을지 어찌 아는가? 또한 내 맹주께 친히 들은 것이 아니라 자네를 통해 들었으니 그 진위(眞僞) 또한 모를 일이고……."

모용수도 지지 않았다.

도리어 백연강 네놈이 다른 뜻을 품은 것이 아니냐고 쏘아붙였다. 맹주의 대제자 백연강은 실권없는 인물이긴 했지만 무공은 극강에 달한 사람이었다. 또한 맹주에게 가까이 다가갈 수 있는 인물이었다.

모용수의 힐난에는 네놈이 맹주 자리를 차지하려고 암습해 없애고 청룡패를 빼앗은 것이 아니냐는 뜻이 들어 있었다.

백연강은 말이 필요없다는 듯 품에서 서신 한 장을 꺼내 들었다.

"제가 왜 그 사람을 의심하지 않았는가 하면 사부님께서 암습의 배후를 캐는 임무를 조천대에 맡겼기 때문입니다. 이제부터 조천대는 맹주 외에는 다른 사람들 말을 들을 필요가 전혀 없습니다. 또한 무림맹, 아니, 무림맹과 조금이라도 관련이 있는 조직이라면 조천대의 협조 요청에 적극 동참해야 합니다. 만약 조천대주(照天隊主) 진금행의 요청이 있다면 자기 속옷이라도 벗어야 한다는 말이 있습니다. 만약 거부하거

나 조사를 방해하는 자가 있다면 그자는 그 즉시 무림맹의 공적(公敵)
이 될 것입니다!"

모용수의 뒷덜미가 싸늘해졌다.

드디어 우려했던 일이 벌어진 것이다.

거의 손에 들어왔던 무림맹이 손바닥에서 훌쩍 날아오른 것이다. 그
것도 명분과 실리 모두를 빼앗긴 채.

맹주를 암습한 자를 찾는다는 명분 하에 오대세가가 움직여 볼 여지
는 매우 작았다. 또한 오대세가의 비밀을 속속들이 파헤칠 수 있는 권
리를 가진 자가 나타나지 않았는가!

모용수는 백연강이 펼쳐 낸 서신에서 조금이라도 이상한 점이 없는
가 하고 한참이나 살펴보았다.

하지만 그런 점은 전혀 없었다.

약간 떨리는 필체와 몇 방울의 혈흔은 도리어 맹주가 암습을 당했다
는 증거밖에 되지 않았다.

그런 모용수의 모습을 차갑게 지켜보던 백연강은 모두들 들으라는
듯이 큰 목소리로 서신 속의 내용을 읽기 시작했다.

"나 진근양은 피치 못할 사정으로 맹을 잠시 떠나 있게 되었습니다.
여러 사람에게 큰 걱정을 끼치게 되어 못난 이 몸은 죄스럽기 짝이 없
습니다. 다행히 약왕당주가 빨리 달려와 준 덕분으로 큰 걱정은 없게
되었습니다. 하지만 여러분께 크나큰 폐를 끼치게 되었고, 한동안 맹
을 이끌지 못하게 되었으니 고개 숙여 다시 한 번 죄송함을 전합니다.
맹은 오대세가와 원로원의 여러분이 합의 하에 이끌어주시기 바랍니
다. 전체 의견 중 삼 할 이상이 반대하는 사항은 자동적으로 부결됩니
다."

‘제기랄, 우리들 발을 꽁꽁 묶어두자는 심사군!’

모용수는 속으로 욕설을 내뱉었다.

원로원은 모두 열 명, 자신들 오대세가는 모두 다섯, 결국 어떤 안건이 올라온다면 오대세가로서는 간신히 반대 표시를 해서 부결할 정도의 세력밖에 안 되었다.

그러니 자신의 의중대로 일을 꾸밀 엄두는 전혀 꾀할 수가 없지 않은가.

‘교활한 늙은이!’

모용수만 아니라 다른 오대세가의 가주들 역시 잔뜩 찡그린 얼굴이었다.

하지만 엄중한 사태에 부딪쳐 불만을 표시할 수는 없었다.

그 뒤로 백연강의 입에선 조천대에게 큰 임무를 맡긴다는 내용의 말이 길게 이어졌지만 오대세가의 뇌리에는 전혀 들어오지 않았다.

“그래서 우리는 손을 놓고 기다려야 한단 말이요? 나 팽도는 그렇게 하지 못하오! 우리 백호당의 모든 세력을 풀어서라도 맹주에게 암습을 가한 자를 찾아야겠소!”

팽도가 분을 참지 못하겠다는 듯 부르르 떨며 탁자를 손바닥으로 내려쳤다.

“팽 당주는 잊으셨소? 모든 사안은 이 취의청 안에서 합의되어야 함을! 맹주를 암습한 자는 조천대에서 맡을 것이오. 지금 팽 당주의 행동은 도리어 맹에 혼선을 가져다 주는 것이자, 조천대의 행동을 방해하는 것이오!”

당연히 원로원에서 하북팽가의 준동을 막고 나섰다.

팽도는 자신의 말을 걸고넘어진 예단선 화무검옹의 얼굴을 쏘아보았다.

'좋아! 네놈이 무당 출신이니 그토록 잘난 척을 하겠단 말이로구나!'

팽도는 씩씩대며 다시 목청을 돋우었다.

"조천대? 세상에 그런 아이들 몇이 이토록 중요한 일을 맡아서 잘해나갈 수 있을 거라고 보시오? 아예 조천대를 백호당 아래에 편입시켜 내가 진두지휘하면……."

어리숙한 겉모습과는 달리 팽도 역시 오대세가의 한 자리를 차지한 자였다.

말로는 맹주의 배후를 캐내어 복수를 하겠다는 의혈남아의 모습이었지만 그 속내는 조천대의 권리를 뺏어 하북팽가가 무림맹을 먹겠다는 뜻이었다.

그것을 모를 원로원이 아니었다.

"아미타불, 팽 시주 마음대로 사람을 갈아치울 생각이시오? 좋소. 그럼 우리 투표를 해봅시다. 조천대를 백호당 소속으로 바꾸어도 되는지를 말이오."

천혜 대사가 점잖게 이르는 말에 팽도가 제 머리통을 붙잡고 의자에 털버덕 주저앉았다.

투표를 하게 되면 10표 대 5표로 당연히 갈릴 것이 분명했다. 아니, 하북팽가의 세력이 커지는 것을 반대하는 다른 오대세가들 또한 반대표에 던질 것은 뻔했다.

그렇게 된다면 14대 1로 부결되리라.

'제기랄, 그저 머릿수만 많은 원로원 늙은이라 생각했는데 그 대가

리 수가 이토록 큰 방해가 되다니!'

팽도가 갖은 인상을 쓰는 것을 재미있다는 듯 지켜보던 곤륜의 운학자가 놀리듯 말했다.

"아니아니, 백호당 아래 조천대를 두는 것은 맹주의 뜻에도 반하는 일이요. 아예 안건을 만들려면 백호당을 조천대 아래에 두어 그 진금행이란 자에게 지휘를 받게 하는 것이 어떨는지……."

팽도가 운학자의 말에 입에 거품을 물고 막 발악하려는 것을 모용수가 막아섰다.

"그 또한 불가하오. 비록 위급한 상황이긴 하나 그렇다고 무림맹의 질서를 흔드는 것 또한 맹주께서 바라시는 일은 아닐 것이오."

'제기랄! 본의 아니게 진근양을 높여주는 꼴이군!'

모용수는 속으로 욕설을 퍼부으며 말을 계속 이어 나갔다.

"하지만 배후를 캐내는 것 또한 엄중한 일이오. 과연 조천대주로 임명된 진금행이란 자의 자질이 어떤가를 알아봐야겠소. 만약 무공이 약하다면 백호당의 팽 당주께서 도와주실 수 있을 것이고, 경망스러운 자라면 신중하신 청룡단의 남궁 가주께서, 또한 치밀하지 못한 자라면 현무당의 당 가주께서 도우실 수 있지 않겠소? 만약 사리에 밝지 않는 자라면 이 모자란 몸이 도울 수도 있을 것이고……."

오대세가를 대표하는 나머지 네 개의 대가리가 동시에 끄덕였다.

모용수가 획책하는 수를 알 것 같았기 때문이다.

병권(兵權)과 인사(人事) 그 두 가지를 모두 손에 넣은 오대세가가 진금행을 허수아비로 내세우고는 진금행을 돕는다는 미명 하에 무림맹을 먹겠다는 뜻이었다.

그것을 모를 원로원이 아니었다.

당장 구파일방 출신이 아니면서도 높은 명성 덕에 원로원에 든 소요군자(逍遙君子) 맹일평(孟一平)이 자리에서 일어섰다.

구파일방 출신이 아니면서도 전 백도의 존경을 받아 원로원에 들게 된 맹일평의 말은 다른 원로원의 사람들보다 더욱 무게가 나갔다.

"저도 한말씀 올려야겠군요. 세상에 완벽한 사람이란 없습니다. 차서 넘치면 차서 넘치는 대로, 또한 모자라면 모자란 대로 다 쓰임이 있는 것이지요. 진 맹주께서 어련히 사람을 살펴 일을 맡겼겠습니까. 진 맹주의 안배 중에는 그 모자람 또한 들어 있을 것이니 우리는 배후를 캐는 일은 조천대에게 맡기고 맹 안의 일만 잘 처리하면 될 것입니다. 만약 조천대에서 필요한 사람이나 일이 있다면 자연 우리들에게 도움을 요청하지 않겠습니까? 그러니 우리는 맹의 일만을……."

맹일평의 말을 흘려들으면서 모용수는 인상을 찡그렸다.

'치매 걸린 진근양의 명성만 하늘 높이 솟는구나! 제기랄! 이렇게 된다면 우리가 퍼뜨린 거짓 소문은 다 헛게 되겠구나!

취의청 안에서의 회의(會議), 아니, 회의라기보다는 원로원과 오대세가로 나뉘어져 벌이는 설전은 어느덧 두 시진이 넘고 있었다.

맹주의 대제자 백연강은 굳어진 얼굴로 자신의 사부가 앉았던 의자에 몸을 꼿꼿이 세우고 있었다.

모두가 입을 열어 치열하게 논박하는 가운데 과연 무림의 안정과 무림맹을 위한 말은 하나도 없었다.

모두가 제 잇속만을 차리기 위한 치열한 이전투구만이 벌어지고 있었다.

백연강은 속에서 피를 게워내고 싶은 마음이었다.

하지만 정말 백연강이 피를 토해내도 이 취의청 안의 사람들은 아무도 자신을 보지 않으리라.

그렇게 아무것도 아닌 존재였다. 백연강이란 이름 석 자는 그저 맹주의 제자들 이름을 나열할 때 처음 나오는 것 이상의 의미가 없었다.

하지만 백연강은 자신이 누구의 주목도 끌고 있지 못하는 한심한 존재라는 것을 알면서도 자리를 박차고 일어서지 못했다.

박차고 일어나 봐야 아무런 주의도 끌지 못했겠지만 그보다는 이 의자가 사부의 의자였고, 자신 앞에 맹주 신분을 나타내 주는 청룡패가 있기 때문이었다.

그것을 지켜야만 했다. 이 이리 떼와 승냥이 떼 같은 무리들로부터 사부의 위명을 지켜내야만 했다.

백연강이 바라는 것은 그렇듯 소박한 꿈이었다.

'휴우~'

백연강이 짧은 한숨을 속으로 내쉬었다.

이런 곳에서 몸을 빼내지 못한 것은 사부 때문이었다.

천애고아인 자신을 첫째 제자로 삼아주고, 길러주고, 사랑해 주신 분이었다.

그래서 자신은 사부가 사라졌어도 사부님의 그림자는 지켜야 했다.

'사부님은 왜 조천대에게 조사를 맡겼을까?

알 수 없었다.

백연강은 그 임무가 자신에게 주어지지 않은 데 대해 섭섭한 감정은 전혀 없었다.

만약 자신에게 그런 임무가 주어졌다면 배후와 결탁한 간적이란 누명을 쓰고 어쩌면 죽임을 당할 수도 있었다.

그렇게 미약한 존재가 맹주의 대제자인 백연강이었다.

'조금 있다 넷째 아우나 만나봐야겠군.'

자신과 같은 신세, 즉 구파일방이나 오대세가 출신이 아닌 맹주의 다섯 번째 제자 동곽(董郭)이 그리워졌다.

그놈은 천성이 밝은지 이런 무림맹 안에서도 즐겁게 살아가고 있지 않은가? 오늘같이 울적한 날이면 동곽과 어울려 술잔을 나눠야 괴로운 마음을 진정시킬 수 있을 것 같았다.

바로 그때였다.

책상 위로는 원로원과 오대세가 영수들의 침이 수북이 쌓이고, 거기에 더해 백연강의 괴로운 심사 역시 켜켜이 쌓이고 있을 때 취의청의 방문이 깨져 나갈 듯 굉음을 내며 열렸다.

거기엔 뚱뚱한, 아니, 너무도 거대한 몸을 지닌 사내가 당당히 서 있었다.

'저자가 진금행?'

진금행을 모르는 사람도 단숨에 알 수 있었다.

전해 들은 말과 조금도 다르지 않은 인간.

아니, 다른 것은 몰라도 겉 모양새가 저따위인 인간은 세상에 둘도 없으리라(실제론 더한 놈이 하나 있다. 진금행의 아버지인 진충덕이 그놈이다).

모든 사람의 시선이 진금행에게 가 닿아도 진금행은 조금도 위축된 모습이 아니었다.

도리어 무엇 때문에 화가 났는지는 몰라도 성큼성큼 걸어와 백연강을 쏘아보았다.

"네가 앉은 곳이 가장 윗대가리가 앉는 곳인가 본데… 좋아, 너한테

물어보지. 맹주는 어디 갔지?"

백연강은 다짜고짜 쳐들어와서는 자신에게 하대를 해대는 진금행을 괴물 보듯 쳐다보았다.

아무리 별 볼일 없는 존재로 지내고 있지만 그렇다고 이런 대접을 받을 만한 신분은 아니었다.

어찌 됐든 자신은 맹주의 대제자가 아닌가.

하지만 백연강은 순순히 대답을 해주었다.

상대는 사부의 선택을 받은 사람, 그렇다면 얼마든지 참아낼 수 있었다.

"어디에 계신지는 나도 알 수 없네."

백연강이 알 수 없는 웃음을 띠며 한 말에 진금행이 인상을 구기며 큰 소리로 외쳤다.

"토꼈군, 토꼈어! 이놈의 늙은이가 끝내 토껴 버렸구나! 치사한 영감탱이라구! 카악~ 퉤이! 내 더러버서 관둔다, 관둬! 제~에~길! 아니, 관두는 게 아니라 내가 어떤 수를 쓰든지 먹어버리겠어!"

알 수 없는 말들, 그리고 엄청난 말들.

진금행의 말을 들은 사람들은 순간적으로 멍해질 수밖에 없었다.

저 말들이 과연 무림맹, 아니, 그중에서도 가장 가운데에 위치한 취의청에서 가능한 말인가 따지기 이전에 분명 무림맹주를 지칭하는 듯한 '영감탱이', '토끼다', '치사한' 따위의 말들이 사람들의 뇌리를 강타해 버렸기 때문이다.

"저… 저어기… 맹주가 토끼라고 말했나? 어라? 난 사람인 줄 알았거늘 토끼였다니?"

그중 가장 충격이 심해 보이는 팽도가 더듬거리며 진금행에게 물었다.

"그게 아니라 도망갔다는 말이오! 내 노름빚을 떼먹고 도망간 늙은
이니 개만도 못한 늙은이지!"

이런 망발이 다 있나!

사람들은 입을 쩍 벌리고 가장 충격이 심했었던 팽도와 다름없는 얼
굴을 하고 있었다.

"자네는 내 사부님을 잘 알고 있는 듯하군. 그럼 오늘 일을 꾸민 사
람을 자네는 알고 있겠군."

그중에서 재빨리 정신을 차린 사람은 백연강이었다.

그나마도 취의청에서 냉정하고도 객관적인 태도로 사람들을 계속해
서 지켜보았기에 가능한 일이었다.

"물론 알지!"

진금행이 당연하다는 듯 배를 불쑥 내밀었다.

"누군가, 그 사람이?"

묻는 백연강의 목소리가 조금 높아졌다.

"자작극이지! 그 빌어먹을 영감탱이의 자작극이란 말이다!"

"자작극?"

왠지 진금행의 대답에 백연강의 눈빛이 번쩍였다.

"그래! 조금 전에 누가 찾아와서는 뭐? 암습의 배후를 찾으라든가
뭐라든가 하던데……. 배후는 무슨! 아무튼 내 그 영감탱이를 찾아내
고 말 테야! 나 진금행은 받을 것은 꼭 받아내는 놈이란 말이야. 내가
이렇게 토낀 놈을 한두 놈 잡아낸 게 아니다 이 말씀이야! 물론 지금은
급히 처리해야 할 일이 있어서 조금 미뤄야겠지만 아무튼 요절을 내주
겠어, 이놈의 영감탱이!"

손마디를 힘껏 꺾어 우두둑거리는 소리를 내는 진금행의 모습은 정말이지 빚을 받아내려는 양아치와 별반 다르지 않았다.

진금행이 볼일은 다 봤다는 듯 몸을 횡하니 돌려 사라진 이후에도 취의청 안의 사람들은 정신을 차릴 수가 없었다.

"맹, 맹주가 노름을 즐겼었나? 어라? 나에겐 하지 말라고 해놓고서는……. 그런데 '마작'이 아니라 '자작'이라니? 새로운 노름이 생겼나 보군. 그 '자작극'이란 노름 재밌나 본데?"

아직 충격이 덜 가신 얼굴로 멍하니 하늘을 보면서 팽도가 중얼거렸다.

폭풍우처럼 와서 휩쓸고는 바람처럼 가버린 사람.

백연강은 진금행에 대해 왠지 호감이 가는 것을 느꼈다.

'호오, 사부님께 욕설을 퍼부을 배짱이 있다니! 맘에 드는군. 나중에 시간을 내서 동곽과 함께 어울려 술 한잔 꼭 해봐야겠어.'

백연강의 얼굴에 웃음이 번져 갔다.

아직도 얼빵한 얼굴로 서로의 얼굴을 쳐다보고 있는 원로원과 오대세가 사람들의 얼굴이 통쾌했기 때문이었다.

그렇게 진금행을 좋아하는 사람이 세 사람으로 늘게 되었다(나머지 둘은 진충덕과 진근양, 즉 아버지와 외할아버지다).

백연강은 이젠 아예 대놓고 킬킬거리며 웃기 시작했다.

스스로 맹주의 대제자란 신분에는 어울리지 않는 모습이란 생각이 들었지만 터져 나오는 웃음을 도저히 참을 수가 없었다.

제11장

암습 —진금행 암습을 받고, 조천대 배교를 찾아 나서다

암습

"그래, 뭘 찾겠다고?"

오필도가 눈을 동그랗게 뜨고는 무슨 일이 있었는지 씩씩대고 있는 진금행에게 물었다.

"배교(拜敎)!"

짧은 대답.

하지만 진금행의 대답과 숨 쉬는 간격이 짧아졌다는 것은 곧 앞에 서 있는 사람의 생명줄이 짧아졌음을 뜻한다는 것을 너무도 잘 알고 있었다.

하지만 배교라니? 이미 오래전에 멸망해 흔적도 찾을 수 없는 배교를 진금행이 왜 찾는단 말인가?

더구나 사람을 미치게 하고 세상을 뒤틀어 버린다는 그 무지막지한 환술(幻術)로 유명한 문파를 용케 찾아내더라도 찾아낸 사람 목숨이 달

아닐 게 뻔하다.

"그런데 배교는 왜?"

목숨을 걸고 물어봐야 했다. 오필도가 목숨을 걸고 물어야 할 만큼 배교란 이름이 가져다 주는 공포가 컸다고 봐야 할 것이다.

"알아내야 할 것이 있어!"

웬일로 친절하게 진금행이 대답을 해주었다.

"무얼? 무림맹은 지금 맹주 피살 건으로 발칵 뒤집어졌는데 배교는 왜?"

"맹주 피살이라니?"

"소문이 쫙 퍼졌어! 맹주가 죽었다고. 아~함~"

주개육이 하품을 늘어지게 하며 오필도 대신 대답했다.

무림맹의 맹주가 죽었다는 소문에도 태평스레 하품이 나오는 인간이 주개육이었다.

주개육의 말에 진금행이 피식 웃었다.

"피살? 웃기네. 확실히 유언비어가 무섭긴 무섭군. 아무튼 배교가 어디에 있는 물건인지 좀 알아봐."

"그런 건 밀영각이 최고지. 신비와 저주가 동시에 있는 곳, 바로 정보와 암살에 관한 거라면 더 찾아볼 것 없이 밀영각이야."

주개육이 하품 끝에 흘러나온 눈물을 더러운 소매춤으로 닦으며 중얼거렸다.

"좋아. 그럼 당장 내일 밀영각으로 출발하지. 한시가 급하니까. 배교의 밀법을 깨자면 배교에게 물어봐야 하지 않겠어? 안 그러면 괴상하게 미친 늙은이가 언제고 내 뒤를 쫓아올 테니 말이야."

지켜보던 오필도는 무림맹이 발칵 뒤집어졌는데 왜 한가롭게 배교를 찾아야 하는지, 또 미친 늙은이가 누군지 도무지 이해를 하지 못했다.

하지만 진금행에게 물어보지 못했다.

오늘따라! 유별나게! 친절한 모습으로! 대답을 많이 해주고 있었지만 그것만 믿고 목숨을 걸 수는 없었다.

'어련히 알아서 할라구.'

오필도는 진금행의 행동에는 필히 그럴듯한 이유가 있다고 믿었다. 다른 사람보다 두세 수 앞을 내다보는 비상한 머리가 분명 진금행에게 있다고 철석같이 믿었다.

"으하~함, 쩝쩝. 알았어. 내일 출발이지? 그럼 난 지금부터 잘게."

주개육이 입이 찢어져라 하품을 하고는 조천각을 향해 터덜터덜 걸어갔다.

주개육의 하품이 전염이 되었는지 진금행을 지켜보던 다른 사람들 또한 일제히 발걸음을 돌렸다.

그럴 만했다. 지금 진금행은 어디서 구했는지 몽둥이 하나를 들고 아름드리 나무 하나를 노려보고 있기 때문이었다.

진금행 스스로는 '다신 볼 수 없는 초절정 도법을 수련하기 위해서'라고 하지만 세상 그 어떤 도법이라도 벌써 한 시진째 나무만 쳐다보며 엉거주춤하게 서 있는 도법은 없었다.

그저 진금행이 몸소 무언가를 한다는 사실만으로도 놀라운 일인데 거기다 도법을 수련한다는 말에 우르르 몰려나와 구경 아닌 구경을 하게 된 이유가 되었다.

'끈질긴 놈! 아무튼 질긴 건 알아줘야 해! 벌써 한 시진이 되었거늘.'

오필도도 이젠 슬슬 지겨워지고 있었다.

진금행이 이토록 어떤 것에 대해서 몰두한다는 것이 놀랍긴 했지만 한 시진을 꼬박 지켜봐 줄 정도로 굉장하진 않았다.

그것도 한 시진 내내 거대한 몸뚱이로 간신히 버티고 서서 몽둥이를 꼬나 쥐고, 나무를 꼬나보며 엉거주춤하게 서 있는 모습을 구경한다는 것은 미친 짓이 분명했다.

하지만 그 미친 짓을 한 시진째 꼬박 구경하는 놈이 있었다.

바로 진금행의 모습이 재미있다는 듯 함박웃음을 짓고 있는 온양과 진금행이 노려보는 나무 그늘 아래 팔베개를 하고 누워 있는 이교옥였다.

'저 두 사람의 참을성은 대단하군! 내가 도저히 따르지 못할 재주야.'

오필도는 깨끗이 인정했다. 그리고는 조천각으로 터덜터덜 졸린 발걸음을 옮겼다.

이제 공터에는 세 사람만이 남아 있었다.

계속해서 나무를 노려보는 진금행과 웃는 얼굴 온양, 그리고 술에 취해 누워 있는 이교옥이었다.

"자연이란 위대해… 정말 위대해……."

진금행의 입에선 알지 못할 말소리가 튀어나왔다.

누워 풀잎을 물고 질겅거리던 이교옥이 그 말에 눈을 뜨고 진금행을 쳐다보았다.

'묘한 놈이군. 한숨 자고 일어났는데도 아직도 그 자세라니!'

그랬다. 이교옥이 다른 사람과 달리 진금행 곁에 머물러 있는 이유는 진금행을 지켜보는 일에 지겨워진 사람들이 자리 조천각으로 돌아간 것과 달리 아예 태평스럽게 나무 그늘 아래서 잠이 들었기 때문이다.

'게다가 저 엉성한 폼이란 정말 못 봐줄 정도군.'

이교옥이 다시 쏟아져 오는 잠으로 몽롱해지는 눈을 감으려 할 때였다.

따악!

진금행의 몽둥이가 나무의 옆 부분을 강하게 내려쳤다.

'허걱! 저것은!'

이교옥은 자신이 헛것을 본 게 틀림없다고 생각했다.

아마도 아직 꿈에서 깨지 못해 꿈속의 일이 펼쳐진 거라 생각했다.

그렇지 않고서는 언뜻 나무와 진금행이 한 몸이 된 듯, 아니, 나무의 뿌리는 진금행의 다리와 연결이 되고 나무의 가지는 진금행이 들고 있는 몽둥이와 다를 바가 없이 보일 리가 있겠는가.

물아일체(物我一體)!

적어도 절정고수만이, 아니, 경지를 뛰어넘은 최절정고수만이 보일 수 있는 신위였다.

자신이 도저히 깨닫지 못했던 화산 새한벽에 빼곡히 새겨진 무공 구결이 향하는 지향점이 그것이었다.

그것을 저 뚱땡이가 해낼 수는 없지 않는가?

더구나 분명 내공을 지니고 있지 않은 무공의 문외한이 말이다.

이교옥은 벌떡 일어나 두 눈을 손으로 마구 비볐다.

하지만 진금행은 나무를 한차례 두들겨 팬 후 손에 잡은 몽둥이를 축 늘어뜨리고 있어 조금 전 보았던 모습은 사라지고 없었다.

'나무는?'

이교옥이 얼른 고개를 돌려 나무를 쳐다보았다.

멀쩡했다. 아니, 나무는 조그마한 바람도 불지 않았다는 듯 그냥 그 모습 그대로 서 있을 뿐이었다.

'그럼 그렇지. 내가 잠결에 헛것을 본 게 틀림없어.'

이교옥이 고개를 끄덕거릴 때였다.

"정말 힘들군. 허점을 찾아낸다는 게 말이야. 제멋대로 자란 듯한 풀 한 포기, 나무 한 그루도 가만 보면 자연의 흐름을 거역하지 않아. 그래서 완벽하지. 이리저리 뒤틀린 나무도 알고 보면 흐름에 순응한 것뿐이야. 가만히 보면 그 자세 그대로 너무나 완벽해서 허점을 찾아낼 수 없어. 아이구, 이런! 이제 보니 밥 먹을 시간이네?"

진금행이 알지 못할 말을 늘어놓고는 훌쩍 몸을 돌려 조천각으로 터덜터덜 걸어갔다.

"어? 어라? 이봐~ 같이 가세!"

이교옥은 어리둥절해져서 진금행을 쫓아갔다.

처음 듣는 말이었다. 하지만 그 속 내용은 분명 새한벽에서 보았던 내용이 틀림없었다.

그걸 확인해 봐야 했다.

"자, 자네 새한벽, 아니, 화산에 들른 적이 있는가?"

"없어!"

"그, 그럴 리가. 그, 그럼 지금 자네의 그 깨달음을 내게 말해 줄 수 있는가? 지금 자네가 느끼는 조그마한 느낌도 좋네. 내게 말해 줄 수 있겠는가?"

진금행을 쫄레쫄레 따라가며 묻는 이교옥의 목소리엔 절박함마저 엿보였다.

"지금 느낌? 글쎄, 조금 허기진데? 간단하게 풀어서 말해 줘? 나 지금 배고프다고!"

진금행이 귀찮다는 듯 이교옥을 쳐다보지도 않고 대답했다.

"아항! 배고픈 느낌!"

이교옥이 알았다는 듯 제 이마를 손바닥을 탁 치며 큰 소리로 외쳤다.

하지만 이마만 얼얼하지 머리 속은 더욱 복잡해졌다.

'배가 고프단 말이지? 물론 나도 새한벽에 들었을 때 배가 고프기도 했었지. 하지만 왜 배고팠던 나는 안 되고 저놈은 되는 거지? 정말 이해할 수 없군! 아~ 역시 무공은 너무 어려워.'

이교옥이 머리를 절레절레 흔들고는 한숨을 깊게 내쉬었다.

하지만 진금행의 말에서 깨달은 건 하나 있었다.

지금이 다름 아닌 식사 때라는 것.

때마침 뱃속에서 꼬르륵 소리까지 들리자 이교옥은 복잡한 상념을 털어내고는 진금행을 따라 서둘러 조천각으로 들어갔다.

이제 공터에는 한 사람만이 남았다.

온양이 함박 웃는 얼굴을 갸웃거리며 나무를 쳐다보고 있었다.

'내가 헛것을 본 것은 아니야. 분명 조천대 사람들 중 제일고수인 이교옥 역시 그것을 봤던 게 확실하니까!'

온양이 조심스럽게 다가와 나무를 살짝 밀어보았다.

하지만 나무는 미동조차 하지 않았다.

"태산을 능히 쪼갤 기세였거늘…… 아니, 선녀의 옷자락처럼 가벼웠다고 해야 하나?"

온양 역시 이해가 가지 않았다.

자신이 죽여야 할 대상을 지켜보는 일, 그 일에 대해서라면 온양은 더할 나위 없이 신중해졌다.

그렇기에 134번의 살인 청부를 성공적으로 마칠 수 있었고, 더 나아가 지루하기만 했던 한 시진 동안 진금행을 관찰할 수 있지 않았던가.

절대로 잘못 본 것이 아니었다.

하지만 아무런 변화가 없지 않은가?

"나 역시 알 수 없군."

온양의 웃는 얼굴이 먼 하늘을 바라보았다.

한동안 하늘을 바라보던 온양이 급히 조천각으로 몸을 돌려 달려갔다.

자신의 귀로 분명히 들은 몇 마디의 대화, 조천각으로부터 들려온 대화가 온양의 발걸음을 재촉하고 있었다.

"어머, 주 시주의 밥은 그것이 아닐 텐데요? 주 시주의 밥은 어디에 두고서……."

"불연 아우, 내 밥은 이미 먹었는걸?"

"어머, 그런데 온 시주 밥그릇이 왜 주 시주 손에 들려 있는 거예요?"

"매일 웃는 그 사람은 내가 자신의 밥을 먹어도 화 한 번 내지 않을걸? 어제 보니 그 사람은 자면서도 웃던데? 아마도 지금껏 오지 않는 걸 보면 배가 불러서 그럴 게야. 그러니 이 주개육이 큰 선심을 써서 대신 먹어주겠다는……."

온양은 알고 있었다. 저 주개육이 얼마나 처먹고, 한번 처먹기 시작하면 뿌리를 뽑아야 그만둔다는 사실을…….

물론 그 사실은 온양만 알고 있는 게 아니었다.

한 번이라도 주개육과 식사를 같이 한 사람이라면 그 누구라도 알 수 있었다.

지금도 불연이 말을 시켜서 그렇지 만약 그렇지 않다면 밥 한 그릇을 한입에 털어 넣을 놈이 주개육이었다.

그러니 조천각으로 달려가는 온양의 마음은 급해질 수밖에 없었다.

오늘 밤을 지내고 내일 무림맹을 떠나는 조천대원은 볼 수 없겠지만 약 한 달 후 무림맹의 사람들은 조천각 곁 한 그루 아름드리 나무가 말라죽은 것을 발견할 수 있게 된다.

그것도 괴상하게 몸통 중간 부분부터 아래쪽은 멀쩡한데 그 위로부터 맨 꼭대기까지는 100년 전에 말라 죽은 듯 아예 가루로 변해 바스락거리며 흩날리는 나무 한 그루를 말이다.

그 뒤로부터 무림맹 사람들은 더욱더 조천대의 사람들을 싫어하기 시작했다.

그리 멀지 않은 곳에 있는 측간을 놔두고 나무에 소피를 보아 나무를 말라 죽게 만든 게으른 종자들로 낙인찍혔기 때문이다.

전쟁과도 같은 식사가 끝나고 하릴없는 농담이 몇 차례 오간 후 조천각 사람들은 일찌감치 잠자리에 들었다.

깊고 푸른 밤이 조천각의 지붕을 고요히 비출 때 한 사람이 없어진 것은 아무도 몰랐다.

온양은 오른손을 내뻗어 지붕 밑 기둥을 붙잡았다.

그리고는 천천히 몸통을 끌어당겼다.

무림인과는 전혀 다른 몸짓이었다. 보통 사람들은 위로 올라갈 때

오른손으로 붙잡고 팔꿈치를 안으로 당겨 몸을 위로 올리지만 지금 온양의 모습은 손은 갈고리처럼 단단히 기둥에 박혀 있고 끈을 묶고 매달려 올라가듯 몸을 위로 올리고 있었다.

일정한 흐름으로 천천히 위로 기어오르는 온양의 모습은 흡사 거미한 마리가 줄을 타고 내려오는 모습을 위아래를 바꾸어 보는 듯했다.

그렇게 올라간 온양에게선 숨소리 하나 느껴지지 않았다.

채찍질과 몽둥이 아래서 수십 년간 손톱이 빠져 가며 익혔던 기예단의 실력이 조천각 안에서 조용히 또 한 번 펼쳐진 것이다.

바로 135번째 죽음을 위해서…….

"……."

온양에게선 아무 소리도 들리지 않았다.

온양은 너무나 잘 알고 있었다. 작은 실수가 치명적인 결과를 낳게 된다는 것을. 그리고 그 작은 실수는 쓸데없는 잡생각, 즉 죽여야 할 대상과 죽이는 방법에 대해 너무나 많은 생각을 하기 때문이라는 것을.

그래서 머리 속을 하얗게 비워 버린 온양이 새까만 방 안을 흡사 유령처럼 떠돌고 있었다.

온양은 오른 팔꿈치를 수직으로 세워 기둥 위에 단단히 박아 넣었다.

그리고는 오른쪽 대퇴부 관절에서 힘을 빼내 느슨하게 만들고는 오른발을 꺾어 제 머리 위로 향하게 만들었다.

인간의 몸으로는 도저히 만들 수 없는 모습, 하지만 온양은 수월하게 그 모습을 만들어내었다.

아니, 거기서 그치는 것이 아니라 뒤로 꺾어 머리 위로 넘어간 다리를 움직여 천천히 앞으로 전진하기 시작했다.

온양이란 이름의 검은 거미 흑지주(黑蜘蛛)는 괴이한 형태로 천천히 앞으로 나아가 끝내 진금행을 내려다보는 자리까지 올 수 있었다.

아무 생각도 없었다. 아니, 생각할 필요가 없었다.

지난 134번의 살인처럼 이번에도 손끝만 몇 번 움직이고 나면 한 사람의 생명이 저 세상으로 갈 것이 분명했다. 진금행이란 이름을 가진 사람이 말이다.

‘……!’

온양은 그 자리에서 모든 동작을 멈췄다.

그리고는 필사적으로 생각을 하지 않기 위해 노력을 했다.

쓸데없는 잡생각은 곧 쓸데없이 불필요한 움직임을 만들어낼 것이다. 그러지 않기 위해서는 갑작스레 나타난 사람이 누군지 생각하지 말아야 했다.

저 멀리서 느껴지는 또 다른 죽음의 냄새.

칙칙한 어둠 속에 몸을 숨기고 있는 저자 또한 자신과 같은 색깔을 가지고 있었다.

저자가 자신을 먼저 발견한다면 자신이 죽을 것이다.

하지만 자신이 저자를 먼저 발견한다면 저자가 죽는다는 것 또한 틀림없었다.

그러기 위해서는 온양 자신이 어둠이 되어야 했다.

어둠은 아무것도 보이지 않는다.

움직이지 않는다.

생각하지 않는다.

그래서 어둠이라 불린다.

온양은 어둠이 되기 위해 필사적으로 머리 속에 떠오르는 생각들을 지워 나갔다.

결국 온양은 어둠이 될 수 있었다.

왠지 기둥 위의 어둠이 활짝 웃는 것처럼 느껴졌다.

'……!'

밤은 깊다.

피는 붉다.

죽음은 차다.

자신의 심장을 얼릴 정도로 차다.

아니, 항상 죽음을 마주할 때 자신의 심장은 먼저 차가워졌다.

심장이 차가워지면 붉은 피 역시 차가워졌다.

자신의 몸 또한 차가워졌다.

깊은 밤 또한 차가워졌다.

몸이 차가워야 온기를 숨길 수 있었다.

몸이 차가워야 긴장으로 굳어진 근육이 땀을 만들어내지 않았다.

땀은 어두운 밤에 반짝거린다.

땀은 어두운 밤에 체취를 발한다.

그렇기에 당경(唐硬)은 가슴 깊이 차가운 숨을 들이켰다. 그 차가운 숨은 천천히 당경의 심장을 얼리기 시작했다.

당경은 고아 출신으로 무림맹주 진근양의 손에 이끌려 일곱 제자 중 네 번째 제자가 되었다.

하지만 그것은 당경의 겉모습일 뿐이었다.

또한 당경의 겉으로 드러난 모습과 실제의 모습은 매우 달랐다. 비록 어미는 없었지만 아비는 있었다. 아무도 모르는 사실이지만……

사천당문의 저주받은 사생아(私生兒). 정략결혼이 만들어낸 쓰레기. 당경은 그렇게 세상에 나왔고, 그렇게 버려졌다.

사천당문의 가주 당표가 누가 봐도 더러운 냄새가 나는 정략결혼을 발표했을 때 사천당가에서 이십여 리 떨어진 허름한 목옥에선 한 여자가 독을 삼켰다.

그 여자가 스스로 목숨을 끊었을 때 또 다른 생명이 태어났다.

숨이 끊어지는 순간 죽음의 고통이 가져다 준 팽팽한 긴장감은 여자의 자궁을 압박했고, 그 자궁에서는 한 생명을 세상에 토해내고 말았다.

버림받은 여자의 한 서린 죽음은 사천당문의 가주 당표의 씨앗을 그렇게 세상에 내놓고 말았다.

당가의 저주받은 사생아는 죽은 제 어미와 연결된 탯줄을 부여잡고 세상에 첫울음을 울었다.

하지만 이미 박동을 멈춘 어미로부터 탯줄을 통해 아이에게 전해진 피는 차갑게 식은 피였다.

그렇게 태어난 당경은 삼 일 후에야 당표에게 발견되었다. 하지만 아이는 당표에게서 성을 물려받았을 뿐 사랑은 물려받지 못했다.

아니, 물려받은 것이 또 하나 있었다.

사천당문이 전 무림에 대고 절대 사용하지 않겠노라고 맹세한 금지된 암기술과 독술, 그리고 살인 기예를 고스란히 받을 수 있었다.

그리고 당경의 기술은 사천당문을 당당히 오대세가에 끼게 만들었으며, 이제 곧 무림맹을 손에 넣을 만큼 성장시켰다.

비록 처음 진근양의 제자로 들여보낸 것은 당표였지만 당경의 실력은 당표의 기대 이상이었기 때문이다.

그 모든 것이 아무도, 사천당가의 식솔마저도 모르는 사천당문의 피를 이은 한 사람의 손에서 이루어진 일이었다.

아무도 모르게…….

당경은 그렇게 세상에 나왔고,

그렇게 버려졌고,

그렇게 길러졌다.

당경의 아비인 당표를 제외하고는 아무도 모르는 일이었지만…….

그리고 당경은 지금 조천각에 있었다.

‘먼저?

당경은 자신이 먼저 움직일지 잠시 생각했지만 곧 포기했다.

상대는 자신만큼 살인에 능한 자였다.

무림고수는 아니었다. 하지만 어떤 고수라도 쉽게 죽일 수 있는 살인 기예를 지닌 자였다.

‘킬킬! 즐겁군!’

당경은 세상에 자신과 같은 인간이 있다는 게 너무나 재미있었다.

하지만 곧 입을 열어 차가운 공기를 폐 속 깊숙이 밀어넣어야 했다.

온몸이 흥분으로 들뜨면 자신의 몸속을 흐르는 피 또한 데워질 게 뻔하기 때문이었다.

그렇게 되면 자신과 너무도 닮은 저 어둠이 자신을 덮칠 것이다. 그건 당경 자신이 바라는 바가 아니었다.

지금 여기 오늘 밤 만난 사람은 너무도 자신과 닮아 있었다. 그것이 가져다 주는 즐거움을 만끽해야만 했다.

'아버님이야 길길이 뛰겠지만…….'

언뜻 죽여야 할 상대가 어둠이 아닌 눈 아래 보이는 뚱뚱한 놈이라는 사실이 떠올랐다.

자신을 아들로 대해주는 유일한 때는 당경의 재주를 빌어 다른 사람을 죽일 때밖엔 없었다.

그 당표가 한 사람을 죽여달라고 했다. 저 뚱뚱한 놈을.

하지만 저 뚱뚱한 놈은 언제든 죽여줄 수가 있었다.

그렇게 되면 저 어둠은 다신 만날 수가 없는 것이다.

자신의 아버지가 뭐라고 해도 상관없었다. 아니, 너무 심하게 화를 내면 죽여 버리겠다고, 어머님이 가 계신 저승으로 보내 버리겠다고 생각했다.

당가의 금지된 기예를 알고 있는 당경은 충분히 그럴 능력이 있었다. 구태여 무림맹주의 네 번째 제자란 직위를 이용할 필요도 없었다.

당표, 즉 자신의 아버지를 사천당가의 가주로 올리고 무림맹의 현무당주로 만들고, 무림맹을 넘볼 수 있는 실력자로 변화시킨 것은 당경 자신이 수많은 생명을 죽인 결과였다. 그것은 무림맹의 네 번째 제자로 만들어준 대가보다도 넘치는 보답이었다. 그리고 당표는 또다시 자신에게 죽음을 요구해 왔다. 그래서 자신은 이곳으로 온 것이다.

하지만 지금 당장은 무엇보다 저 어둠을 지켜보는 게 중요했다.

너무도 위험한 어둠이었다. 자신의 위치가 노출되면 죽는 것은 자신이 될 것이다.

그래서 당경은 다시 한 번 천천히 숨을 들이켰다.

심장이 차갑게 식었다.

붉은 피가 차가워졌다.

깊은 밤이 차가워졌다.

그렇게 당경은 차갑게 사라져 갔다.

깊은 어둠과 차가운 기운이 조천각을 휘돌고 있을 때 또 다른 기운
이 진금행 가까이 다가가고 있었다.

"으음, 뭐야?"

진금행이 잠꼬대처럼 중얼거리자 그 기운이 손가락 하나를 꺼내어
진금행의 입술을 막았다.

"쉿! 조용히 해요옹."

어둠보다 더 조용한 속삭임.

"으응? 누구?"

진금행이 고개를 돌려 방금 속삭인 상대를 쳐다보았다.

"홍홍홍, 저 묘옹이에용. 대주 곁에 누워서 잘려고 왔어요옹~"

"왜?"

"아잉, 다들 깨겠어요옹. 소리를 낮추세요옹. 그냥 이상하게 밤 공
기가 차가워지고 어둠이 무서워져서 대주 옆에서 잘려고 왔어용. 따뜻
한 대주 곁에서라면……."

진금행이 다가온 자가 묘옹임을 알고는 심드렁하게 말했다.

"그래? 비좁을 텐데? 그런데 왜 자꾸 손이 내 바지 안으로 들어오는
거지?"

"홍홍홍, 대주께서도 별난 취향이 있으시다면서요옹? 아이잉~ 다
알고 왔지요옹~"

"별난 취향? 내가?"

"홍홍홍~ 아잉~ 몰라용~"

조천각 지붕 아래에는 커다란 나무가 가로뉘어 떠받치고 있었다.

그 나무 아래엔 침상이 하나 놓여져 있고, 그 위에서는 두 사람의 정다운(?) 사랑의 밀어(!)가 조용히 오가고 있었다.

지붕 아래 조용히 잠들어 있던 웃는 어둠과 차가운 기운에 왠지 소름이 끼쳐 있는 듯 보이는 이유가 무얼까?

"이봐, 이래 봐야 소용없어. 나는 말이야, '야시시' 한 여자가 '배시시' 웃으며 '뽀샤시' 한 속살만 내보여도 찍 하는 몸이니까 말이야. 그런데 더구나 남자인 너하고 가능하겠어?"

진금행이 너무도 진금행답지 않게 조용히 묘웅을 타이르고 있었다.

그것이 하늘이 묘웅에게 준 마지막 기회인지 묘웅은 알지 못했다.

"아잉~ 가능한지 아닌지는 한번 대봐야 알지용(뭘 대?)~"

묘웅으로서는 큰 용기를 낸 것이었다.

도저히 어둠 속이 아니면 진금행을 꼬실 엄두가 나지 않았기 때문이다.

하지만 그 용기도 진금행이 벌떡 일어나며 큰 소리로 외치는 소리에 사그라들고 말았다.

"어이, 우문하, 여기 좋은 말뚝(?)이 하나 있다는데, 어때? 생각있어?"

진금행의 큰 목소리가 조천각 안에 울려 퍼지자 여기저기서 웅성거리는 소리가 들렸다.

"아웅~ 말뚝이라니? 새로 생긴 야참 이름인가 보지? 치사하게 혼자 먹지 말고 나눠 먹자고!"

주개육이 자다 말고 벌떡 일어서며 분하다는 듯이 외쳤다.

“저 새끼 한번 일벌 줄 알았어!”

달디단 잠이 깨서 짜증난다는 듯 구잔양의 목소리엔 살기가 어려 있었다.

“기력 떨어진 늙은이를 놀리는 것도 아니고 뭣 하는 짓거리인지 원, 쯧쯧……..”

도밀현이 이빨 빠진 입을 오물거리며 온갖 투덜거림을 다 쏟아내었다.

“남색하는 놈은 해당없지만 야밤에 강간(!)하는 놈은 마땅히 손도장을 받아야 할 터! 언 놈이야, 그 말뚝을 놀리는 놈이?”

현통이 제 머리맡에 놓여진 바랑을 집어 들며 고래고래 고함을 질렀다.

“쯧쯧, 이런 일은 우리 애들도 하지 않는 짓인데……..”

말수 적은 절각도 강구의마저도 참지 못하겠다는 듯 나지막하게 한탄을 내뱉었다.

“뭐든지 또 한 번 박아봐! 나도 이젠 더 이상 못 참아! 이제 겨우 아무는가 했더니! 그래, 나 이젠 막 나가는 놈이다! 똥구녁까지 털린 놈이 지킬 게 뭐가 남았겠어!”

우문하가 눈물 섞인 비명과 함께 부르짖었다.

조천각이 떠들썩하자 옆방에서 잠자고 있던 불연이 뛰어들었다.

“어머어머~ 무슨 일이에요? 말뚝이란 동물이 뛰어들었나 보죠? 어머! 죽이지 마세요. 제가 동물을 얼마나 사랑하는데요! 제가 데려다 키울게요. 말뚝아~ 이리 온~ 말뚝아~ 어디 있니?”

불연이 들어서며 확 열어젖힌 문 사이로 따뜻한 달빛이 쏟아져 들어왔다.

따뜻한 달빛은 기둥 위에 숨어 있던 어둠을 몰아내고 차가운 기운까지 날려 버렸다.

갑자기 들이닥친 말뚝(?)으로 인해 세상에서 가장 뛰어난 두 명의 자객으로부터 목숨을 구제받았다는 사실을 진금행은 알고 있었을까?

"무슨 일이지요?"

깊은 잠에 빠졌었다는 듯 이불을 박차고 일어나 기지개를 켜는 온양의 웃는 얼굴이 진금행을 쳐다보았다.

하지만 진금행은 활짝 웃는 온양을 쳐다보며 알 수 없는 미소를 짓고 있었다.

"으응, 아무 일도 아니야. 처음 두 개의 말뚝은 참겠는데 마지막 한 개의 말뚝은 도저히 못 참겠더라고. 이거 꿈자리가 뒤숭숭해서 말이야."

진금행이 묘한 미소와 함께 온양을 향해 한쪽 눈을 질끈 감아 보이며 고개를 끄덕였다.

그 모습을 보자 온양의 웃는 얼굴이 왠지 우는 것처럼 느껴졌다.

그리고 창문 밖에 머물러 있던 차가운 공기 역시 일렁였다.

"또 한 번 꿈자리가 뒤숭숭해지면 말이야, 그 말뚝을 아예 주개육 아가리에 처넣어 버려야겠어! 저 자식이 처먹는 거 하나는 잘하거든?"

진금행이 하품을 하며 중얼거리자 웃는 얼굴 온양이 저도 모르게 손을 아랫춤으로 가져갔다.

언제 제자리로 찾아갔는지 이불을 얼굴까지 끌어 올려 온몸을 파묻고 있던 묘웅이 경기를 일으키듯 온몸을 움찔거렸다.

창문 밖에 어려 있던 차가운 기운도 어느 틈에 사라졌는지 창문엔 따뜻한 달빛만이 비추고 있었다.

"에이씨~ 거봐! 뭔가 먹고 있던 게 분명하다니까! 뭔지 몰라도 아무튼 내 입에 뭐든 집어넣어 줘! 내 힘껏 깨물어 먹는 거 하나는 자신 있다니까! 한번 넣어봐! 넣어보라구!"

주개육이 분하다는 듯한 목소리가 울려 퍼질 때마다 묘웅과 온양의 벌벌 떨리는 신형은 점점 작아지고 있었다.

그렇게 조천각의 밤은 깊어져 갔다.

왠지 웃는 것처럼 보이던 어둠과 차가운 공기가 지배했던 조천각의 밤이 지나자 밝은 햇살이 방 안을 가득 채우고 있었다.

모두들 부산스럽게 먼 길 떠날 채비를 차리고 있는데 그 한가운데서 진금행이 육중한 몸을 의자에 태평스레 걸쳐 놓고 있었다.

"나, 나도 가야 하는가? 아무래도 나이를 먹다 보니 뼈가 물러져서… 먼 길을 떠나기엔 아무래도……."

도밀현이 괜스레 허리를 손으로 통통 두드리며 불쌍한 눈빛으로 진금행을 쳐다보았다.

"왜요? 가기 싫으우?"

진금행이 도밀현을 삐뚜름하게 쳐다보자 도밀현이 큰일 날 소리라는 듯 펄쩍 뛰었다.

"싫기는? 내가 왜 싫겠나? 단지 늙은이가 따라갔다 병이라도 난다면 혹시 큰 폐를 끼치지 않을까 싶어서 한 말이지."

도밀현이 잘도 가져다 붙이며 정색을 하자 진금행이 알겠다는 듯 고개를 끄덕였다.

"알았수다. 그럼 웅천보주는 집으로 가보시구랴."

너무도 수월하게 허락이 떨어지자 도밀현이 믿을 수 없다는 듯 눈을 동그랗게 떴다.

"정말? 정말인가? 날 이대로 보내주겠단 말인가?"

"어허참, 누가 들으면 내가 강제로 잡아둔 줄 알겠군!"

전과 다르게 진금행이 나긋나긋해진 것 같았다.

거기에 홍규동이 모험을 걸었다.

"험험, 나 또한 적지 않은 나이인데 젊은 자네들을 따르려니 매우……."

"아하, 잘됐군. 그래요, 홍 노인도 도 보주와 같이 가세요."

뭔가 이상했다. 진금행이 이런 놈이 아닌데…….

진금행이 도무지 믿지 못하겠다는 표정을 짓는 도밀현을 그윽한 눈길로 쳐다보았다(도밀현은 그윽한지 뭔지 알 도리가 없다. 진금행은 눈이 작다).

"잘됐군. 사천 응천보의 주인인 도 보주께 부탁을 드려야겠군."

"뭐, 뭔가?"

"다른 게 아니라, 내가 절각도 강구의를 필요로 하는데 강구의 세력이 사천의 사 할이 아닌가! 그 도박장과 기루의 운영을 도 보주께 맡겨서 운영을 하려는……."

진금행의 말이 끝나기도 전에 절각도 강구의 얼굴이 시뻘겋게 변했다.

"누구 맘대로! 그럴 순 없어! 내 피와 땀으로 일군 기업이거늘."

"그으래? 좋아. 네놈이 세우긴 했지만 점점 줄어드는 것 같던데? 아래로는 사천당가에 막혀 넓히지 못하고, 위로는 기련노마(祁連老魔)의 세력에 침식당하고 있지 않던가? 괜찮아. 저 응천보주 솜씨를 한번 보자고. 만약 매달 일 할씩 수입이 늘어나지 않는다면 내가 알아서 처리

할 테니까. 웅천보주의 노련함과 기천사지 홍 선배의 지략이 합쳐지면 기련노마도 꼼짝 못할걸? 그리고 가는 길에 진전장에 들러 아버님께 내 소식도 전해줄 수 있고 말이야.”

이제야 진금행의 수작을 알 수 있었다.

강구의를 자신의 곁에 두려면 무엇보다 사천의 기루와 도박장을 든 든히 해두어야 했다.

하지만 매달 일 할씩 수입을 늘려야 한다니!

아무리 상재(商材)에 뛰어난 자라도 그건 불가능했다. 하지만 진금 행이 요구한다면 설령 자신의 돈으로 메우더라도 성공시켜야만 했다.

“그건 불가능해!”

도밀현과 홍규동의 심사를 강구의가 대신 말해 주었다.

매달 일 할씩은 바라지도 않았다. 하지만 기련노마를 막는 것은 매 달 일 할씩 수입을 늘리는 것보다 더 어려운 일이었다.

기련노마가 누구인가? 강구의 열 명이 덤벼도 가능할지 모를 엄청난 거마(巨魔)가 아닌가!

“불가능한지 가능한지는 두고 보면 알겠지. 다행히 도 보주와 홍 선 배가 도와준다 하셨으니 우린 지켜보기만 하자구. 만약 그게 싫다면 모두 불어버리겠어! 절각도 강구의는 앉…….”

진금행의 말이 계속되자 강구의가 화들짝 놀라며 큰 소리로 외쳤다.

“좋아! 좋다고! 하지만 그렇듯 내 비밀을 나불거릴 거라면 아예 죽여 버리겠어! 잘 알아두라고!”

무슨 큰 비밀을 책잡혔는지 몰라도 강구의의 얼굴은 시뻘겋다 못해 새하얗게 변했다.

도밀현과 홍규동은 서로의 얼굴을 쳐다보았다.

이제 자신들은 진금행 한마디로 인해 같은 배를 탄 몸이 되었다.

물론 강구의 세력을 대신 맡지 않겠다고 발버둥 쳐볼 수도 있었다. 하지만 그렇게 되면 도망갈 시간도 없이 이 자리에서 죽을 것이 뻔했다.

일단 맡아서 운영해 보고 잘 안 되면 자신의 돈을 퍼붓고, 그래도 안 되면 도망가는 수밖에 없었다.

사천 북쪽에는 기련노마라는 절대고수도 있으니 영 안 되면 강구의의 세력을 뇌물로 바치면서 투항해 볼 수도 있었다.

홍규동과 도밀현이 서로 마주 보며 고개를 끄덕였다.

"저기, 나도 사부님을 따라서……."

오필도가 조심스럽게 물었다.

"넌 안 돼. 너마저 없어지면 내 잔심부름은 누가 해줄 거야?"

진금행이 두부를 자르듯 매섭게 말을 끝맺었다.

'에이, 제기랄! 이 기천사지 오필도가 진금행 노비 신세와 다를 게 없다니!'

오필도가 속으로 피눈물을 흘리며 욕설을 내뱉었다.

하지만 진금행이 지켜보는 앞에서 표시를 낼 수는 없었다.

진금행이 만족스럽다는 듯 주위를 보며 중얼거렸다.

"대충 정리가 됐나? 어이, 거기. 휘검청학(揮劍請鶴) 이교옥이라고 했나? 자네가 이 중에선 제일 고수인 거 같으니 앞장서고……. 그 다음은 누가 세지? 현통 도사인가? 아님 강구의? 주개육도 만만치 않겠군. 아무튼 셋이 돌아가며 후미를 맡아줘. 그 다음에 보자… 음, 묘웅이 실력도 괜찮대? 묘웅이 중간에 서서 불연을 돌보면 되겠군. 온양은 우문하를, 구잔양은 오필도를 돌보고 말이야. 잘 들어맞는군. 모두 잘됐어.

아주~ 잘~"

만족스럽다는 듯 자신의 졸자들을 쳐다보는 장군의 시선으로 주위를 둘러보는 진금행이었다.

"어라? 어찌 한눈에 그걸 다 아누? 그러는 자네, 아니, 대주는 얼마나 세지? 내가 볼 때는 저기 독 오른 살쾡이처럼 있는 구잔양과 다를 바가 없는 거 같은데?"

이교옥이 어리둥절해져서 진금행에게 물었다.

그러자 막 조천각 문을 나가려던 진금행이 뒤돌아보며 씨익 웃었다.

"왜? 궁금해? 궁금해도 참아! 알면 다치니까!"

이교옥이 짧은 말을 남기고 횅하니 돌아서 나가는 진금행의 널따란 뒷등을 멍하니 쳐다보았다.

그리고는 곧 중요한 일이 생각났다는 듯 커다랗게 외치며 따라 나갔다.

"어라? 이봐, 대주! 맨 앞 자리는 나라고. 날더러 앞장서래 놓고 대주가 앞장서서 가면 어떻게 하나! 새한벽에 들었던 내가 아니라면 이 중에 누가 감히 맨 앞 자리에 설 수 있냔 말이야!"

이교옥이 쫄레쫄레 뒤따라 나가자 다른 사람들도 깊은 한숨을 내쉬고는 그 뒤를 따랐다.

진금행 일행을 쳐다보는 눈들은 한둘이 아니었다.

무림맹주의 암습이 일어났고 그 조사를 맡은 진금행은 도리어 자작극이라고 주장했다.

암습인지 자작극인지 몰라도 지금 무림맹을 나서는 진금행의 무리가 일으킬 풍운은 작지 않을 것이 분명했다.

　모두 내색은 하지 않았지만 무림맹의 오대세가를 비롯 원로원의 장로들 역시 진금행 일행을 심상치 않은 눈길로 지켜보고 있었다.

　그 눈길들 중엔 어젯밤 진금행을 죽이러 왔던 당경의 차가운 눈길도 있었다.

　하지만 남들이 볼 때 그것은 사천당가의 금지된 암기와 독을 쓰는 차가운 자객의 눈이 아닌 맹주의 일곱 제자 중 네 번째 제자의 눈이었다.

　무림맹의 거대한 대문. 오랜 세월의 연륜이 묻어나 태산 같은 위압감으로 내려다보고 있는 곳에서는 조천대가 서성이고 있었다.

　"이제 어디로 가지? 밀영각이 어디에 있는지 모르니……."

　오필도가 조심스럽게 물었다.

　하지만 곧 진금행의 태평스런 대답이 들려왔다.

　"아무 데로나… 일단 앞으로 쭈욱 가보자고. 자자, 모두들 힘을 내! 우리 한번 무림을 뒤집어보자고! 앗싸!"

　진금행의 힘찬 구호령이 떨어지자 왠지 힘이 솟는 것 같았다.

　왜 그런지 모르겠지만 이 조천대와 함께라면 무림이든 세상이든 분명히 뒤집어질 거란 믿음이 솟아올랐다.

　"아미타불, 이 불, 불연이는 너무도 떨려요. 강, 강호의 첫 장도에 올, 올랐으니……. 아미타불~ 아미타불~"

　불연이 감격에 온몸을 떨었다.

　몸을 떤 것은 불연만이 아니었다. 또한 조천대는 이미 확실하게 뒤집어놓은 것이 있었다.

　조천대를 지켜보는 무림맹의 사람들은 모두 알 수 없는 예감에 온몸을 떨었으며, 개잡종들의 건방진 태도에 속이 뒤집혔다. 하지만 그런 무림맹 사람들도 알 수 없는 사실이 있었다. 자신들은 이미 가볍게(?) 겪었지만 앞으로 조천대를 맞이할 사람들은 아예 창자가 뒤집히는 엄청난 고통에 살을 떨 것이라는 걸…….

하지만 그런 것엔 전혀 신경 쓰지 않을 게 분명한 진금행의 힘찬 목소리만이 하늘에 울려 퍼지고 있었다.

"모두 출발! 앞으로!"

무림맹의 고색창연한 전각들이 왠지 빛을 잃고 우중충해진 듯 느껴지는 하루였다.

〈제2권 끝〉